U0651655

Journey
of
Civilization

文明之旅

嘉宾主持

余秋雨

湖南文艺出版社
HUNAN LITERATURE AND ART PUBLISHING HOUSE

博集天卷
CS·BOOKY

Journey
of
Civilization

文 明 之 旅

序 言 ○

　　这是一次文化考察，又是一次现代传媒行为。因此，它从根本上改变了传统的文化考察那种孤寂、沉潜的方式，从一开始就热火朝天。这种情形可能会使文化界有些朋友疑惑，而我作为一个参与者则感受到它的独特意义。相比之下，它比较匆忙，不可能对具体对象进行深入、准确的研究，显得有点粗糙，但它的文化观照对象那样地充满直观冲击力，它的快速行进使多种文明群体的对比力度超常呈现，它的即时传播所产生的群体效应使一个小队的考察行动变成了无数华人的集体行为，这些都是以往的研究方式所不可能具备的。

　　就我个人而言，虽然常被人规劝不要太多参与电视，实际上以前对电视的投入还是太少太浅，直到这次才深刻体会到，一个从事学术研究的文化人要对电视真正接纳还需要经历从心态到生态的多方面更替。例如，需要从重视结论性判断，转向重视过程性体验；需要从追求细密准确，转向对原生态粗糙的容纳；需要从对安静环境的适应，转向对历险过程的着迷；需要从习惯于个人思考，转向习惯于群体操作……这些更替和转变很不容易，因为其间并不仅仅是一种愿意不愿意的态度，而是要落实在每时每刻的行为。因此这次旅行，对我是一次重要的身心训练。我至今不鄙薄传统的学术考察方式，但增加一种方式，无疑是更健康的体验。

鉴于上述理由，我赞成凤凰卫视把此次旅程的资源充分开掘，眼前的这本资料性记录便是开掘的一个重要方面。随手翻翻已经编成的书稿，一些面容和场景立即呈现在我眼前。

天天与我一起思考、直接对话的是各位主持人小姐。

许戈辉是第一个，我们一起去了希腊、埃及、以色列。她毕业于英语专业，有很好的文化感悟能力，不大会唱歌，却能在仪式性的表演场合有放松而高雅的表现。她的文化思考主要来自单纯的生命直觉，加入足够的国际目光和散文式的提炼，有一种近似"懂事的小女孩讲大人话"的组合式美感。戈辉最让人惊讶的是，哪怕走在最陌生的地方，她都是落落大方的。

接着是陈鲁豫，在以色列、巴勒斯坦接棒，到约旦、伊拉克、伊朗。鲁豫到的几个国家，各自面临着不少大问题，作为一个主持人，难以应对之处甚多，但她全部从容拿下，举重若轻。鲁豫心间有一种一般女孩子少有的人类道义大线条，容易把文章做浓，但又浓得那么贴切自然，很是难得。她有新闻记者的敏捷，但敏捷得不失优雅，这种优雅不是表情，而是一种视觉高度之下的轻松。

孟广美在伊朗接替鲁豫。人高马大的广美其实最具孩子气，心地纯净而坦诚。此次旅行数她最可怜，一来就到废墟，然后一直是尘土滚滚、满目赤贫。这是连来自中国西北地区的男子汉都要大惊失色的地方，她却在颠得头昏脑涨之后还能对着镜头做出最慈善的描述。她以平常、通俗、喜乐的情绪面对纷乱恐怖的世界，使得最没有观赏性的景物也具有了观赏价值。事实证明，广美这种胸无城府的文化表述方式具有极其广泛的感染力。

李辉和广美都到过一部分印度，但最让人触目惊心的部分和最崇高神圣的部分都让李辉赶着了，真是命好。我指的是印度，触目惊心的是恒河，崇高神圣的是佛教。她热情，善于感动，对各种文化现象容易全身心投入，感受重于评判，对于外界，她更愿意选择美好，对丑陋比较淡漠，这与她的佛教信仰有关。她在佛教圣地的虔诚跪拜，在尼泊尔对苍山碧水的由衷欢呼，给人留下深刻印象。

曾瀞漪诚挚干练，有女侠之风，但平常又是那么温顺。她完全不事张扬，但一见面就能成为朋友。她对文化是一种二元组合的态度：既玩赏充分的陌生感，又投以充分的亲和感。因此，她的敏感点，是亲和的陌生，或者说是陌生的亲和。她不刻意给任何文化图像添彩增色，只是一味平和、一味朴实，结果让观众产生信任。

最后一位是吴小莉。小莉在电视镜头里表现优秀，在实际生活中则有快速领悟能力，谦虚而不羞怯，对每个文化话题都能用心灵去预习，于是一开口总是非同凡响。她的精神幅度很大，顷刻之间能从庄严走向活泼，从有趣走向堂皇。这种精神幅度加上她对世界的善意，使得在平日不乏天真的她只要一上荧屏就体现出大家风范。她太有名，永远被人围绕，在这次旅途中有很长时间还在生病，但她从不抱怨愠怒，只觉人间美好，结果人们确实也给了她美好。

正是这些可爱而又不怕艰苦的主持人，把整个旅程的艰难和危险温润了。因此，不妨说，4 万公里是她们用生命连接的人格长廊。

在她们背后，还有一大群人在努力，从各位编导到摄影、司机，从高层决策者到队长，从前方的香港到后方的北京，每天都在忙碌。这些人被一种无形的力量笼罩着，每个人独当一面、发挥良好，几乎没有办不成的事、走不通的路。随时可以到达前沿，随时可以通宵达旦，随时可以改变路向，结果做出了远远超越他们人数的成绩。这种情景，成了凤凰卫视一种独特的内在景观。

我与此次旅程前前后后的每一个人都结下了深厚友谊，男男女女全成了莫逆的"兄弟"。正是他们，使我完成了一次很大的人生方式的转移，因此不管他们叫我做什么，我都乐意参加，包括编这本书。

我不知道这样一本书对广大读者是否有很大的价值，但对我们自己而言，则是一份珍贵的友谊记录，每一页都能引起我们永久的美好回忆。

余秋雨

主 题 歌 ○

余秋雨按：当我们历尽艰险进入伊拉克之后，终于接通了香港总部的电话，台长王纪言先生要我为这段旅程写一首主题歌。我在一个弹坑边沉思了一会儿，写下以下歌词。这首歌后来由腾格尔先生演唱，很有气势，车队的伙伴们都学会了。

千年走一回，
山高水又长。
车轮滚滚尘飞扬，
祖先托我来拜访。
我是昆仑的云，
我是黄河的浪，
我是涅槃的凤凰再飞翔。
法老的陵墓，
巴比伦的墙；
希腊海滨夜潮起，
耶路撒冷秋风凉。

你是废墟的泪，
你是隔代的伤，
恒河边的梵钟在何方？
千年走一回，
山高水又长。
东方有人长相忆，
祖先托我来拜访。
那是屈原的梦，
那是李白的唱，
那是涅槃的凤凰再飞翔！

Journey
of
Civilization

文 明 之 旅

○

目 录

Contents

上编

下编

JOURNEY
of
Civilization

路从希腊起

历史上一切试图解读西方文明的著作总是从希腊开头，而要解读希腊文明则总是从大海开头。公元前5世纪，在希腊海边，正徘徊着埃斯库罗斯、索福克勒斯、苏格拉底、希罗多德和柏拉图，如此耀眼的精神星座集中于一时，使后世人类几乎永远地望尘莫及。

——余秋雨

拜伦的呼唤

○

自香港的维多利亚港出发，途经曼谷和迪拜，经过 19 小时的夜航，我们终于踏上了希腊雅典的土地。我们这群黄皮肤、黑眼睛的炎黄子孙，就从此时此地开始，要一路探访历史悠久的文明故地，直到故乡的万里长城。由于大海的阻隔，5 辆越野吉普车只好先期空运到埃及，静候我们完成希腊的旅行。

尽管带着长途旅行的疲惫，我们仍然很兴奋，因为我们已经来到了苏格拉底、柏拉图、亚里士多德的故乡。古希腊文明给人类的遗产太丰富了，即使相隔万里，在遥远的东方，我们也曾沐浴到古希腊文明的阳光。所以我们乘坐的大巴未进雅典市区就向南直奔 70 公里外的海神波塞冬的神殿遗址。

吹拂着海风，绕过一个小海湾，终于看到海峡尖端耸立着的白色石柱，我们的希腊之行就从这波塞冬的海神殿开始。

许戈辉：我现在所处的位置，是位于希腊雅典城南端 70 多公里处的苏尼奥角，它就像一个狭长的三角形，伸入爱琴海。远处那座山的另一端，就是雅典城了。事实上在古代，苏尼奥角是一个城堡，城堡上面有军事要塞，守卫着雅典的安全。我身后的这几根白色的残缺的柱子就是当年的海神殿，用来祈求水手、渔民们的安全。一路上我们已经听到很多关于这里的美丽传说，现在再亲眼看到蓝天碧海以及身后这些残旧的柱子，不禁产生无限的遐思。或许从这儿开始，就注定了整个行程会充满神秘和诗意。

海神殿建于公元前 5 世纪，这是一个提起来就让人心旷神怡的年代。东方的先哲孔子、老子、释迦牟尼几乎同时在思考，而在希腊的海边则徘徊着埃斯库罗斯、苏格拉底、希罗多德和柏拉图。与东方人不同，古希腊人无论在哲学、数学，还是在戏剧、雕塑等领域所创造的辉煌都和这浩瀚蔚蓝的海洋有更密切的关系。

余秋雨：西方文明的起源，总是和海洋密不可分的，他们很多的思维都和海洋文明有直接关系。那么，海洋文明来自哪儿呢？我想是来自这儿，世界上很多文明和海洋的关系都不像希腊文明那么直接。我是研究戏剧的，像希腊悲剧所表现出来的只知此岸世界不知彼岸世界的那种非常大的悲剧意识，一定跟海洋文化有关系，不像我们的平原文化，种瓜得瓜、种豆得豆，是一种比较安定的循环过程。

当年西方宗教意识的启蒙，与希腊哲学思维的起源有直接关系，特别是和希腊艺术有直接关系。人和神的交流、物质和精神的融合都在海边产生了。

余秋雨：你看，这样好的石柱竖立在那儿，竖立千年后，本身就成了一种精神的象征了。所以好多人说希腊文化是高度的精神化和高度的物质化的统一。这个物质化就是指，无论是雕塑还是建筑，质感都特别好。我非常佩服的一位英国诗人拜伦，就在这儿的石柱上刻下了自己的名字。

出于对希腊和希腊文化的无比喜爱，这位英国著名诗人甚至在希腊反抗奥斯曼帝国的战争中，参加了希腊的志愿军。

余秋雨：在他非常著名的一首长诗《唐璜》的第三歌里面，他专门模仿了一个流浪在外的希腊诗人的口吻，讲自己的祖国过去何等繁荣、现在何等萧条和败落，其中有几句话让我非常感动。大意是：啊，希腊，你曾经出现过多少美妙的歌声，但是现在这块土地那么沉默，难道你那么高贵的琴弦就落到我这样一个流浪汉手上？写得非常美。

这样动人心弦的悲吟，跨越重洋，打动了20世纪初千里之外的中国几个革命者的心灵。

余秋雨：这样的诗情终于让中国的几个革命者激动起来了，其中有一个叫苏曼殊，他居然边流眼泪，边把拜伦写希腊的一首诗，翻译成了中国古体诗。译文在哪儿呢？在章太炎先生日本的家里，"我为希人羞，我为希腊哭"——20世纪前期这首诗在中国引起的震动很大。我们现在站在希腊这样一个海角上，又在拜伦签名的石柱前面，总会有感慨的，因为无论是苏曼殊，还是章太炎先生，他们都没有来过希腊，他们凭着想象，想象着拜伦，想象着希腊，想象着我们的国家。现在我们终于来到这儿，乃至于我们感慨的时候，还觉得相隔那么遥远的地方，竟然存在着跨时空的精神沟通。

而这样跨越古希腊和中国两个时空沟通的中介因素，居然是一个英国诗人——拜伦。

雅典之魂

○

　　黄昏时分我们回到了雅典，当地人告诉我们，这是苏尼奥角最美的时间。神殿残缺的白柱和蔚蓝的爱琴海，都会被夕阳染上一片金红，犹如梦境。在雅典，我们入住奥林匹克酒店。推开房间阳台的门，扑面而来的景象给了我们一个大惊喜：原来，宙斯神殿[1]就在我们对面，相距不足百米，而在远一些的阿克罗波利斯[2]山丘上，帕提侬神殿[3]也清晰可见，那里祭奉的便是雅典的守护女神雅典娜。2000多年来，神殿就这样默默地注视着雅典的众生。

　　我们按捺不住迫切的心情，第二天一大早便直奔雅典卫城。在古希腊神话中，雅典娜是主神宙斯的女儿，是智慧女神，曾经和海神波塞冬为争夺雅典城的保护神地位而相持不下。宙斯决定，谁给雅典人一件有用的东西，城就归谁。于是，海神赐给人们一匹能帮助人在战争中赢得胜利的骏马，雅典娜则献给人

1　兴建于公元前470年至前456年，为祭祀"众神之父"宙斯而建。神殿位于希腊雅典卫城东南面，伊利索斯河畔一处广阔平地的正中央。它是古希腊的宗教中心，也是古希腊最大的神殿之一。

2　又称"雅典卫城"，建造在高海拔的石灰岩山冈上，是祭祀雅典守护神雅典娜的神圣地。阿克罗波利斯的希腊语意为"高处的城市"。

3　供奉雅典娜女神的最大神殿，是古希腊人民为了歌颂雅典战胜波斯侵略者而建的。它是古希腊全盛时期建筑与雕刻的主要代表，同时也是雅典卫城最重要的主体建筑，有"希腊国宝"之称。

们一棵枝繁叶茂、象征和平的油橄榄树。人们渴望和平，于是雅典娜成了这座城市的保护神，雅典也因之而得名。

公元前447年，希腊人在雅典市中心的阿克罗波利斯山丘上建起了保存至今的帕提侬神殿，祭拜雅典娜女神，帕提侬就是"处女的居室"的意思。雅典卫城最早建于公元前8世纪，现在可以看到的建筑群大多建于公元前5世纪，帕提侬神殿是最大的建筑。天才的雕塑家菲迪亚斯在设计帕提侬神殿时，让石柱向内倾斜，以便增强视觉上的效果，使之成为用曲线表现直线美的经典建筑。在此后的1000多年中，帕提侬神殿曾被改作基督教堂、伊斯兰教堂，甚至军队的火药库，几经灾祸。直到现在，神殿上的大量浮雕仍然陈列在大英博物馆内。这也让我们这些有着同样伤痛的中国人更加感慨。

余秋雨：站在这儿我感觉对希腊的神话有了更明确的理解，这儿是高高的帕提侬神殿，那儿是繁华的雅典城，尽管比过去要小得多，天上与人间那么有距离，却又那么靠近，连栏杆都没有，就可以直接沟通。希腊人心中的神话观念、宗教理想都连在一起了，这和其他地方有点不太一样，不是虚无缥缈的，也不是完全埋没在芸芸众生中的。它高贵，但是又和人直接相通。我现在想不起世界上还有哪一座城市，就在它中心地带的一座山上，建造出一个高高的神殿，让我们早晨晚上都能够仰望它，看朝阳、看夕阳时，太阳都和它紧紧地伴随在一起，这真是一座城市的千年地标。

帕提侬神殿是希腊文明的最高象征，2500 年来静静地见证着一个文明的兴衰，也承受着文明衰落后的摧残和屈辱。神殿正面的下方，安安静静地待着一任风雨洗礼的是狄俄尼索斯剧场的废墟。

余秋雨：这个废墟是狄俄尼索斯剧场。我 20 年前讲世界戏剧史的时候，就是以它开头的。我在讲这个剧场的时候，就讲到人类戏剧的起源，当时还完全不知道它和帕提侬神殿靠得那么近，和神直接连在一起。当时戏剧艺术在希腊的地位是如此之高，我在研究时就已经感觉到，如果不了解它的背景，就不可能讲好希腊戏剧。所以我开始研究人类的整体的思想文化，应该说，就是这个剧场，带我走进戏剧，又带我走出戏剧。

作为人类最早的戏剧形式之一，古希腊戏剧是从祭神活动慢慢发展起来的。

余秋雨：一般是从宗教仪式开始的，狄俄尼索斯就是农业神和酒神，在祭酒神的仪式当中慢慢开始了扮演，在扮演当中出现了角色，出现角色以后，两个角色开始有矛盾冲突，这时便有埃斯库罗斯的功劳了，戏剧产生了。

为了感受更多古希腊的气息，我们的第一场晚会，就选择在雅典卫城山脚下的阿提库斯剧场[1]举行。

　　余秋雨：这个剧场，就在卫城下面，好像和最神圣的东西紧紧连在一起，所以他们当时的艺术活动，就成为整个雅典最隆重的一种全民仪式。据历史材料来看，当时好像雅典的君主，可以给全民发放观剧津贴，雅典城最繁华的时候，整个城的市民也就是 7 万人，大家都免费来观看演出，全民欢呼，欢呼出一个艺术家，又欢呼出一个艺术家，欢呼出来的好像是雅典的演员，好像是雅典的艺术家。现在事实证明，（他们）其实是全人类的第一代戏剧大师。

　　也正因为有这样的全民参与、热情推动，古希腊戏剧的影响力才越来越大，逐步成为全人类瞩目的文化艺术精华。

　　余秋雨：当时的悲剧艺术一定是希腊整个艺术的最高峰，它是一种综合艺术。你看，其中就有雕塑的位置，把雕塑艺术涵盖进去了；同时把其他的艺术也涵盖进去了，比如歌、舞的造型美。这真是一个艺术大集中，你说是推动也可以，汇集也可以，就是这样的大集中。古希腊的戏剧，没有我们现在的布景概念。一堵墙，其实就成了他们的所有戏共用的布景，而这堵墙，你千年以后看还是那么美丽，那么丰富。

　　古希腊悲剧，就在这种简明与集中的碰撞中，成为让人仰望的一个艺术高峰。

1　位于希腊雅典的一座露天剧场，修建于公元 161 年，由罗马元老院中的希腊贵族希罗德·阿提库斯兴建。

迈锡尼的星陨

○

　　带我们去伯罗奔尼撒半岛[1]迈锡尼遗址的希腊导游名叫海伦，《荷马史诗》中，引发特洛伊战争[2]的绝代美女就叫海伦。特洛伊战争整整打了10年，作为希腊文明早期摇篮的迈锡尼文明[3]也就由此走向衰败。3000多年后的今天，又一个海伦带我们去拜谒迈锡尼文明遗址，倒也是一种缘分。

　　在去迈锡尼的途中，会经过一座叫"达芙尼"的修道院，这一带还生长着很多达芙尼树，也就是我们中国人说的月桂树。

　　许戈辉：从雅典到迈锡尼的这段路上，会经过当地一座比较著名的修道院——达芙尼修道院。它建于拜占庭时期，建筑风格同时糅合了罗马和拜占庭的特色，虽然它不是当地最大的一座修道院，却是拜占庭时期最好的一座。它在公元5世纪建成，到公元11世纪时又重建。自修建以来，它就经历着各种风风雨雨，除了人为的破坏之外，还有地震这样的自然灾害。尤其是1999年9

1　位于希腊南部，古称摩里亚半岛，与希腊本岛以一条科林斯地峡相连。迈锡尼文明兴盛时期主城斯巴达常和雅典对抗，公元前5世纪为罗马人所征服。

2　传说中特洛伊战争起因于争夺世上最漂亮的女人海伦，是一场以阿伽门农及阿喀琉斯为首的希腊军，进攻以帕里斯及赫克托耳为首的特洛伊守军的十年攻城战，最后战争以希腊人用木马计取胜而结束。

3　迈锡尼文明是古希腊青铜时代的文明，它由伯罗奔尼撒半岛的迈锡尼城而得名。

月的一次大地震中，它受到的损坏非常严重。现在它的周围正搭着脚手架，还被圈起来，正在进行维修工作。

在幽静美丽的小城艾帕迦奥斯里，有一座依山而建的圆形古剧场，已经有2400年历史了，至今保存完好。由55级台阶组成的看台可以容纳1.4万名观众，在希腊很多古城中到处可见这样的古剧场，古希腊人对于戏剧的爱好，已经到了痴迷的程度。

终于，我们在两山之间看到了迈锡尼文明遗址，比我们所熟悉的古希腊雅典文明还要早1000多年。

许戈辉：迈锡尼位于伯罗奔尼撒半岛的东北端，虽然它并不临海，但是由于和3个海湾的距离大致都相同，所以本身就成了一个交通中心，迈锡尼文明也就因为这个地方而得名。迈锡尼文明是由亚该亚人创造的，他们在公元前1450年左右进入这个地区，最早他们的文化在很大程度上受了克里特人的影响，不过后来他们自己强大起来，逐渐就把克里特人统治了。从迈锡尼古城的遗址看得出当年的王宫城墙都非常宏伟，反映了至高无上的王权和等级森严的官僚制度。那么迈锡尼遗址为什么会如此出名呢？主要是因为古希腊的大诗人荷马有关阿伽门农的史诗流传甚广，后来很多希腊的诗人、戏剧家以此为题材，创造了很多美丽动人的诗文和戏剧。

希腊的文明史是从公元前3000年至公元前1450年的克里特岛开始的，然后进入迈锡尼文明，在这一时期，迈锡尼王国的金属冶炼和手工制品的技术水平都已经很高。

余秋雨：应该说这里是真正的欧洲文明的摇篮。希腊文明是2500年前的，这个文明是3500年前的，迈锡尼文明可以叫克里特－迈锡尼文明，也可以叫爱琴文明。这两个完全是连在一起的，再过好多年才进入希腊文明。

　　迈锡尼王国的主要事业是战争，从今天的古王宫城堡遗址仍然可以看出，它的防御性能相当强。迈锡尼古城的城墙周长为 900 米，面积是 3 万平方米，平均厚度 6 米，最厚的地方可以达到 17 米，这样的一堵城墙，是由一块一块巨大的石头垒积而成的。大石头之间的缝隙，就由小石头、碎石和泥沙来填充，非常坚固。在王宫对面的山坡上，是阿伽门农的陵墓，全部由巨石砌成，入口处铺的大石板至少有上百吨重，让人很容易联想到由巨石建筑的金字塔。即便是后期的希腊人，都很难想象自己的祖先是如何在如此简陋的环境下完成这一巨大工程的。

　　迈锡尼王国的国王中最有成就的就是阿伽门农，他成为亚该亚人的盟主，率军远征埃及、土耳其，辉煌一时的克里特岛文明也遭到了他的劫掠。

　　余秋雨：这一文明有好多是克里特岛过来的，而克里特岛处于亚洲、欧洲和非洲交界的地方，所以从那个地方传过来好多埃及文明。埃及造金字塔的时候，工艺水平是难以想象的。

那个时候，信息和文明传递的主要途径又是什么呢？

余秋雨：很重要的渠道就是战争，俘虏过来了，俘虏当中有很多能工巧匠。建城堡或者造武器的时候都需要会集一个地方的能工巧匠。战争失败了以后，这批人就转到敌国的手上，他们无论如何都要以加倍的努力和加倍的创造来换取自己的生命，换取某些更高的待遇。在这种情况下，文明的传递，就以残酷的方式完成了。

依靠战争，迈锡尼积累了大量财富。在迈锡尼遗址发掘出的陵墓内大都陈设豪华，陪葬品中有很多金银器皿和珠宝首饰，难怪《荷马史诗》中赞美迈锡尼为"铺满黄金的地方"。

然而一次次战争的胜利和财富的积累却并没有带来文明的延续。迈锡尼文明曾经创造了优美的线形文字和精湛的艺术，但是都没能流传下来。这样一种文明的忽然消亡，仍让后人百思不解。

酣睡的狮子

○

1829 年至 1834 年间，纳夫普利奥 [1] 是希腊的首都。

夜色中的纳夫普利奥市没有喧嚣和嘈杂，景致格外优美，可以说是伯罗奔尼撒半岛上最具魅力的一个城市。

在平静的海湾附近，有一座小岛，岛上只有一个小小的城堡，暮色灯影之下，它孤傲地矗立在海中，斑驳苍老。岸边则聚集着一些悠闲的希腊人，似乎在聚精会神地钓鱼，可真的有鱼儿上钩，又没有收获的惊喜，也算是意在山水之间了。

清晨，阳光洒向海湾，并没有密匝匝的渔船，也看不到多少游艇，只有偶尔在海湾中漂动的小船，仿佛这大手笔的开阔美景里，随意摆放的一两件小小道具。

希腊在公元前 146 年结束了亚历山大大帝创立的帝国，被罗马帝国吞并，之后又被奥斯曼帝国统治，直到 1828 年才获得独立。现代希腊建国至今还不到 200 年，纳夫普利奥就是建国后的第一个首都。17 世纪这里曾经建了 3 座城堡，在山顶的这座叫作帕拉米帝城堡，曾经是一个要塞。里面弯弯曲曲，有很多石阶、炮台、岗楼、工事、监狱，一应俱全。岁月流转，为战争而建的城堡，早已失去了它本来的意义，到了今天，反而成为人们凭吊古今的历史遗迹。保存

1　位于伯罗奔尼撒半岛的东北部，以海神之子纳普利乌斯命名，由于地理位置优越，自古以来就是军事要地。

完好的古堡眉目明朗有致，倒显得格外精美。由墙垛往下看，3 个古堡与海边的小城遥遥呼应，相映成趣。

在古堡中我们还碰到了一对游览的夫妇，他们带着两个小孩，还是那么轻松自在。

许戈辉：这个小的才有 4 个月大，他们说自己经常带着小孩子来旅游，大的孩子也不过才一两岁。刚才我问带着这么小的宝宝出来旅游会不会很麻烦，结果妈妈说，一点也不麻烦，其实小孩子挺好管的。

当地人告诉我们，论闲散，在欧洲希腊人位居其首，这也许是古希腊人自由、浪漫、睿智的遗风。纳夫普利奥市有一座狮子的雕塑，原本狮子都应该是雄风凛凛的，偏偏这一头却是酣睡的狮子，它的慵懒睡姿和憨态可掬的甜美睡态，引得我们这些在路上奔忙的人好生羡慕。

这一头睡狮，无疑是希腊人民悠然自得、享受生活的最佳代言。但若要以为，纳夫普利奥只有这懒散的一面，可就大错特错。

许戈辉：这里就是纳夫普利奥的市中心，在这个市中心的广场上有一座非常引人注目的雕像，雕塑的人物叫作卡伯迪森，这是一个充满传奇色彩的人物。他早年间曾经在俄国游历，在土耳其统治希腊期间，因为他博才多学，又和俄国的关系非常友好，就被邀请到俄国去做外交部部长。后来希腊独立了，他就回到这里，成为第一任总督，不过不久之后就被刺身亡了。有人推断说，他被刺一定和他提出的一个非常著名的概念有关。就是他第一个提出了"欧共体"这个概念。当时欧洲列强是不喜欢"欧洲统一"这个概念的，都想独霸这块土地。一个多世纪之后的今天，在欧元已经成了欧洲，甚至是全世界流通的货币的时候，不知道有谁还知道或者会记起卡伯迪森。

也许不管有没有记起，欧洲和世界都应该回过头来，向这头睡狮致敬。

挥洒人生

○

在去奥林匹亚¹的途中，有一段很长的盘山路，由于道路险峻，大巴开得很慢。

路边竖立着一些小铁盒子，据驾车的司机介绍，都是那些在车祸中幸存下来的人立起来的。盒子里面有耶稣像和小油灯，一方面用于感激自己的幸运，另一方面也警示了行驶的车辆上的司机。途经这里时，很多司机都会下车为小油灯加一些橄榄油。就在不远处还能看到一些散落于山谷中的汽车残片。

快要到达奥林匹亚时，我们已经能感受到古希腊人那崇高的体育精神。那些历经千年的苍老石柱、基台散落在大道两侧，人类的健康竞技就从这里发源。

余秋雨：其他地方的人类遗迹总使人产生悲哀感，唯独这儿没有。这里的遗迹一丝一毫的悲凉感也没有，这是我的第一感觉。这儿的环境、风光都在彰显着一种现在已经弘扬到全球的追求健康的精神。当时希腊很多城邦都在打来打去的时候，如果遇到奥林匹克运动会，他们就停止打仗。在人类历史上，当人类学的原则和临时的争斗原则较量、摩擦时，人类学的原则总是退位。但在这儿就弘扬了这个原则，我觉得了不得。

---

1 古代希腊的一座城池，遗址在伯罗奔尼撒半岛西部的山谷里，距希腊首都雅典约190公里，也是现代奥林匹克运动会的发祥地。

也正因人类学原则在奥林匹亚获得了这样的胜利，古希腊人留给人类的文化遗产，才能既有哲学、数学、法学、伦理学等领域极度的智慧，又有奥林匹克呈现给人们的极度旺盛的生命力。

余秋雨：我相信，希腊文明的光辉就是和这个地方——奥林匹亚，以及这个地方的精神直接有关的，如果缺了这个精神，希腊精神就不完整了。我们到希腊以后，能强烈感觉到健全的人类原则，这和他们非常深刻的思维、非常强健的肌体是紧紧连在一起的。特别是这个运动会，我觉得了不得。它是全民的游戏，而他们又把全民的游戏搞得那么崇高，和宗教仪式连在一起，然后终于能够普及全人类。所以虽然这儿是个废墟，却让我们感受到一种崇高感。

在奥林匹亚遗址中，曾经有无数精美的人体雕塑作品，其中包括世界七大景观之一的宙斯像。公元 475 年，在拜占庭皇帝毁灭异教的旨意下，宙斯像化为灰烬，让无数后人为之唏嘘遗憾。相比之下，今天能够保留在奥林匹亚博物馆内的人体雕塑虽然残损，但已经是万幸了。

古希腊的雕塑作品集中体现了古希腊人对美的理念，他们把人体自身的形态美发展到了极致。和希腊文明相比较，东方文明就没有这样积极地把一种昂扬、旺盛的生命形态纳入文明范畴。在东方，思想的丰富往往和身体的健壮是对立的。而在希腊，思想家的人体雕塑把智慧健康与形体健康的结合发挥到了极致。直到今天，古希腊关于人体美的标准仍然没有被超越。

运动场上挥汗如雨的健美力量、宽容关怀的人文竞技精神，反过来又使古希腊人在各个精神文化领域恣意挥洒才智，孕育出光辉灿烂的远古文明。

独一无二的桥

○

前面曾提到过,希腊本岛与伯罗奔尼撒半岛是由科林斯地峡连接起来的。在由奥林匹亚返回雅典的途中,还能见到一座横穿地峡、刀劈斧砍式的科林斯运河。

许戈辉: 这条运河是用了整整 12 年的时间才开通的,具体耗费了多少人力、物力,现在没有很具体的记载了。至少有一点我们是很清楚的,那就是运河的开通沟通了爱琴海和伊奥尼亚海,使得原本需要 1 个月才能完成的航海行程缩短到 1 天就可以完成了。

这条运河于 1893 年由法国公司开凿完成,长 6000 多米,河面宽 25 米,水深 7 米。这样的规模今天看起来略嫌小了些,但也经常会有游艇通过,偶尔也能看到大型货船。

在这条运河上,有一座独一无二的升降桥,它是用钢木做成的。每当有船只要通过,桥的整体就会被管理人员控制,沿着水中的竖轨沉到 7 米深的水底。船只通过后再慢慢地升起来。

许戈辉: 现在这个安全闸打开,行人和车辆就可以通过了。刚才那位老先生告诉我说,因为这个桥经常会在水面上升降,所以他们平均每 7000 次升降

之后就会把那一套器材更换一下，以保证安全。刚才我们有一个同事就突发奇
想，他说其实这个桥在升降的时候，应该铺一张大网在那儿，这样在桥升上来
的时候，自然就可以网到一网鱼。

　　由于是轻型桥，只能过行人和小型车辆，可是这种别致的升降方式反倒引
得游人专门走一趟。站在桥上，清风从河面吹过来，格外神清气爽。

德尔菲神谕

○

　　离开伯罗奔尼撒半岛，我们又向德尔菲行进。在古代很长的一段时间，古希腊人认为那里就是世界的中心，而且有一块石头被称为地球的肚脐。它在雅典西北方向的 170 公里处，在希腊，是除奥林匹亚之外的第二个圣地。

　　余秋雨：在希腊的许多景观中，除了奥林匹亚，最重要的就是这个德尔菲了。德尔菲我们一看好像很小，但是它大概很长时间内是从希腊到小亚细亚，包括西西里岛整个这一圈的文化精神中心。但是这个文化精神中心是有点占卜、讨神谕性质的。大概在迈锡尼时代的晚期，也就是公元前 12 世纪的时候，阿波罗神就传播到希腊本土来了，阿波罗神来了以后，成为当地许许多多邦国和集团来讨神谕的地方。阿波罗神殿可能就是讨神谕最重要的一个地方。

　　在崇拜神的力量的古希腊，讨神谕这样一个重要活动，自然要有相应的仪式和程序，以示对神的尊敬。

　　余秋雨：选择一个 50 出头的女人，先在圣泉里面洗澡，洗了澡以后就到这儿来颁神谕了，她把所谓的神谕用韵文写出来。所有的王公贵族，都到这个地方来讨教自己以后的前途。仗打得好不好，要不要打，一件事情要不要做，都在这儿讨到神谕。由于这个原因，这儿就成为一个非常重要的原始宗教的崇拜地。

而历史上宗教的兴起和演进，又往往会带来财富的集聚。

余秋雨：许许多多的人都到这儿来，来了还要供奉很多象牙、金子、银子，大量地供奉。供奉的结果就是这儿财宝很多。有的时候根据神谕打仗打胜了，打仗得来的东西，也放在这个地方。这样就造成了这里的富裕，富可敌国，基本上可以这么说。在公元前 5 世纪，雅典文明昌盛的时候，这儿开始慢慢地衰落，另一种文明开始代替它了。后来，毫无疑问，这个精神中心挪到了雅典。

我们见到了那块被古希腊人看作地球的肚脐的石头，当然只是个复制品，看上去普普通通、平淡无奇，真想象不出智慧的希腊人是如何测量、又是如何判断的。

迷失的奢侈

○

在雅典文明兴起之前，同样兴盛又寂然消亡的，还有克里特文明。

希腊最早的文明就起源于位于地中海上的克里特岛[1]，与东方很多文明古地不同，克里特文明的繁荣不是源自农业的耕播，而是成就于发达的贸易，这也正是海洋文明的一个独特之处。

4000 年前，这里已经迈入了繁荣时期，建有豪华的宫殿，是当时地中海的贸易中心。之后，经过几次大的地震、火山爆发，克里特仍然保持了繁荣。到公元前 1600 年，克里特文明达到鼎盛，岛上形成绝盛的君主国，传说最强的君王叫米诺斯。对今天的希腊人来说，"米诺斯"还是强大、繁荣和辉煌的代名词。

许戈辉：事实上迈锡尼文化在早期就深受克里特文化的影响，后来迈锡尼强大起来以后，它又反过来侵略克里特。

余秋雨：对，现在看起来克里特是非常具有中心地位的。好多地方的文明都集合在这儿，它实际上是整个欧洲古文明的一个摇篮，克里特文明非常明确的一点，是从埃及吸收了大量的营养。

---

1 地中海文明的发祥地之一，位于地中海北部、爱琴海之南，是希腊的第一大岛。

据说在 1 万多年前，欧洲和非洲之间的大西洋上还有一片辽阔的大陆，富庶而发达，却突然在一次巨大的地震和海啸中沉没海底，不见踪影。大西洲¹失落之谜，代代有人研究。其中有种意见认为，克里特岛就是大西洲的残余部分。若果真如此，那么克里特岛上出现早熟的文明，也就顺理成章了。大西洲如今已渺不可寻，能确知的就是克里特文明受到过埃及文明的重大影响。

克里特岛地处亚欧非三洲交界处，重商的克里特岛人可能很早就接触了埃及文明。因为在 4000 年前，埃及文明已经相当成熟。在米诺斯王宫遗址，仍然可以看到明显有埃及风格的壁画。而当时的克里特王宫生活奢华，排水设施也相当发达。

许戈辉：这里面有一些管子形状的东西，其实在古希腊时代就是取水用的。那些管子设计也很巧妙，一头大一些，一头小一些，这样每一个不同段的管子，就可以插在一起防止水漏出去。当时他们是从很远的山上引了泉水通过这个管子，一直接到王宫里以便饮用。这是取水系统，这边还有一个排水系统。王宫既然建在这里，如果下雨水排不出去就会被淹没，所以当时，人们还非常聪明地设计了这个雨水的排泄系统。这个槽，就引着雨水一直排到山下的河里面去。

除了精巧的取排水管道设计，克里特岛王宫先进的生活设施和堪称奢侈的生活方式，也都让人叹为观止。

余秋雨：这两个门一个是皇帝出入的门，一个是皇后出入的门。从这里可以看出当时这个王宫的生活，不仅舒适完备，而且可以说达到了奢侈的地步。

1　即亚特兰蒂斯，传说中拥有高度文明发展的古老大陆、国家或城邦之名，最早的描述出现于古希腊哲学家柏拉图的著作《对话录》里，据称其在公元前 1 万年左右被大洪水所毁灭。

据材料记载，这里皇后洗澡时还用牛奶；他们的厕所里冲水的方法非常非常先进，就是把雨水集聚起来，打开阀门就能很快将脏物冲走了。

　　许戈辉：不过奢侈肯定是以科学技术的发展为前提的，因为他们的聪明智慧真的达到了这个程度。

　　余秋雨：也和他们的生活方式有关，像这儿的一个王朝大概不太想发生战争，不太把所有的精力放在城堡的建筑和战争的准备上，所以有足够的力量来考虑提高生活质量。

　　由于有发达的商业贸易，克里特文明受埃及和小亚细亚影响很大。克里特的壁画精美，迷宫更是设计巧妙，还有一种线形文字后人至今都无法解读。可是就在 3400 年前，克里特岛顷刻间化为废墟，岛上文明就此成为一个谜。

米克诺斯风情

○

相较于其他地方的厚重历史感，米克诺斯岛一定算是轻快一笔。

在希腊，除了有几千年历史的古建筑遗迹外，最具特色的就是爱琴海上的小岛风情了，米克诺斯岛就是其中之一。岛上虽然杂草丛生、乱石成堆，可是希腊人凭借他们丰富的想象力，用一幢幢蓝窗白房、碧海白沙使小岛每年接待的游客超出了 100 万人。米克诺斯岛可以说是希腊最负盛名的小岛之一，直射的阳光在爱琴海丝丝凉风的吹拂下也收敛了那份暴热，变得温和起来。

在海边，有数不清的小吧。从这密匝匝的桌椅，就可以判断出岛上游客很多。事实上，岛上真正的居民还不足 6000 人，所有人都是做旅游服务的。驱车奔驰在小岛的路上，可以看到蓝白色调的小房子，的确被碧波白云点缀得很有分寸。

即便是这样，似乎还不足以吸引百万游客蜂拥而至。自然、平缓的海滨浴场是小岛的特色，别有风情的还有海滩，海水、阳光、白沙和荒野，大自然就是这样吸引着游客，回归它的怀抱。来自世界各地陌生的人们，回到了一个熟悉的世界。

在小岛的集镇上有各种风味的餐馆，自然也有中餐馆，几经周折找到了一个名叫"丹尼斯蒂"的中餐厅，中文应该是"王朝饭店"，虽然口气很大，却没有那种气派，还是小岛精巧的风格。这里一共有 3 个中国人，来自香港和内地福建省。店主告诉我们，本只想在米克诺斯岛玩 1 年就回去，自己也没料到因为喜欢上了当地的生活方式和环境，一留就是 8 年。

　　夜色笼罩米克诺斯的时候，小岛最是热闹。散落在小岛上的游客，大多集中在小镇的夜市，五花八门的货色并没有多少是本地的土特产，可是情调还是别的地方难以匹敌的。直至深夜，还是有很多人在酒吧内意犹未尽。

　　这样的小岛，在希腊厚重深邃的历史遗迹的包围中，并不妄自菲薄。小岛轻快而不刻意深沉，最适合放松身心，我们连日行走的疲累，也慢慢消融在这温柔夜色之中。

亘古悠然

○

　　今天的雅典尽管没有拥挤的摩天大楼，却幽静曲折、绿树成荫。白色的大理石古典建筑和雕塑随处可见，现代的希腊人更是生活得自在、安逸，见不到潮涌般的上班族。在雅典，节假日也格外多，每年到了8月几乎就是休假月，而且每天下午整个城市就进入了休息游乐的状态。虽说少了一分进取，却也悠然。

　　由于古希腊文明贡献给人类太多丰富的内容，所以无论来自哪个国家的人都能在这里见到熟悉的字母 α、β、γ，那些沉思、凝视的雕像常常会让你联想到苏格拉底、柏拉图、阿基米德或者是埃斯库罗斯。

　　以雅典为中心的古希腊文明用开放、民主、健美、智慧把古希腊的雕塑塑造得完美无缺，直到今天，古希腊人体美的标准仍然没有被超越，奥林匹克更成为全人类的运动赛事。心里萦绕着对这一全人类盛会的崇敬，我们又专程来到雅典市内的现代奥林匹克运动场。

　　许戈辉： 这里就是现代奥林匹克运动会的运动场了，它位于雅典的市中心，也叫作"雅典体育场"，可以容纳7万名观众，只不过有几个位子在从前是很特殊的，那是专门为国王及主要的裁判员设置的。这个运动场建于公元前4世纪，其间又经历了几次重建，到了1895年是最后一次重建，当时是为了准备第一次现代奥林匹克运动会。自1896年开始，人类就正式有了现代奥林匹克运动会了。

但是，正是在这个全世界竞技运动的发源地，人民生活的节奏反而是不疾不徐的，悠闲得好似千古皆然，闲适得理直气壮。

许戈辉：在雅典市中心，我们发现了一座雕塑，名字叫"跑步的人"，它的结构，还有玻璃质感，都透出一种风驰电掣的感觉，不过，这可和希腊人给我们的印象完全不一样，因为当地人的生活悠闲自在，节奏慢腾腾的。

在雅典的宪法广场无名战士纪念碑前着传统服装的士兵每 4 小时会有一次换岗，看着这长达半小时的仪式，或许更多的人是在欣赏士兵们优美的舞姿。

希腊人的悠然自在，在雅典的出租车上也可以得到证明，每辆车子的行程定价，全靠上车后协商。不过，即便是协商好了，司机也有可能随时停车，再捎上一个顺路的乘客。

下一站我们就要去埃及了，不知道那儿的人到底以一种什么样的状态生活着，悠闲自在不要紧，但是千万不要慢得让我们着急。

Journey
of
Civilization

文 明 之 旅

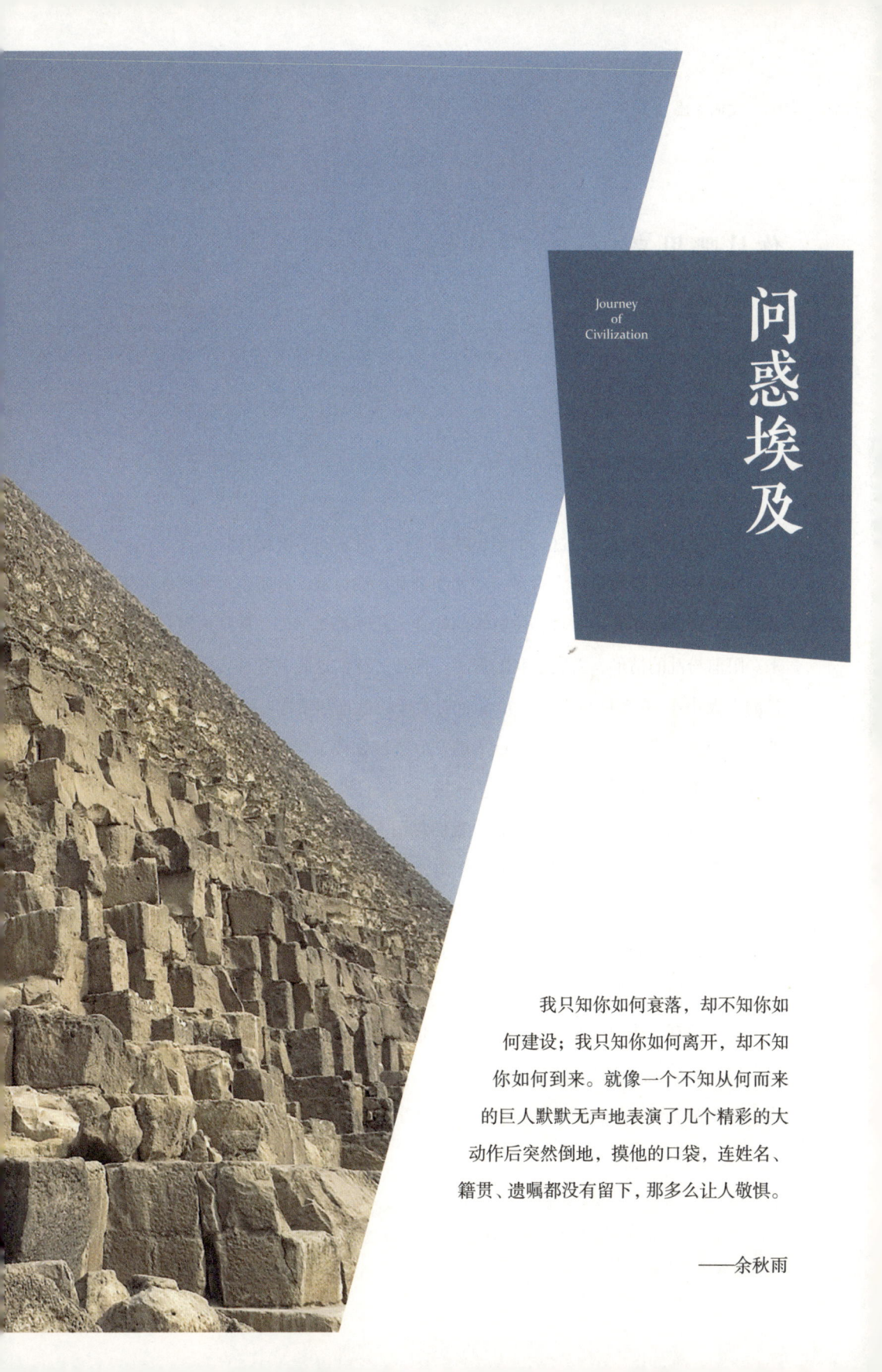

问惑埃及

我只知你如何衰落，却不知你如何建设；我只知你如何离开，却不知你如何到来。就像一个不知从何而来的巨人默默无声地表演了几个精彩的大动作后突然倒地，摸他的口袋，连姓名、籍贯、遗嘱都没有留下，那多么让人敬惧。

——余秋雨

你从哪里来

○

告别了希腊雅典，经过一个半小时的飞行，就来到了埃及开罗。

开罗机场比雅典机场大得多，却相当杂乱。成行前，就听说过开罗海关手续烦琐复杂，看到旁边对每一位游客的检查，几乎都是一件一件把衣服抖搂出来。眼前纷乱的情形，着实让我们捏了一把汗，我们这装着各种传输和摄录设备的大大小小60多件行李，不知将面临怎样的盘查和糟蹋？经过和海关人员的一番交涉，终于，埃及人对中国人的友好态度发挥了作用，海关人员只检查了几件行李就放行了，让我们虚惊一场。

走出海关，从这开罗机场开始，我们将用5辆精心改装的越野吉普车的车轮，一圈圈地丈量东方文明故地间的距离，直到万里长城。

心情放松下来，夜色中的开罗给我们的第一印象不错。高架桥、地下通道纵横交错，开罗看上去很漂亮。后来才知道，我们当时看到的，是开罗的新城区。旧城区则是一派杂乱、破旧不堪。

这是后话，当时已是深夜，我们忙乱地赶着入住酒店。进门后发现，在自己所在的酒店高层就能看到3座雄伟的金字塔，这一眼，惊喜不已，哪里还睡得安稳，第二天一早，忙着驱车到吉萨看金字塔[1]。

1　吉萨金字塔是一个金字塔群，其中3座最大、保存最完好的是在公元前2600年至前2500年建造而成的胡夫金字塔、哈夫拉金字塔和门卡乌拉金字塔。它们代表了古埃及时期最高的建筑成就。

许戈辉：我们从希腊的爱琴海畔，来到了埃及的撒哈拉沙漠；从雅典卫城来到了金字塔面前，正式迈入了埃及。虽然这一段行程从时空上来讲，跨度并没有那么大，但是在我自己的感觉中，却好像进入了两个完全不同的世界：爱琴海是蓝色的，而金字塔却是一片大漠的黄色；爱琴海安宁祥和，安宁到让你无法联想到那里几千年来居然充满了战争，而站在金字塔面前，即便是朗朗晴空下顶着大太阳，你都会不禁打一个冷战，感到一种苍凉，不禁把自己的眼光投向很远很远的地方。

18世纪末，拿破仑带着他的远征军和考古学者来到金字塔面前时，曾对他的士兵们说："从这些金字塔的顶上，人类4000年的历史正注视着你们。"吉萨的金字塔，按考古学者的判断，建于古埃及第四王朝，距今已有4500多年了，其中最宏伟的是胡夫、哈夫拉和门卡乌拉祖孙三代法老的陵墓。最高的便是胡夫金字塔，原高146.5米，是用230万块巨石建成的，最重的30吨，轻的也有2吨重，总重量达700万吨。

这些数字，光写下来，分量已是沉重。如此宏伟的建筑，又建造得异乎寻常地精确，即使在现代技术条件下也很难完成。

许戈辉：金字塔是古埃及文明的一个集中体现，可以说是它的顶峰。我们现在看到塔身已经相对残旧了，但是据说在建成的时候，金字塔的表面镶嵌了非常平滑的大理石，富丽堂皇。我们在雅典卫城的时候，已经感叹过它的建筑如此宏伟、技艺如此精湛，但是不管是古希腊文明，还是古罗马文明，其建筑艺术都无法与金字塔的相提并论，尽管我们现在仍有很多难题是无法解开的。

许多学者在研究中发现，金字塔结构的很多数据都与现代数学、物理学、地理学的基本数据相吻合，还发现三大金字塔的排列与猎户星座有着奇妙的对应关系，这就使身世原本就不甚明了的金字塔更加神秘莫测。

大多数考古学家认为金字塔是坟墓，在塔内通道尽头的密室里存有木乃伊，

然而3座金字塔内都没能发现法老的木乃伊，而且狭窄的通道几乎很难让体积略大些的宝物通过。也没在其中见到任何碑文、装饰，这一点与埃及其他法老陵墓的富丽堂皇不同。密室中只有一个空空的石棺，或许已被盗墓，但最不可思议的是，3座金字塔里，甚至没发现任何颂扬法老的文字。

　　余秋雨：关于金字塔的谜非常之多，最根本的一个谜就是制造它的整个工业过程到底是什么样的。粗略说起来是10万人工作20年，但那是一个非常笨的计算劳动量的办法。实际建造过程中有许多难以跨越的难题，譬如，石头怎么运过来，运过来以后怎样一层层堆上去，还堆得那么高。更重大的问题是，10万人20年的工作需要多大的国力来支撑，而这样的国力需要以多少人口做基数，而当时地球上人口总数有多少。

这些问题，实际上还只是有关金字塔疑惑的冰山一角，更多问题还在不断挑战现代人的智慧与知识边界。对此，也不断有人提出大胆的设想。

余秋雨：我们反复提到过，这个结构无数次和现在宇宙间许许多多的数据吻合。这样一来，在好多考古学家、地质学家不断研究的同时，也有一批大胆的人提出另外一种设想，觉得这可能是一种另类文明。所谓另类，不是相对于中国、埃及的另类，而是和我们人类完全不一样的另外一种文明。当然，更大胆的人理解成有可能是外星人，譬如，他们是不是曾经来过地球。对此，我个人觉得还没有足够的证据让我相信。我比较相信那是一种属于人类自己而我们现在还不太清楚的文明方式。

人类目前能确知的，也仅限于金字塔的形状源自法老时代对太阳的崇拜。而围绕金字塔的众多谜题，至今也无人能够解透。

夕阳斜下，余晖笼罩着这肃穆耸立的人类文明之谜，向每一位仰望它的游人，静静发出威严而巨大的问号。

法老传说

○

开罗博物馆称得上最奢侈的博物馆，馆藏的 12 万件文物，件件精美绝伦，而且全都有三四千年的历史。

有一位熟悉埃及本土文化又通晓中文的当地人，自告奋勇要做我们的导游。一来二去，也就从他那里了解到不少古埃及的另一种神秘。

王大力（导游）："人面狮身像，人面狮身像，国王聪明又健康。"因为狮子最健康，人类最聪明，所以人面狮身像，就是国王聪明健康的样子。这边这座雕像，用花岗岩雕成，花岗岩是世界上最硬的一种石头，有花色，有黑色。法老雕像的所有东西都是用整块石头做的，从他的王冠到下面整块基座。法老之中最有名的，叫拉美西斯二世，这也是在埃及最有名的，因为他统治埃及最久，当国王 67 年，活到 99 岁，生了 52 个儿子，63 个女儿，总共 100 多个孩子。

法老们的雕像看起来朴实无华，实则大有玄机，每一个姿势和字符，都有特定意义。

王大力：法老的雕像如果是这个样子，左脚往前面迈一步，代表雕像是在他活着的时候做的；如果他站着是这个样子（双臂交叉），代表是国王去世以后才做的。每一个法老有两个名字，为什么有两个名字呢？刚出生的时候有一个名字，当国王的时候又有第二个名字，所以每一个法老有两个名字。国王都有假的胡子，女王也有假的胡子，男的、女的都一定要做假的胡子，以便确定是国王。如果不是国王的话，完全没有假胡子。

即使没有假胡子，也一定会有图腾、权杖来象征身份，国王手里一般都拿着两柄权杖，一柄代表上埃及，另一柄代表下埃及。除给他们塑雕像外，法老们还往往被做成木乃伊。

王大力：古埃及人做木乃伊，先在尸体左边开一个洞，从这个洞里面把肺、胃、肝、肠，也就是内脏，全部拿出来。然后把一根铁棍放进鼻子里面，把脑袋里的脑髓拿出来，这些都叫内脏。心脏不需要拿出来，因为这个人是要复活的，好人上天堂，坏人下地狱。然后把这个洞封起来，用亚麻布、麻布把身体从头到脚裹起来。最后用防腐的材料，防腐的材料现在我们无法理解，不过，无论潮湿还是干燥，法老都不会烂掉。

在现代人看来，这可以说是对逝去生命体的一种折磨，不知道是不是这个原因，我们接下来听到的有关法老的传说，更为离奇。

王大力：在 1922 年，在卢克索那边，就是法老时代的首都，我们突然找到图坦卡蒙——最年轻的法老的坟墓。他从 9 岁开始当国王，一直到 18 岁。参与发掘的 20 多人在不太长的时间内先后死去。这就是"法老的诅咒"。

当然，这些有关诅咒的传说，到现在已经部分被科学证明是无稽之谈。

王大力：坟墓里面的空气非常危险，法老当时往里面放了一些毒物和寄生虫，他们说将来如果有小偷进入坟墓，那就活该了，是他自作自受。所以呢，坟墓封了 3000 多年，很少有人进去，特别是里面有寄生虫，人进去应该 1 分钟内就死掉了。当时 20 多个考古学家不晓得，现在埃及考古学家知道了，碰到新挖的坟墓或者古迹都会先挖一个洞，换两三年空气，然后开始打洞挖出来。

但除了现在人类所知的有限知识，关于古埃及法老的种种谜团，仍然有许许多多有待解答。

雄伟的沉默

○

　　沿尼罗河南下，途经埃及的 7 个省，经过近 15 小时的漫长车程，最终到达卢克索[1]。

　　这是启程以来第一次长途跋涉，全部行程为 780 千米。为了能看到更多的历史文明遗迹，我们选择走埃及人所说的农业路。

　　由于曾经发生过恐怖分子枪杀外国游客的事件，埃及政府为了保护我们的安全，沿途让当地的警车轮番护送我们。走了一段路后，我们发现在重要路口和街道都有荷枪实弹的军警，护送我们的警察每过一个省，就会交接一次，警车也从汽车发展到装甲运兵车，从 1 辆变成 3 辆，人数从 4 人增加到最多的时候有 17 名军警。重镇城市经常可以看到装甲车和堡垒。

　　虽然沿途河畔落日景色非常优美，可是随处可见的警察和重装备，让大家有点心理不适。夜幕沉沉，我们才到达卢克索，一路紧张过后，大家都感到格外疲劳。大概也因如此，卢克索给我们的冲击才分外强烈。

　　很长时间内卢克索一直是法老时代埃及的都城，在卢克索的尼罗河西岸，有大量墓葬文物和神殿遗址。毫不夸张地说，埃及 70% 的古迹在卢克索，而卢克索 90% 的古迹在西岸，这些古迹里，最让我们倾慕神往的，是女王庙和凯尔奈克神庙——古埃及遗留下来的文明精髓全在这里。

1　古称底比斯，埃及中东部城市，位于南部尼罗河东岸的上埃及卢克索省的首府。

许戈辉：我身后的这个停车场，发生过血腥枪击案件。1997 年 11 月，6 名恐怖分子沿着山坡持枪而下，在那里进行了为时 40 多分钟的枪击，被害者一共有 64 人，包括来自欧洲、日本的游客以及当地的埃及学生。这一案件震惊了全世界。

这一事件给埃及带来的最直接影响，就是使埃及每年 500 万的游客人数，迅速下降到了只有 30 万，而案发现场与著名的女王庙也只有几百米的距离。

女王庙也叫哈特舍普苏神庙，建于 3200 年前，当时的法老和自己的妹妹结了婚，法老去世后妹妹便做了女王，建起了这座女王庙。整个建筑与背靠的山体浑然一色，廊柱上有大量古埃及象形文字，墙壁上则凸刻着壁画，至今颜色鲜艳。为了表现女王的强悍威严，很多壁画上的她形态都十分接近男性。

余秋雨：我们在希腊和罗马看到柱子的时候，它们的排列方式就曾让我们叹为观止。我们都把它们看成西方文明的一种象征，但是没想到在埃及卢克索那么早就有那么稳定、整齐的排列方式。而且那肯定不是埃及石柱的发源期，

已经是非常成熟的时期了。当年它是地球上最辉煌的首都，这个庙应该是这个首都的象征性建筑，它看上去环抱着整个卢克索山谷，（从这里）还可以看到尼罗河，这感觉真是气象万千。

夕阳西下，我们坐了一辆很有特色的观光马车，慢慢行驶在卢克索的大街上，感受到浓郁的当地风情。

许戈辉：卢克索现在之所以成为这么有名的旅游胜地，是因为它是埃及最早的首都，后来因为统治者感觉卢克索比较热，就把首都迁到了亚历山大，之后才是开罗。所以埃及经过了这么几次迁都：卢克索、亚历山大，然后是开罗。卢克索用当地人的话说，意思就是"遍地都是古迹"，你随便挖出一个地方可能就是法老墓。

这样一个集古埃及文明精华于一身的城市，自然引来世界各地人们的关注和拜访。在卢克索，80% 的人都在从事旅游相关的工作。无论是清晨，还是夜幕降临之后，睡眼蒙眬当中，窗外总是会传来清亮的马蹄声，它时而舒缓，时而急促，伴随着仿佛遥远的天际传来的寺院的祷告声。

就在卢克索，在尼罗河边上，倾听清脆的马蹄声，乘坐马车一番小游，感受着历经沧桑的古埃及，仿佛沿着时空隧道回到了遥远的从前。恍惚中，我们乘坐的马车仿佛属于卢克索，属于古埃及的法老。

许戈辉：在埃及的古迹面前，我一次又一次地惊讶，赞叹不已，而今天站在这儿，我再一次被震撼了，而且是狠狠地被震撼了一下。凯尔奈克神庙，因为它供奉着埃及人心目中的"众神之王"太阳神，也叫作太阳神庙。它占地面积有 20 多万平方米，号称世界之最，而它修建的时间又是那么漫长，从中古时代的第一任法老王一直到最后一任，前前后后竟然经历了 2000 年。在这期间，每一任法老王，都会给这个建筑添砖加瓦，以自己特殊的方式来表达对神明的崇敬。我们现在从这第一扇塔门往里走，就可以从最年轻的法老王，走到最久远的法老王，一直走到最里面供奉的神龛。

凯尔奈克神庙是卢克索最大、最壮观的建筑群，出于对太阳神的崇拜，古埃及中古王国的每一位法老，用极其智慧的雄伟建筑，来表达他们的虔诚。今天，每一个站在神庙里的人，都能够强烈地感受到透过高大建筑直射而来的阳光。很容易悟出，为何古埃及人会对太阳神那样崇拜。那森林般密集的巨大石柱上刻满了古埃及象形文字，在神庙的鼎盛时期，仅庙中的祭司人数就超过 3 万。

余秋雨：为什么古代的埃及人要用石柱的方式，来体现他们建筑当中最高的那种理念？因为在古代埃及，民间有一种想法，就是觉得人类的产生、人类的成长，是从泥土中出来的，从泥土中出来以后，慢慢像模像样地站立在天地当中。这个过程、这段历史用石柱来概括的话特别形象，所以每竖一根石柱实际上都在表达他们对人类成长史的一种概括。

凯尔奈克神庙所有的建筑，几乎是古埃及中古王国活着的历史，展示了那个时期鼎盛、辉煌、成熟的文明。然而在埃及，法老时期的文明并没有得到延续，从公元 1 世纪到 4 世纪，就此消失，古埃及象形文字 1000 多年无人能读，金字塔也成了旷世之谜。

这一人类文明憾事，与拜占庭帝国皇帝狄奥多西一世的一纸禁令直接有关。

约公元 391 年，信奉基督教的狄奥多西颁布法令，关闭所有异教神庙，驱赶祭司。于是，几百年后便再也无人能看懂这种象形文字。直到 1822 年，法国学者商博良才重新解读，然而可读的文献却已讲不清太多的故事。

余秋雨：这种象形文字和中国的早期象形文字相比，更具有感性力量，因为中国的象形文字已经经过一定的抽象，抽象成比较简单的笔画。而这里的鸟啊，鱼啊，鹰啊，人的眼睛啊，昆虫啊，等等，都非常感性、非常具体，好像上帝、神和人间的连接，借助的是一种自然符号。

在凯尔奈克神庙建筑群中，耸立着一块高大醒目的方尖碑。

许戈辉： 如此高大的方尖碑，居然是由一块完整的花岗岩打造而成的，真是很难想象在几千年前，埃及人到底是怎样把它竖起来放在这儿的。在这个神殿里众多的圆形大柱子中，方尖碑就格外地引人注目。它在几千年前的功能，是法老王献给上天的礼物，同时也是和太阳神直接对话的一个媒介。你看它的形状就像一束太阳光直射天上，而顶部的金字塔形就寓意着法老王要把自己最心爱、最珍贵的东西献给上天。

除了表示古埃及人对神的崇敬之外，方尖碑自身也已成为重要的文化载体。

许戈辉： 这个碑身上还有很多象形文字，记录着哪个朝代、哪一位法老王有什么样的事迹，因为方尖碑实在是古埃及文化的一个巨大载体，所以对这种文化热衷的人们就不断地在觊觎着它。如今世界上仅存的方尖碑有13座，其中有7座流落在海外，包括英国、法国、意大利、土耳其等国家，另外6座还在它们的老家埃及，而凯尔奈克神庙中，就有两座半。

凯尔奈克神庙从最初被发掘到现在有400多年时间，其间无数文物贩子盗走了大量珍贵浮雕、塑像和文献，甚至巨大的方尖碑也被运往西方。尽管如此，凯尔奈克神庙遗址的发掘却仍只是蜻蜓点水，主要建筑被清理出来了，但是已发掘的纵深面积只占发掘总面积的2.9%，将来凯尔奈克或许会有更多惊人的发现。

从公元前3世纪的埃及法老托特密一世开始，法老们不再把木乃伊放在金字塔里，这或许是因为吉萨金字塔后埃及人再也没造出像样的金字塔。后来的金字塔不仅规模小，而且大部分都已倒塌成一堆乱石，频频被盗。于是法老们选中了一个酷似金字塔的山谷来做陵墓，改变了至少已有500年历史的金字塔式陵墓传统。这个山谷也就是现在闻名于世的国王谷[1]。

---

1 与卢克索城相对的尼罗河西岸的一个山谷，因集中了许多国王和王室成员的陵墓而得名。

迄今为止，国王谷已发掘出 63 座法老陵墓，但大部分墓都已被盗，只有我们在开罗博物馆看到的图坦卡蒙陵墓是完整的。在这陵墓的墓穴里，有大量的壁画，绘有古埃及人所相信的人死后再生的情景，动物头像的各种神灵和古埃及人日常生活的愉悦场面。

国王谷陵墓群的发现，给后来研究古埃及提供了丰富的资料，也为全球各大博物馆充实了大量埃及文物。现在世人能看到的许多法老木乃伊都出自国王谷。

余秋雨：在很长一段时间内埃及的中心是卢克索，这里后来被人们封为法老时代的中心。这个地方可能曾经是整个地球最豪华的地方，尼罗河两岸的文明是相当了不得的。后来我们所看到的，譬如，希腊罗马时代的中心应该是亚历山大，最后 1000 年的阿拉伯时代，中心应该是在开罗。但是人们所看到的开罗的文化已经是阿拉伯时代的了，不是纯粹的埃及古文化的核心部位了。核心部位应该在这儿，这是埃及文明最本质的发源地，也是埃及宗教的发祥地。

这样一个雄伟壮观的古文明，却依然没有逃脱寂然衰亡的命运。

余秋雨：这一文明在几千年前产生，又在几千年前突然地黯淡，它的形体却没有改变，所以使我们觉得更神奇了，就像突然来了一个天外来客一样，他出现的时候已经相当成熟、相当完备了，突然他悄然走了，走的时候也是差不多的形象，并没有发生多少变化。我们其实面对着一种需要不断研究、不断思考的文明，对这种文明，我们今天只能参观，发言权很有限。到现在为止，很多考古学家能够做的就是，使它们呈现出本来的面貌，却无法说明它们为什么是这样。

也许一切伟大的文明存在于世的非常重要的一个理由，就是它已经沉默了。

生命海河

○

从卢克索向东北方向前往古尔代盖，穿过阿拉伯沙漠，就到了美丽的红海边。

名叫红海，实际上却与红无关。纯净的海水由浅及深，颜色也由淡而浓，占尽了各个层次的蓝色。海底密如森林、色彩斑斓的珊瑚礁之间，游动着艳丽的鱼群，这也是红海的旅游主题——不论是坐透明船还是坐潜水船，都能体会美妙的海底生物世界。

海洋世界的澄澈，相伴大漠的荒凉神秘，再没有任何理由比这更能引发人们无限的探险心理。我们决定放弃自己的坐骑，乘坐当地车到当地去，到红海旁的沙漠去探险，寻找当地的游牧民族——贝都因人。

许戈辉：在埃及有三大类人，一种叫作埃及人，一种叫作努比亚人，一种就是贝都因人。努比亚人我们已经见过了，肤色比较黑，而贝都因人是 500 年前从沙特阿拉伯移居到这里的，他们是一个游牧的民族。在埃及，95% 以上的人口都集中在尼罗河三角洲和开罗，所以从卢克索再往南，人烟就非常稀少，在这儿见到贝都因人，真是很开心的一件事情。现在他们一共就还有 38 个村落，我在的就是一个小小的村落，现在我们要去看一下贝都因人掘井打水的地方。

水源对于游牧民族尤为重要，一口井就是全族人的命脉。早先找水源有 3 种办法：一是根据骆驼；二是根据鸟类；再有就是看什么地方水草茂盛，找到了就掘一口井。我们见到的井相对贝都因人的居住环境而言，显得过于精美。原来它早先只是一个洞，扩建的设备是后来政府资助他们的。据说这儿的水有15%的盐分，喝之前需要经过几次沉淀。

贝都因人的生活习俗既传统又有趣，这里的女人通常都是早上6点钟起床，先去打水，然后回家做大饼给全家人吃。贝都因人选妻子的方法是看她们的眼睛，眼睛最黑、最漂亮的就可以得到25峰骆驼的聘礼，这也是贝都因女孩子的最高聘礼。

许戈辉：坐在这个小山坡上往西边看，可以看到日落，而身后就是贝都因人的小小村落，坐在这儿可以对整个村落一览无余。顺着我的手指往这边看，有一个白色的没有围墙的小棚子，那是他们的清真寺，别看贝都因人过着这么简朴的生活，每天的祷告还是必不可少的。往远处看，山顶上有一个小小的白色的房子，据当地人说是放信鸽的地方，现在他们仍然用信鸽传信号。

将这大漠里渐落的夕阳尽情看个够，第二天我们便起身去探访孕育尼罗河文明的另一个重要源头——苏伊士运河，我们要途经苏伊士运河折返开罗。经过3个多小时的行程，终于抵达了运河中段的伊斯梅利亚。

许戈辉：此时此刻，我就站在大名鼎鼎的苏伊士运河岸边，其实运河和法老王也有着直接的关系，历史上记载，最早开凿的人工运河，可以追溯到公元前1874年法老王时代。而现在的苏伊士运河，是在1869年开通的，1956年被埃及从英法两国手中收回成为国有。我们上学的时候，就读到过苏伊士运河地理位置的重要性，它连接了亚非大陆，沟通地中海和红海，使得大西洋、印度洋以及地中海可以顺利通航，而且大大缩短了航程。现在我站在这儿，就可以切身体会到这种地理位置的概念。我的身后就是地中海，我的前方是红海，也就是说，我的右手边是非洲大陆，我的左手边是亚洲大陆。现在，我们要通过苏伊士运河，进入西奈半岛，也就是说，我们要正式从非洲回到亚洲了。

看上去十分平静的苏伊士运河其实是世界上最繁忙的航运河道之一，我们只在边上停留了不到 1 小时，就已经看到十几艘大型货船从运河通过。

苏伊士运河的航运量，目前已经占到全球航运总量的 7%，正因为有这样重要的地位，这条运河的控制权在 20 世纪曾经几易其手，先后被英、法、以色列等国家控制，收归埃及所有后，今天运河边上除了有穿梭的船只外，更有了一种和平宁静的气氛。

许戈辉：我们现在已经坐着游轮航行在苏伊士运河上，苏伊士运河全长 190 千米，水面的宽度 300 到 400 米，水深 15 米多，因为这个地方的地理特殊性和它的航运重要性，所以一直是兵家必争之地，由此也发生过大大小小、各种各样的战争。因为现在这里还是一个军事要地，所以一般来讲，游人是不可以在水面上航行的，现在我们得到了特殊的许可，我们的游轮两边还有军警，坐着他们的快艇在护卫我们。

说到战争，其实对面的西奈半岛，在几十年的中东战争中一直是一个首当其冲的要塞，著名的巴列夫防线就位于此。当年以色列人用 3 年时间花了 2 亿多美元精心构筑而成，号称坚不可摧，但是埃及人以高压水枪，找到了它的致命弱点，一夜之间，8000 名士兵把 190 千米长的防线全部突破。

许戈辉：现在因为已经缔结了和平条约，所以我们在这儿几乎感觉不到什么战争的阴影，不过据说防线里面有的战壕还埋有地雷，所以有的游客到那儿去参观游览的时候，会往下扔几块石头，希望可以引爆地雷，再也不要有这种战争的遗留物。

海河无言，苏伊士运河上海风轻柔拂面，吹起一列列水波向西奈半岛，延伸到铺满余晖的天边去。生命源泉以其广涵的胸怀将那些血腥过往温柔抹去，探出栏杆，我们注视着她，而她注视着全人类。

西奈山¹日出

○

　　一路行来，我们不论走到哪里，都有个一成不变的优美节目，那就是看日出和日落。

　　许戈辉：今天是星光下的出场，昨天我们从开罗出发，通过苏伊士运河，然后连夜抵达了圣卡特琳娜区²，现在我们休息了不到2小时，在凌晨两点钟的时候出发准备去拍西奈山的日出。西奈山的日出不仅景色美丽，更因为它有摩西在那里受命的传说，这一景色就更增添了一种神秘的色彩。

　　去拜访这样的神秘圣洁之地，沿途自然少不了稍稍温习当年摩西一行所经历的艰辛。

　　许戈辉：我们本来一早上起来觉得晕晕乎乎的，睁不开眼睛，但是走到外面来，空气比较清朗，所以一下子就醒了。据说在登山的时候最低气温可以达到零下1摄氏度，所以我们也准备了好多御寒的衣服，还买了手电。登山的路

1　又称何烈山、摩西山，位于埃及西奈半岛中部，海拔2285米。《圣经》中，上帝在此向带领以色列人出埃及的摩西显现，并赐给他"十诫"，因此这里成为基督教的圣山。
2　亚历山大的一个区。

程虽然并不长，但是光是单程就需要 3 小时，所以我们还是提前一点，争取在日出之前能够赶到。

一路上星星非常美，但是我们几乎没有什么心情浪漫，因为时间很紧，据说上山的台阶有 3000 多级，为了赶路，我们决定就根据当地的习惯在前三分之二路程先坐骆驼行进。夜比较黑，看不太清楚山谷里面的样子，下了骆驼以后也不知道休息了多少次，终于徒步爬到了山顶。

许戈辉： 现在是当地时间差几分钟 5 点，距离我们坐骆驼开始爬，用了应该是 2 小时多一点，比预想的还提前了 1 小时，可能是当地人已经预留出我们在路上的歇息时间。因为有海拔高度，所以现在觉得大脑有点缺氧，不知道我说话是不是有一点语无伦次了。爬到顶上发现已经有些人坐在山上开始等了，这里的人告诉我们说，日出应该是在约差 10 分 6 点钟的时候，那边已经有一点曙光露出来了。还是当地人想得比较周到，他们知道早晨天气太凉，所以准备了一些垫子，来到这儿的游客可以就地坐在垫子上。

寒风中肃立，大家翘首以盼的西奈山日出终于露出了神秘面容。

许戈辉：此时是埃及当地时间差一刻钟 6 点，太阳终于冒出来了，这就是 1999 年被美国《国家地理》评为全球 25 个最值得、最刺激的旅游项目之一的，而且是前 3 位的"西奈山日出"，也是亿万教徒心目中非常神圣的西奈山日出。想当年，也就是在公元前 1000 多年，摩西带着百十万的犹太教信徒，历经千辛万苦，经过了无数的跋涉，越过红海来到西奈山的旷野，摩西在电闪雷鸣之中独自登上西奈山，与上帝交谈了 40 个昼夜，终于得到了上帝赐给他的 10 条戒律，之后兴教立法。当时西奈山可能就是迎来了这样美丽的日出。

其实任何景色，之所以伟大，一方面固然是因为自然景观或壮丽或奇秀，让人难忘；另外一方面也是因为人们对它有一种神圣的崇拜和向往。西奈山的日出也正是因这两者合二为一，才让人倍觉美丽震撼。

离开了摩西山我们就要出埃及了，在圣经故事中，3000 多年前摩西从西奈山领悟十诫后，统一犹太教，率领百十万犹太人历尽艰辛，离开埃及抵达耶路撒冷。现在我们走的正好是这条路线。我们的下一个目的地，就是以色列了。

烽火巴以

耶路撒冷，古往今来无数寻找它的
脚步走到这里已激动得微微发颤，当然
应该有这番纯净的淡彩来轻轻安抚，边
安抚边告示：一个朝圣的仪式在此开始。

——余秋雨

出埃及记

○

由埃及进入以色列的过程十分磨人。

许戈辉：我们现在已经结束了在埃及最后一站的拍摄，来到了位于埃以边界的小城塔巴。现在这里已经是一片比较和平的景象，不过通过这个边界还是要经过一道又一道比较严格的检查。我们的车都已经停在这儿了。据说我们的机器设备、我们的行李，还有每一个人的各式各样的证件都要被一一查看，而且听说还不允许照相或者拍摄。

出埃及的海关时我们并没有费太大的周折，2小时所有的手续就全部办完了。可是进入以色列就麻烦了，除了随队人员被盘问，车辆手续还出了问题，眼看太阳落山，直到夜幕降临才总算通过了海关。

许戈辉：我们花了整整6小时才从埃及进入以色列境内。现在我们就在以色列边境城市埃拉特，一个很漂亮、很可爱的小城，但是我们实在已经疲惫得无心欣赏了。主要的问题出在以色列境内，因为他们的边防检查人员说我们的5辆吉普车没有牌照，也就是没有车牌号。其实我们这5辆车一切手续都办理齐全了，只不过时间太紧张，就没有来得及领牌照，在埃及只是办了一个临时的。

　　但是，以色列的边防人员坚持要办好牌照才能入境，在 6 小时的折腾中，他们的态度倒是始终如一地温和。

　　许戈辉：其实以色列边境的检查人员也是蛮热情蛮友善的，一直想帮助我们，并没有想刁难，他们打了无数个电话，发了无数份传真，就是为了补办这个手续。在这个过程中，看我们这么多人等得非常无趣，他们就给每人发了一根棒棒糖。当时的情景很好玩，每个人都在吃这根棒棒糖，只不过他们边境的各种纪律也比较严明，我们没法把摄像机拿出来拍摄。

　　以色列海关让我们有了对它的第一个印象，那就是这儿的人非常地较真，虽然他们友善、热情，但是在整个过程中一丝不苟，不给自己减轻一点点负担。

金壁绿墙

○

从埃拉特出来，我们开始进入以色列腹地，预备直奔300公里外的耶路撒冷。

但上路不久就停了下来，停下来的原因是我们发现了一个叫作"所罗门石柱"的所在。

刚刚在希腊和埃及看过了那么多精美的石柱，对眼前这种石柱就太不适应了。事实上，这里是2900多年前犹太人采矿冶炼留下来的遗迹。那时候正是犹太国家最强盛的时期，所罗门是最辉煌的国王，他通过战争获得的奴隶就在这里为他采矿、冶炼金属。

许戈辉：来到这儿，不由得感叹这里很宏伟。我原本以为所罗门石柱应该是一个宫廷式的建筑，很像帕提侬神殿，因为关于所罗门王的传说都是来自《天方夜谭》的。

余秋雨：实际上，《圣经》里所写的所罗门和历史上的是紧紧交融在一起的，有好多是可信的：他是公元前10世纪的大卫王的小儿子，是一个非常出色的统治者，据说能文能武。他创建了犹太历史上最辉煌的一个朝代，那个朝代需要有一些产业作为支柱。

这个支柱产业，也就是我们面前的石柱所代表的矿藏冶炼。仰头细看，这些石柱上还有着斑驳的色彩。

许戈辉：这些巨大的岩石上有红色，还有绿色，红色是含铁的标志，绿色就表示含铜。当年所罗门王就是靠采铜使整个所罗门王国变得非常强大。不过这个地方叫所罗门石柱，好像是后来以色列政府命名的，当年并不是这样称呼的。

余秋雨：对，50年前大家觉得这个天然的地方能够让人想起所罗门王朝当时的繁华，所以干脆叫所罗门石柱。

目光所及，遍地沙砾，一片荒野，难得见到一点绿色。我们刚刚离开的埃及是传统的农业国，尼罗河两岸土地非常肥沃，埃及农民根本不需要知道什么耕播季节。可是在以色列，别看埃拉特绿树成荫，我们已经注意到，在每一棵绿树、每一丛鲜花的根部，都有细细的滴水管子定时浇灌。

以色列以高效高产的现代化农业闻名于世，难道就是在这样的土地上吗？为探寻这一问题的答案，离开所罗门石柱后我们拐进一处农庄一探究竟。

阿密（以色列农民）：在这个农场有20多户人家住在一起，每家都有房子和周边设施。我们有农业耕作用的农具，农田离这儿很远，我们只是住在这里，有齐全的生活设施，但是农田不在这里，在住宅区以外。

阿密告诉我们，50年前这里也一样是荒野，除了对土地的改造利用，一起来到这里的以色列人，也慢慢形成了稳定融洽的互助关系。这里有两种农场，"莫沙夫"是一种以家庭农场组成的合作定居地，还有一种"基布兹"农场，是所有成员共享成果的定居点。在以色列，农民只占总人口的3.7%。在农庄里，不光农田和椰林，几乎所有的绿色植物都要一点一点地人工培育，完全靠现代科技管理农作物。

他说因为当地的自然环境比较恶劣，水又很少，土壤又是沙质，从20世纪60年代末到70年代初就采用了电脑控制，植物两旁都有水管可以自动渗水，肥料也通过水一起放进去，既节省人力又能够让这些作物一直处在湿润和适宜的条件下。

许戈辉：刚才他告诉我们，他们几十年前来到这儿时，这儿整个一片都是非常荒芜的沙漠，土壤盐碱度非常高，所以他们首先对土壤进行了改造，先做盐分的沉淀提炼，使土壤具有一定的种植基础，之后才进行水和热的开发，后来完全采用电脑控制。他说到现在为止，主要用人工来做的工作就是采摘，在那些作物成熟后，通过这两个管子形成的一个轨道，坐着小车，人就可以摘西红柿了。

我们面前面积约 1000 公顷的土地上，差不多有 100 户农家，每一户农家一年的农业产值可以达到 100 万当地货币，相当于 25 万美元，而净收入可以达到约 20%。不过需要注意的是，当以色列说到一户人家的时候，一般指父母双亲加上两个孩子，而在埃及，一户则有可能是 30 个人，甚至有可能是 100 个人。

这个农庄的边上就是以色列和约旦的边境，远远地能够看到铁丝网和界桩。对土地的渴求没有哪个民族能够超过犹太人。大约从 2300 年前开始，犹太人就失去了土地，四处流散，直到 1948 年才建立以色列国。

在很多 18 世纪的西方文学中，犹太人总是被描绘成保守、富有、吝啬的形象。现在，起码我们有了更清晰的印象，那就是聪明、勤劳。

请你停一停

○

　　离开农庄，当晚我们就赶到了耶路撒冷，却又在第二天一大早驱车赶往杰里科和戈兰高地[1]，甚至没有来得及多看一眼耶路撒冷。

　　这种避开迂回，在希腊的帕提侬神殿也有过一次，这是一种审美上的畏怯。

　　耶路撒冷太圣洁、太过有名，我们来到近前，却怕自己没有准备好贸然冲撞了它，因此先向周边寻去。

　　一路上都是荒山，寸草不生，因为在朝死海方向走，海拔很快就从耶路撒冷的 800 米下降到海平面以下了，沿路有海平面的标志，但实在难以想象这里的地貌和湛蓝的大海居然有共同点。

　　杰里科和加沙是 1994 年巴以和谈协议里第一批获得有限自治的城市，多年来一直是中东问题最敏感的地区。一晃这么多年过去，获得自治后的杰里科会是什么模样？我们心里忐忑起来。

　　严格来讲，杰里科算不上城市，不但建筑破旧，人口也才 1.5 万，但就是这个不够现代城市资格的地方，赫然有近 1 万年的历史，还是人类最早修建城市的地方。

1　现今叙利亚西南边境内的一块狭长山地，因水资源丰富而被称为中东地区的"水塔"，以色列国内使用的 40% 的水都来自这里。1967 年被以色列用武力控制。

许戈辉：因为从媒体听说太多"加沙""杰里科"这些词，几乎人人都知道，这里是中东问题最敏感的地区。现在我就站到了杰里科市中心，不过和印象中相比较，这儿显得有点过于闲散和平和了，反倒加深了心里的疑惑。我在想，这里到底是不是随处都隐藏着一触即发的冲突呢？

在杰里科待了一会儿，我们并没有见到什么不安定的迹象，反倒是我们的到来让杰里科小镇有了一些不稳定的因素。刚停车不久，我们就引来了巴勒斯坦警察的注意，还好他们只是好奇而已。

尽管我们看到了一个宁静的小镇，可仍有人告诉我们，在杰里科前一分钟根本无法预知后一分钟会发生什么事情。

这种隐藏在平静下不知何时就会爆发的危险，尤其让人提心吊胆。

沿着约旦河谷[1]北上，我们想去探访另外一个世界关注的热点地区：戈兰高地。由于在杰里科待了太长时间，到高地上时天色已经全黑了，我们一行 5 辆车就这么乘着夜色一路摸到了以色列和叙利亚的实际控制线附近。联合国设置的隔离区哨所就在这里，也许很少有军事冲突，哨所岗台上好像根本没有士兵，要不我们的车灯怎么能够这么轻易地直射岗台？

原本期待着有什么惊喜，看来是落空了。也好，但愿所有联合国的哨所都能够这样平安无事。

夜晚没能看到高地的形状，我们决定第二天早晨二上戈兰高地。在这样一个战争热点地区的军事要地，车队一路行来居然没有遇到一个以色列军方的检查站，这倒让我们这些刚从埃及过来的人很是奇怪。从开罗到卢克索的路上几乎有村就有碉堡，路卡多得拐弯就能够看到，可是那里没有地雷。而戈兰高地

1　约旦河谷北起耶尔穆克河入海口，南到亚喀巴湾，全长 370 千米，又被称为大河谷，实际上是西亚、东非大裂谷的一个组成部分。1967 年以色列占领了约旦河西岸，1994 年约以达成和平协议，从而使约旦进入了一个和平建设时期。约旦河谷就此得到开发，成为约旦最富庶的农业区。

几乎除了公路就是雷区，醒目的红色、黄色标牌就挂在路边的铁丝网上，都用英语和希伯来语写着"小心地雷"。

在高地中央的制高点上，我们第一次看到了以色列的军事设施。

许戈辉：或许我们对世界上的其他地名还不是那么了解，但是，凡是和中东地区有关的几乎都如雷贯耳，比如说，加沙地带、杰里科、耶路撒冷，包括戈兰高地。现在我就站在戈兰高地的一个制高点上，我们一路上其实是带着那种很激动、很兴奋的心情来的。来到这儿，心情反而变得十分平和。因为首先是路上没有什么边防、哨所检查我们，再就是到了这儿，看到的一切都挺闲散的，也没有更多的军人映入我们的眼帘。但是事实上，远处的那一片白房子就是联合国维和部队的军营所在地。

　　从这个高地，可以看到有一个废弃的村落，在那里曾经有过很多叙利亚居民，因为这一带土地很肥沃。但现在没有人再愿意生活在这个村子里了。现在这个村子唯一存在的人间气氛就是它旁边联合国维和部队的那片白房子带来的。

　　为了看看联合国哨所究竟会不会有军人值守，我们决定再去昨天晚上那个靠近叙利亚控制线的哨所看看。

许戈辉： 来，我们看一下，这儿写着"UN ONLY"，这儿有铁丝网，他们告诉我们说铁丝网那边会比较危险，因为哨兵在那儿站岗。事实上，我倒是觉得没有那么危险，因为我们的当地导游可以进去。

　　实际上，驻守的哨兵态度十分和善，一口答应让我们参观哨所内部。离开那儿，我们继续开上去往耶路撒冷的路。路上一块小牌子上标明了通向周边大城市的方向：耶路撒冷、大马士革、安曼、巴格达、开罗、贝鲁特。

许戈辉： 人人都知道在几十年的中东战争中戈兰高地是一个炮火纷飞的要地，现在我终于站到了戈兰高地的一个制高点上，而且的的确确看到了一些武器的遗骸。不过那种紧张或者说很激动的心情反而变得放松起来，因为显然这些兵器已经变成了博物馆里面的古董，而且四周还有三三两两的游客，显得非常地平和。不过在当年的中东战争中，这里的确是每天都会飞着子弹，每天都会响着炮声。要知道，戈兰高地是一块很富庶的土地，南北长71千米，东西宽43千米，南北方向都有农田、牧场。我们这个方向有黑眉山，黑眉山西北边是黎巴嫩，东北边是叙利亚，而我们现在所在的是以色列控制区。那边还能够俯瞰到加利利河谷，所以这个地方的军事重要性非常强。

　　在戈兰高地我们遇到了一群以色列中学生，和他们交流了关于戈兰高地归还的问题。让我们听听这些年轻人是怎么想的。

许戈辉：如果你们的政府说要把这块地方还给叙利亚，这样的话可以拥有和平，你们怎么想这个问题？

中学生一：我想这是好的，和平是最重要的。

中学生二：不，不，因为好多士兵为此献出了生命，他们为国家牺牲，问题不是那么简单，我们希望和平，但是我们也会为这块土地而战。

中学生三：这个地势很重要，它很高，它的地势对一个国家来讲很重要。不仅是现在很重要，将来也很重要。我觉得如果我们把它还回去的话，我们会有另外一场战争，还会有更多的战争，情况就会更加复杂，你都没法判断。

戈兰高地的确是一个复杂而又棘手的问题，也难怪以色列和叙利亚有关戈兰高地的谈判至今进展缓慢，令世人为之担忧。

拉宾的遗嘱

○

在以色列境内有很多基督教、犹太教和伊斯兰教的圣地，正是由于几大圣迹集于一地，彼此之间便免不了有纷争摩擦。而这种时代，矛盾又往往带来无穷的后患，难以调和。

11 世纪伊斯兰教在这里兴盛的时候，信奉基督教的罗马人就曾经发动了几次东征。眼前位于凯撒里亚的这座城堡，就是当年军队留下的遗迹。

许戈辉： 就在 10 天前我站在开罗的萨拉丁城堡[1]上，讲述当年萨拉丁王如何带领他的将士们抗击罗马人的东征，铁马金戈、碧血黄沙。而此时此刻，我在以色列的凯撒里亚市，我身后恰恰是当年罗马人东征到这里所修建的城堡留下的废墟。从废墟的遗迹上我们仍然可以很清晰地看出当时古罗马精湛的建筑艺术，不过显然那个时候他们并不是为了展示文化，城堡给罗马人提供了很坚实的壁垒，但也让他们显得有点像海洋中的一个孤岛。从公元 11 世纪到 13 世纪，这 200 多年间战争不断，城堡虽然不会说话，却目睹了不同的宗教人士因为自己的信仰汇集到这里，又恰恰因为信仰发生冲突。后来萨拉丁王带领他的军队攻占了城堡，打败了罗马人，从此这里就变成了一片废墟，直到 40 年

1　位于开罗城东郊的穆卡塔姆山坡上，是 1176 年萨拉丁王为抗击罗马人东侵而建造的。

前才又被考古学家发掘出来。

特拉维夫是以色列的一个重要城市，每一个关注中东和平的人都会把它和以色列一位为和平献身的伟人联系起来，他就是已故的以色列前总理拉宾。

许戈辉：这里是特拉维夫市政府大楼，而我现在所处的位置就是以色列前总理拉宾遇刺身亡的地方。为了推动中东和平的进程，拉宾在他生前一直做着不懈的努力，甚至提出了以土地来交换和平。1995 年 11 月 4 日，他在对面的广场参加一个和平集会，结束了演讲之后，从这些台阶上往下走时，不幸被一个极端分子刺杀身亡。后来，以色列政府把这边的广场命名为"拉宾广场"，并在这儿修了一个很简洁但是非常庄重的纪念碑，碑文上刻着的几行字是用希伯来语写的：就在这个地方，1995 年 11 月 4 日星期六晚上，以色列总理兼国防部长拉宾遇刺，"和平"是他的遗嘱。

在以色列，石头和灯光象征着纪念，于是我们各自捡起几块石头，点燃几支蜡烛，把它们放进已经高高堆起的祈愿石山，汇入汪洋明亮的和平火种里。

愿你，灵魂安息。

在此哭泣

○

耶路撒冷只有50万居民，却是犹太教、基督教和伊斯兰教三大宗教的圣城。其中，旧城也叫东城，三大宗教圣迹都在东城中。

也正是因为这一点，以色列和巴勒斯坦都想定都耶路撒冷，至今争执不下。

许戈辉： 这里就是位于耶路撒冷城东的西墙了，它是圣殿至今唯一残存的部分，同时也是19世纪以来犹太人表达崇仰和祈祷的聚集地。公元前11世纪，以色列大卫王统一了犹太的各部族，建立以色列王国，定都耶路撒冷。到公元前10世纪，他的儿子所罗门修建了圣殿，十分豪华，但是之后圣殿曾经两度被毁于一炬，之后就再也没有重建过。圣殿的遗址上修起了一段围墙，属于伊斯兰教西墙，但是以色列的犹太人仍然非常敬仰它，不管他们流亡在世界的哪一个角落，都要经常回到西墙的墙根下低低哭泣，以表达对故国的哀思，所以这堵西墙也被称作"哭墙"。原来我们以为寄托了这么多的哀思、这么多祷告的一堵墙应该是很冷清、很凄凉的，没想到我们到这儿发现人络绎不绝，非常热闹，原来，如今的以色列犹太男孩子也会来到这儿进行13岁成年礼，所以哭墙前面既有人在哀思祈祷，也充满了欢笑。

按照犹太人的习惯，男孩子到了13岁都要举行欢快的成人礼，于是神圣的"哭墙"就成了最好的地方。不单是以色列的犹太人会经常来到"哭墙"，就是散居到世界各地的成千上万的犹太人也会把到"哭墙"来诵经祈祷作为一生中最大的愿望。传统的犹太人经常身穿黑色礼服，戴着礼帽，即便是开明些的犹太人来到"哭墙"，也会头戴一顶小圆帽。

在"哭墙"祈祷诵经的犹太人经常要点头、弯腰，这是因为念经文念到了上帝和神的名字时要表示虔诚。"哭墙"的墙缝中塞满了各种小字条，犹太人认为"哭墙"是与上帝交流的地方，如果你有什么愿望，就可以通过这种方式来与上帝沟通。

犹太人经历过上千年流落他乡、没有土地、没有国家的日子，这个顽强的民族便把"哭墙"当作昔日的圣殿来寄托哀思。直到 1948 年终于成立了以色列国，"哭墙"边才有了欢声笑语。

许戈辉： 今天到这儿看到的虽然比我们想象的要稍微热闹一点点，但是回想起它的历史仍然可以体会到那种肃穆，这堵墙承载了太多的哀思、太多的祈愿。刚才我也很庄重地到那儿去做了一下祷告，而且把自己的心愿写在一张小字条上，夹在那个墙缝里。在这儿做祷告的男人和女人是要分开的，很多以色列男人都穿着很正式的服装，戴着小帽子，而按照规矩妇女祷告完是要倒退着出来的。刚才我和余老师是分开的，现在我要和他会合一下。

许戈辉： 余老师，你刚才有没有做祈祷？

余秋雨： 祈祷了，不仅祈祷，还写了字条，他们说这堵墙是他们通向上帝的邮电局，在这儿投了信。

寄托了犹太人这么多哀思的"哭墙"，此情此景让人唏嘘不已。

余秋雨： 我确实很感动，你设想一下，就好像一个非常豪华的家庭，由于一场战乱，所有的子女都流落到世界各地。终于有一天他们回来了，回来以后看到自己繁华的家庭只剩下了一堵墙，一定会非常感动、非常难过。何况这是一个民族，他们没有自己的国土，突然看到留下这堵墙，这堵墙是当年的罗马

人为了证明自己的胜利才留下的，否则这堵墙也不会留下。他们摸着石头，头撞着石头，用嘴吻着石头，把自己的心意悄悄地写进去，这在我看来是一种向祖先倾诉的情态，很难说还有多少仇恨，但是一定是一种崇高的感受。

　　哭墙折射了犹太民族的两种心态：第一是高度的尊严，第二是委屈。

　　伊斯兰教也有自己的故事与理由，当不同宗教的尊严和委屈相遇，如果能各自倾诉，都有千言万语。奈何对犹太教和伊斯兰教而言，一墙两语尚可容忍，但如此近距离地碰撞，不愉快便无可避免。

　　借了半壁西墙给犹太人缅怀的伊斯兰教，就在哭墙之上修建了自己的金顶清真寺，它的对面，还有一座银顶清真寺。两寺均建于公元7世纪阿拉伯军队征服耶路撒冷之后。

　　伊斯兰教对耶路撒冷十分重视，有一个时期这是他们每天做礼拜的方向。

直到现在，这里仍是除麦加和麦地那之外的另一个重要圣地。走出金顶清真寺，我环顾四周，只觉伊斯兰教的这个圣地位置得天独厚，犹太教的哭墙就在它脚下。

犹太人自然不甘屈居于别人脚下，于是冲突因宗教而起。

许戈辉：所以昨天我们在东征城堡[1]上的时候我也说，大家都是出于宗教的原因，都是因为各自的信仰会集到这儿，但也恰恰是因为各自的信仰在这儿不断产生冲突。

余秋雨：对，本来起因是宗教，后来有的时候宗教可能只是个借口，就逐渐成为一个民族问题，民族问题比宗教问题更难解决。因为现在涉及人的生活形态了，不完全是宗教理念。（不同的）宗教理念倒是容易互相容忍的，（不

1　即萨拉丁城堡。

《耶路撒冷哭墙》　古斯塔夫·鲍恩芬德

同的）生活形态就很困难了。

哭墙对面便是基督教堂，隔着一条热闹的阿拉伯小街市就是基督受难的
14 站苦路，在每个圣地之间都有以色列军警进行严格检查。

许戈辉：在耶路撒冷的老城有一条苦路，一共有 14 站，这里就是第一站。
传说中耶稣在被钉死在十字架前是经受了很多的惩罚和苦难的，在这第一站他
就受了一夜的拷打，第二天清晨背着十字架、头上戴着荆冕开始走向死亡。这
条苦路的第一站在罗马人占领时期曾经是总督府，目前是一所伊斯兰教的小学。
前来这里朝拜的人络绎不绝，尤其是在基督徒看来，耶稣曾经为他们经历了那
么多的苦难，所以他们最大的梦想就是走一走当年耶稣走过的苦路。

《圣经》中提到，耶稣在耶路撒冷传教的时候，受到了当时罗马总督的迫
害，直至被钉死。走向刑场时，耶稣背负着十字架走了一条漫长的苦路，经受
了一次又一次的折磨。现在，在当年耶稣受难的路途中，基督徒们密密匝匝地
建起了很多教堂。

许戈辉：这里是苦路的第六站，在这里有一个叫作韦罗妮卡的女人看到耶
稣那么可怜，她就拿了一块毛巾帮耶稣擦去了脸上的血迹，由此耶稣的面容就
印在了这块毛巾上。

这里就是苦路的第八站，在这里有很多耶路撒冷的妇女为了耶稣而哭泣，
耶稣对她们说，你们不要为我哭泣，你们应该为你们自己的孩子哭泣。

假如能去掉《福音书》中那些美化耶稣的内容，我们一定会看到一位有人
情味、待人诚恳、富于感情，也容易发怒的人物。他宣扬上帝是全世界的慈父，
要把仁爱和勇敢的精神传给人们。犹太教的建立要早于基督教上千年，也承认
上帝是世界的主宰，但他们还认为，犹太人的祖先亚伯拉罕与上帝立有契约。

犹太人对上帝绝对忠诚与顺从，上帝便特别赐福给他们，让犹太人成为上帝的选民。

基督教的《旧约》完全搬用了犹太教的经书，教义上两者又有很多相通之处，耶路撒冷就是他们共同的第一圣地。沿着苦路一路走来，路边全是阿拉伯人的小市场，耳边还响着伊斯兰教的祷告声。

苦路的最后一站就是耶稣被钉死后的放尸板。千百年来，来自世界各地的朝圣者到这里来，跪倒在这停尸石两旁，为耶稣受的折磨和他的慈悲、为自身的尊严与委屈、为各个教派间的冲突纷争，默默饮泣。

勇闯加沙

○

从这一站起，陈鲁豫接替了许戈辉，与我们一道穿越全世界关注的危险地区——加沙地带[1]。

陈鲁豫：我加入的第一件事就是去闯加沙，能不能成功还是一个未知数。我们身后是一个检查站，叫埃雷兹，检查站这边是以色列，过了这个哨卡那边就是巴勒斯坦的检查站，再过去就是巴勒斯坦了。今天我们有一个很大的任务，就是希望通过这个关卡到里面去拍一拍加沙的情况。问题是，虽然我们所有人的护照都带上了，进以色列入关的那张纸也有，可是因为早上走得很匆忙，导游把我们所有人的集体签证带跑了，据说没有这张签证几乎不可能通过这个关卡，但是我们整个行程当中这样的事情也很多，所以我们决定无论如何都要去试一试。

1　一条位于以色列西岸、西奈半岛东北部的狭长地带，面积约 378 平方千米，主要居民为巴勒斯坦人，是巴勒斯坦南部的重要海上门户。1967 年第三次中东战争后被以色列占领。1994 年 5 月，据巴以签署的相关协议，加沙地带成为巴勒斯坦率先实行有限自治的地区之一。2005 年 8 月 15 日，以色列实施单边行动计划，开始从加沙地带撤军，并在当年 9 月完成撤军，结束对加沙地带 38 年的占领。但此后仍不断对加沙地带发动袭击。加沙是加沙地带的中心城市。

和约旦河西岸的杰里科不同，加沙地带的出入检查是相当严格的，肩挎冲锋枪的以色列军警检查的内容几乎相当于海关检查，由于导游今天去伯利恒打前站，带走了我们的一些文件，所以进入加沙地带的难度就很大了。我们只好等待中国驻巴勒斯坦民族权力机构办事处代主任常毅的到来，看能不能帮助我们进入加沙。

其实我们从国内出发的时候，曾专门拜访了巴勒斯坦国驻中国的大使，大使对我们表示非常欢迎，所以在巴方的检查站没有碰到任何阻碍，可是以方检查站一向很严格。尽管以色列官方很配合我们在以色列的采访，但对我们进入巴方自治区域并不感兴趣。我们的日程安排得非常紧张，如果今天不能进入加沙地带采访，就会与它失之交臂，成为大家的遗憾。

在等人的空隙我们试图向边防人员了解检查站的情况，并获取了一些信息。

陈鲁豫： 刚才我们旁边停着很多大巴士，上面都用英文写着"加沙巴士公司"，每天关卡的那一边也就是从巴勒斯坦那一方，有很多的巴勒斯坦人开车到这个关卡，然后把车停在那一边。之后再登上这样的大巴士去以色列那边打工，他们的收入据说每年会占到巴勒斯坦整体经济的 30%，可能还要更高。他们作为巴勒斯坦人从那边过来，每天要经过这样的过关手续，会感觉烦吗？

翻译： 他们说这个关卡相对来说当然要麻烦一些，不过，基本上问题也不太大。这是他们每个出租车司机的通行证，每张通行证的有效期是 3 个月，上面记录着他的名字、住址和电话。

陈鲁豫： 这个是谁发给他们的呢？

翻译： 这是以色列发给他们的，可以看到这是以色列的国徽，这上面的文字都是用希伯来语和阿拉伯语写成的。

陈鲁豫： 我看他们开的都是出租车，他们平常拉的乘客多数是哪儿的人呢？

翻译： 阿拉伯人。

陈鲁豫： 他们在开出租车的时候，有没有因为两边局势比较紧张使生意受到影响，或者他们亲眼看到了一些什么样的情况呢？

翻译：如果局势比较平静的话，当然进出都比较顺利；如果局势比较复杂的话，还是会遇到一些困难。

巴勒斯坦国是 1988 年成立的，但疆界尚未确定，现在的加沙地带是以巴双方 1994 年开罗和平协定实行有限自治的一部分，加沙大概有 100 万巴勒斯坦人，也有受到以色列军队保护的 5000 多名犹太移民。很多建筑都是新建不久的，从中可以看得出 5 年来，这里实行有限自治后发生的变化。

在与边防人员交谈时，我们等待的中国驻巴勒斯坦民族权力机构办事处代主任常毅赶来了。

常毅（中国驻巴勒斯坦办事处代主任）：刚才一位女同志给我打电话说你们出来了，在路上，但是护照上没有签证。这个有些困难，以色列控制的以巴之间的检查站管理挺严的。

常毅夫人：他说他要打电话联系，他们这儿的人特别较真、特别严谨。他们平常都是那样的，他们特别地有礼貌，他也不跟你们生气，但是呢，就是说什么就是什么。

经过三个半小时的等待和交涉我们终于进入了加沙。

Journey
of
Civilization

平和约旦

没有标语，没有宣传，一切都蕴含在一种不事声张的低调中，这让人有点生气，因为他们连一个得意的表情也不给，好像如此体面舒适是一种天造地设的存在，在这里已延续了 2 万年。

——余秋雨

火热开场白

〇

离开耶路撒冷，我们沿着约旦河西岸的约以边境线向北行驶，要从以色列北部的一个出关口岸进入约旦。在视野中已经可以看到约旦的领土，边境线上有一条长长的铁丝网，以色列一侧还有一条巡逻军车的专用路。约旦河西岸居住了大约 100 万巴勒斯坦人，就在我们要走出约旦河西岸地区时，还遇到一个以色列军方的检查站。

在以色列的这些日子里，接触太多太重的宗教、民族、政治、军事话题，让人有一种精神上的疲惫感，尽管我们在犹太人和巴勒斯坦人那里都看到了热情友好的微笑，可他们之间的那种矛盾真的是盘根错节。

一进入约旦，我们就看到了约旦两代国王侯赛因和阿卜杜拉的大画像。

陈鲁豫：沙漠的阳光太可怕了，辛亏这儿有棚子，要不然真要被彻底晒晕了。我们刚刚过了以色列的海关，现在进入了约旦的边境。按照例行手续，先查人的护照，查完以后要查车。目前还不能肯定，是不是所有的行李都要一件一件搬下来，再把行李里面的东西一件一件拿出来。现在我们处于一种偷拍的状态，所以我基本上讲话嘴不敢动得太大，希望这边的约旦警察不要觉得我太可疑。现在，我们这辆车停在一个挺有意思的位置，每辆车下面的这块地都是空的，既没有人，也没有任何仪器，估计如果看哪辆车可疑的话，约旦这边就会有边防警察或者是士兵下到这个沟里面，看看下边藏没藏什么可疑的仪器或者其他东西。

检查在一项项进行，时间也在一点点过去，地沟、焊枪、电钻这些工具设施并没有用在我们的车上，大部分时间我们是在等待。由于约以双方都不允许过境人员携带食品，我们经过协商，在约旦海关的职工食堂买了一些粗面饼干、生黄瓜，味道居然很特别。

和在埃及一样，来约旦海关迎接我们的人当中，也有一位将陪同我们走完约旦全程。

陈鲁豫：我们终于进入了约旦，真是不容易，已经花了 4 个多小时的时间。因为约旦这边要把我们所有人的名字都传到安曼总部，核实以后，证明我们的身份和名单是吻合的，然后再确定我们是不是有资格进入约旦。希望进入约旦以后，一切都能够顺顺当当。刚才我们所有人在烈日下面烤了 4 个多小时，早晨出发时他们还说我英姿飒爽，很像个女兵，经过这么长时间的等待已经像个残兵败将了。

但不管怎么样，我们所有的人、所有的车最后都顺利进入了约旦，第四个文明古国的行程就要开始了。

圆融与坚持

○

一进入约旦，就感觉这里和别的中东国家不太一样，人的穿着打扮、举止好似更多受西方国家的影响，尤其是安曼[1]的新城。我们的视野里几乎都是一座一座漂亮的独立洋楼，按每座楼的建筑规模、质量来看，绝对可媲美香港亿万元的豪宅，每一座都是那么漂亮。

陈鲁豫：进入安曼以后，最深的感受就是，地域的分隔和文化的差异，有时候的确会阻碍一个人更加客观、更加深入地去看待另外一个民族、另外一种文化。我在来到约旦以前，对约旦这个国家所有的想象，事实证明全都是错误的。目前我在的地方是安曼的老城区，虽然是旧的街道，不过我们仍可以看到，所有的街道两边的建筑都是很有规模、很整齐的，身边的行人每一个都显得彬彬有礼，很和善、很有礼貌。在安曼你看不到很高的建筑，所以视野永远都不会有拥堵的感觉。这里是山城，两边的建筑都是依山而建的，显得错落有致，这也可以说是安曼独有的特点。进入安曼已经两天的时间了，我发现这是一个很有自己的原则，但同时也很包容的城市，一方面它能够保留本民族的文化和

1　约旦首都，位于该国北部，坐落在阿杰隆山地东侧，临安曼河及其支流。安曼分为旧城和新城两部分，旧城区充满浓厚的阿拉伯风土气息，保存有很多罗马帝国时代的遗迹，新城区则多为别墅式的现代化建筑。

传统，同时也吸收很多西方社会的精髓。

　　干净整洁的街道不由得勾起我们的游兴，我们随着人群来到了一条热闹的商品街上。

　　陈鲁豫： 进入安曼这儿真热，烤得要死。像这种东西我曾经在巴黎的拉丁区吃过，这是希腊的一种传统食品，在希腊好像叫"吉如儿"。在安曼，刚才我问了一下，阿拉伯语叫"什握拉儿"，怎么记呢，把它翻译成中文音译的话就是"想我了吗"，所以我这样就学会了。（对商贩）我要一个"想我了吗"。

　　这样潇洒随兴的音译，小贩居然毫无疑虑地听懂了，不过我们却又听不懂他报出的价格。

陈鲁豫：这一路上语言有一些障碍，因为在很多国家，讲英语沟通也不是太容易，还有一个不方便的地方就是钱，我们分辨不出来用哪一张，所以有的时候买东西干脆把一大把钱放在手里面让他自己去挑。一个"想我了吗"需要多少钱，我也不知道，他自己来挑。

安曼当地的纪念品十分精致有趣。有一种人形的木偶，把脸挡住的人形木偶代表的是可能更加传统一点的约旦南部人，脸没有被遮住的就是约旦北部的妇女，还有留着小胡子的男人，都可爱得让游客们爱不释手。有一种玻璃杯是用佩特拉的石头和玻璃做的，怎么敲都不会碎，让人惊奇。

除了这些富有特色的当地纪念品，约旦王室也成了这儿随处可见的旅游资源。

陈鲁豫：在约旦的很多景点，我们都看到他们卖的徽章或者明信片上面有王室成员的照片，所以约旦王室也是约旦旅游业最好的宣传大使。你看这是约旦已故国王侯赛因和他的第四个太太努尔王后的合影；这是他们现在新的国王阿卜杜拉和他的皇后拉尼亚，拉尼亚非常漂亮。到了约旦以后，有一点让我很失落，就是约旦的货币价格很高，1美元只能换到差不多6毛第纳尔，所以换了以后觉得自己没什么钱了，而且约旦的物价我觉得其实挺贵的。像那天我吹了个头发，就花了我15美元，差不多10个第纳尔。

约旦首都安曼是一个山城，最初安曼只分布在7个山头上，所以也叫"七山之城"。我们站在其中的侯赛因山上看到这儿的确是被很多山环绕着。不过安曼发展也很快，现在城市人口已经分布在了17个山头上，总数已经超过了150万，占约旦总人口的四分之一还要多。

安曼是一个很古老的城市，已经有3000年以上的历史。地处荒凉的山地，安曼的自然条件并不优越，但因为它处在两河流域和地中海的交通要道上，所以曾被外族侵占了很长一段时间。最初古代阿孟人定都在这儿，后来这个城市也先后被希腊人、罗马人征服过。因此在安曼的很多地方，都可以看到很多不同民族、不同文化的遗迹，城内有座建于公元 2 世纪的古罗马剧场，可以容纳近 6000 名观众，其实直到 1973 年安曼也才只有 3 万人口，由此可见当年剧场的规模。除了古罗马人留下的剧场、广场，在山顶的城堡中也有希腊人建的宙斯神殿遗址和无法考证的宫殿石柱残迹，因地理位置正好处于希腊、罗马、埃及、巴比伦、波斯这几大文明的交汇点上，安曼也就融汇了几种文化的特点。

陈鲁豫：这里是安曼一个很著名的旅游景点，叫"旧城堡"。之所以叫"旧城堡"，是因为当年阿孟人在这儿定都的时候，在这个地方建立过一个很宏伟的城堡，很可惜，这个城堡已经荡然无存了，很有可能被埋在了很深很深的地下。有一段时间，这样一个小小的环境中可以看到代表 4 个不同民族、不同文化的建筑，分别是拜占庭式、古罗马式、古希腊式，还有伊斯兰式的风格。现在还可以看到 3 种不同风格的建筑，像我身后残存的一点点就是拜占庭式的建筑，另外还有刚刚我们看到的很宏伟的古罗马建筑，在远处有一个圆形屋顶的，就是伊斯兰式的风格。

余秋雨：这儿有一个神殿，有一个庙，其实在当时说起来，它是流动地带中的一个小小驿站，很难成大气候。一会儿这个势力来，一会儿那个势力来，土耳其的势力来，罗马的势力来，阿拉伯内部也有很多很多的争斗势力一批批地来，客商从地中海到两河流域间也来来往往。就在这样一种背景下，它就要学会如何处理外来势力和它自己的关系，如何面对各种各样想不到的强力集团的冲撞。这就构建了它的一种政治智慧。它不太在乎自己（是否拥有）非常明确的文化造型。

这样一种不拘泥于某一固定造型和形式的文化，反而又有了它独特的内涵。

陈鲁豫：是一种比较有原则的包容。

余秋雨：对，是一种在流动中智慧地存在的文明，比如说，在政治体制上它可以是一种君主制，表面上是比较保守的，但在文化意义上却是非常流动、非常开放、非常包容的一种存在状态。我想，按照它的地理位置，按照它的存在方式，只能这么选择。小小的地方，土地很贫瘠，但是在交通位置上很重要，在战略意义上很重要。它是谁？它谁也不是，但是它的魅力就在于如何处理洲际关系，如何面对外来强权。这个国家历来处理得很好，直到现在也处理得很好。

约旦也就在这种有坚持的圆融中，不卑不亢，得以安然自处。

俭朴长眠

○

已故的侯赛因国王正是约旦特殊的环境中最杰出的政治人物，面对周边以色列、叙利亚、伊拉克、埃及、沙特阿拉伯这样的强国，侯赛因国王以极强的外交能力使约旦成为中东事务中不可替代的国家，也为他本人赢得了国际声望。

他去世后，有近 50 位国家元首和重要领导人参加了他的葬礼，包括当时身体已经很虚弱的叙利亚总统阿萨德，俄罗斯总统叶利钦，这在国际社会中是极为罕见的。

经过申请，我们有幸获准进入约旦王宫拍摄，但在进入王宫前，我们要经过严格的检查。

陈鲁豫：看到这儿了吗？扎轮胎的，要是车未经允许就闯进去的话，轮胎立刻报废。

警卫：你们要进入王宫吗？你们要去哪儿？

陈鲁豫：王宫，是的。这个王宫有多大？

警卫：非常大。你的头上一定要戴些东西。

陈鲁豫：是要包住我的头吗？

警卫：是的。

陈鲁豫：现在要把头包起来，这么热的天也要包头巾。入乡随俗，走吧！

王宫里可谓戒备森严。已故的侯赛因国王是世界上最富传奇色彩的名人之一，他最大的爱好就是驾驶飞机，因此我们从一进王宫，就看到直升机一直在头顶盘旋，还能隐隐约约看到战斗机的停机坪。

约旦人现在能有比较安定、富裕的生活，和这位执政 46 年的国王有直接关系。中东地区长期以来战乱频繁，各种势力关系极为复杂，而侯赛因却能够游刃有余地处理各方关系。尽管约旦很小，但侯赛因的外交并不显得那么软弱忍让。20 世纪 70 年代，侯赛因用强硬的军事手段迫使巴勒斯坦解放组织总部和它的 1.5 万多名战士迁离约旦，而当时约旦军队也不过 5 万人。20 世纪 90 年代，他打破阿拉伯联盟封锁，与以色列缔结和约；海湾战争中，他又坚持站在伊拉克一边，和美国逆道而行。但这些行动之后，他机智灵活的手段又使这些国家和势力非常满意。他是一位非常不容易的国王。所以一到王宫，我们就直奔侯赛因国王的陵墓。

陈鲁豫：我们的车队已经获准进入王宫，这里戒备森严，我估计我们进入的只是王宫最外围的部分。刚刚开车进来这一路上，我们已经看到空中有直升机在巡逻，还看到大概是禁卫军正在操练，在进王宫大门的时候是不让拍摄的，还好，我们的摄像机有一个特殊的功能，就是灯不亮时机器还是开着的。据我们的陪同人员说，我们被允许在里面拍大概 25 分钟。

约旦皇家墓地是 80 年前在第一任国王阿卜杜拉的命令之下兴建的，到目前为止埋在这个皇家墓地的一共有约旦王室的 4 位成员，第一位阿卜杜拉国王，也就是已故侯赛因国王的爷爷，还有侯赛因国王的父母，侯赛因国王本人。原则上，所有约旦王室的成员在百年之后都要被埋葬在这里。

侯赛因国王虽然贵为一国之君，但他生前的生活非常俭朴，为人处世十分平易近人，他要求自己身后能够躺在一个很安静、俭朴的地方。我们面前连一个墓碑都没有，只是很简单地搭了一个棚子，这样一个没有任何装饰雕琢的地方，就是约旦国王侯赛因永久的休息地。

陈鲁豫：秋雨老师，我不知道您现在感受怎么样？我非常感动，因为我没想到那么伟大的一个人物，而且贵为一国之君，他的墓地居然那样简单。

余秋雨：我们走向他墓地的过程当中没有一级台阶，墓就在平地上。我们走过去以后，好像多数人都不相信这就是墓本身。我们几天来，天天听这儿所有的人都在歌颂他，都在悼念他，结果他休息的地方就这样平凡，这是很令人震撼的。

陈鲁豫：甚至连一块墓碑、一个碑文都没有！

相较于古埃及法老墓的宏大奢侈，这样一块平地般的墓地实在太不起眼。但想到金字塔的频频被盗，我们不由得感慨，也许唯其俭朴，方能长存。

死海不死

○

来到约旦，自然不能错过死海。

陈鲁豫：上中学地理课的时候，学过很多关于死海的知识，今天终于亲眼见到了大名鼎鼎的死海。死海虽叫海，其实是一个内陆湖，它的南北长大概 75 千米，东西宽在 5 至 16 千米，中间最深的地方在海平面以下 398 米。

有关死海的很多宣传片、宣传品中，最著名的画面就是有人躺在死海上看书。

陈鲁豫：因为死海的含盐率是一般海水的 6 至 7 倍，所以人躺在水面上根本就沉不下去，很适合像我这样完全不会游泳的人下海去玩一玩。很巧的是，我们在死海边居然碰到了很多中国人，现在就有中国人在死海里游泳呢。

在死海里游泳的中国人也认出我们来，于是我们顺势对他们进行了采访。

陈鲁豫：你们是从哪儿来的？

中国同胞：南京。

陈鲁豫：刚才我看你们有一个同事下到了水里面，他试着使劲往下沉，看是不是沉不下去。

中国同胞：沉不下去。

陈鲁豫：真沉不下去吗？

中国同胞：真沉不下去。但是陈小姐，你现在千万别下。

陈鲁豫：为什么？

中国同胞：因为没有淡水冲，他一出来身上全是盐。

陈鲁豫：真的吗？

中国同胞：我刚才把鞋子拿到海水中擦了一下，上面全是盐霜。

陈鲁豫：海水看起来挺清的，是不是？

中国同胞：非常清，非常清。

陈鲁豫：水温怎么样，冷不冷？

中国同胞：很好，不冷不冷，一点都不冷，温的。

陈鲁豫：你们来这边做什么？

中国同胞：演出。

陈鲁豫：你们是什么团？

中国同胞：京剧，江苏省京剧院。

陈鲁豫：这边观众中应该没有很多华人啊。

中国同胞：官方的，文化交流，是他们文化部请我们来的。

陈鲁豫：海水含盐率那么高，你觉得下水的感觉和别的海水有什么差别吗？

中国同胞：差别太大了，水沾到脸上皮肤就感觉有点辣。

陈鲁豫：有一点"沙"的感觉，是吗？那你现在身上有没有用淡水冲过啊？

中国同胞：回去冲了。

陈鲁豫：不管怎样，只要一动，屁股就先撅起来，根本沉不下去。沉不下去也游不了，是吧？

中国同胞：沉不下去。身体一动屁股就冒上来了，两条腿就在上面。

陈鲁豫：就你一个下水试的，他们别人都不试？

中国同胞：最好你们喊一个下去试，一点也不冷。

陈鲁豫：真的，我去试试这水。死海真漂亮，看这儿都是盐，一砸就砸开了，哇！真厉害，太可怕了。

死海之所以叫死海，首先是因为它海水里面含盐率太高，完全不产鱼；此外，湖四周完全是寸草不生。虽然没有鱼，不过里面像盐类、矿物质种类特别多，含量超过 450 亿吨。所以政府在附近也建了很多厂，比如生产钾盐的，收入也不少。

也正是因为死海在全世界都是独一无二的景观，每一个来到约旦的游客都会慕名前来满足自己的好奇心，因此这里其实完全没有死寂的感觉，十分热闹。

双面安曼

〇

约旦是一个阿拉伯国家，400 多万人口中，90% 的居民信奉伊斯兰教。在安曼市中心有一座阿卜杜拉清真寺，是约旦最大的清真寺。

前面说过，安曼是一个包容的城市，但在包容中又有自己的原则。对传统的坚持就是它这一面的体现。

陈鲁豫：今天幸亏我有备而来。昨天我们准备来大清真寺之前，导游就告诉我们，来这儿的女士必须要穿长袖长裤，必须都要盖上身体。还有，要戴一个头巾，因为这里就是有关伊斯兰教的一个博物馆，进这个博物馆的女士必须把头包起来，没有头巾的话也没有关系，像我们很多女同事就穿了一个有帽子的大衣，也可以把那个帽子戴上。这样就符合了他们的教规，可以在里面活动。这幅画像是已故的侯赛因国王的爷爷阿卜杜拉国王，很威严。这一套是老阿卜杜拉国王的衣服，这件是他以前晚上在家里穿的，属于不太正式但比较舒服的，但下面头饰这一部分是比较正式的：阿拉伯男子先在头上包一个头巾，之后要戴上上面这个东西，它叫阿卡拉。

进入清真寺的大礼拜堂之后，我们讲话声音都不敢太大。在不远处已经坐了一些很虔诚的教徒，今天正好是礼拜五，每个礼拜五这里都会举行一次最大的聚会。

不敢高声语，是因为这个大礼拜堂里其实并不允许女性进来，我们因为是远道而来的客人，要在这里拍摄，所以被特许可以进来待 5 分钟的时间。当然进去之前也要遵守教规，女性都要把头包住。进去的时候，那些来参加礼拜已经就座的人转过头来，用很异样的眼神看着我们，让我们内心忐忑。这个礼拜活动马上就要开始了，安曼电视台也专门派人来要做一个现场直播，向全国转播今天的聚礼活动。

陈鲁豫：秋雨老师，您进入这宗教色彩很浓的地方，心里的感受是什么？

余秋雨：我在思考这个现象是怎么产生的，也努力地体验他们的群体性质。我觉得每一次体验下来，都感受到这些活动是非常值得投入的。他们有非常复杂的世界，进入以后等于经受一次洗涤。人生因为太复杂，需要有一个支撑点，有一个安静的所在，不管支撑点在哪儿，都是有一个理由的。

陈鲁豫：外界对于很多信奉伊斯兰教的国家、阿拉伯国家有一种偏见，其实这次来，至少在约旦，我感觉这儿的阿拉伯人挺平和的，不像我们外界人想象的那样狂热啊。

余秋雨：有少数极端分子。

陈鲁豫：是有，但是大部分人还是很平和的。

玫瑰之城

○

佩特拉在安曼 260 公里之外，从安曼开车过去，最后一段山路很崎岖，几乎没有路可言，不过我们的车队也是经过特许，才能把车开到离佩特拉古城这么近的地方。

佩特拉在古希腊文里的意思就是"岩石"，它有一个阿拉伯语的名称，叫"赛拉"，也是岩石的意思。佩特拉是约旦一个著名的古城遗址，现在还可以看到，当年整个城市的宫殿、城堡全部都是在岩石当中开凿的。这儿的岩石都呈现出朱红色或者是赭石色，阳光一照，整个城市就是玫瑰色，所以佩特拉城还有一个很好听的名字，叫作"玫瑰色山城"。

在古罗马时期，奈伯特人在这儿建立过王国，把这儿建成首都，当年这一段是非常重要的陆上通道，红海的海上贸易兴起之后，这儿慢慢就衰亡了。公元 7 世纪阿拉伯人在这里建立城市之后，这儿就突然成了一座空城，直到 1812 年被一个瑞士探险家发现后，佩特拉才慢慢地变成了一个著名的旅游胜地。我们身后有两个已经空弃了的宏伟建筑，导游告诉我们是当年皇室家族的墓穴。

余秋雨：最早当地人发现这个地方的时候，用我们中国话讲起来是"鬼斧神工""天造地设"，大家看了都说，怎么会是这样的？简直就是自然创造的一个城堡。

陈鲁豫：一群人到了这儿以后，发现周围都是山，可能有一个人说，咱们

就住这儿吧，于是大家开始凿。

余秋雨：凿下来以后，觉得没有比这儿更像城堡的，他们就住了下来。所以，从某种意义上说，最开始其实是自然给了这个城堡以城堡的样子。

公元2世纪罗马帝国征服了这里，和所有被征服的地方一样，罗马人也在这偏僻的城堡中建起了露天剧场，粗壮的石柱、依坡凿成的座位，深深地留下了古罗马文化的印记。

余秋雨：当时如果有演出，周围群山里所有的人都来了，在古希腊就有这样的传统，每当有演出时合城都出现万人空巷的景象。

陈鲁豫：这个剧场能坐不少人呢。

余秋雨：足够让所有的人都坐着，它是一个城堡的主人来显示其群体聚集能力的场所。

陈鲁豫：我觉得古罗马文化挺有意思的，你看他们无论到什么地方，文化遗迹的特点都这么鲜明。

余秋雨：这种文化具有巨大的侵略性，文化表现就是直接地照搬和模仿，比如那些石柱，比如哪个城市都有剧场和竞技场。

陈鲁豫：在您看来，这种扩张性最明显的应该就算是古罗马文化了吧。

余秋雨：应该是这样的。

陈鲁豫：包括古希腊文化都没有这么明显。

余秋雨：对，古希腊文化中有一些好的因子通过罗马的征服洒落在世界各地了。罗马就是把古希腊的一些好的东西搬过去了。但是这个非常神秘的洞府，它有1000多年不被外部世界所了解，里边仅仅住着贝都因人。

陈鲁豫：一个当年很完整、已经高度文明的城市突然就消失了。

余秋雨：有各种原因，每一种文明消失的原因归结起来，无非是两种：第一是外族的入侵，第二是自然灾害，自然灾害往往是地震。从材料看，往往两种都有。

陈鲁豫：这儿发生过地震吗？

余秋雨：对，发生过地震。好像是公元4世纪到7世纪的时候连续发生过两次很大的地震。

陈鲁豫：我看书上说，7世纪的时候正好有阿拉伯人进来，可能又加上外族侵略……

余秋雨：两种因素加在一起了。

我们和很多游客的游览方向是相反的，因为其实在最尽头才是佩特拉的开始，我们决定从结尾处开始游览，那儿就是著名的一线天。

陈鲁豫：要想进入佩特拉的话，必须要经过这样一个很窄、很长的峡谷，最宽的地方大概有7米，最窄的地方只能过一辆很小很小的马车，所以这个峡谷又叫作"一线天"，这个名字很形象，天窄窄的，只有一条线。

到那儿一看，两座山离得很近，天真的只有一条线那么窄。传说当中阿里巴巴和四十大盗的那个宝库也位于这里。

传说中的宝库所在地的建筑非常宏伟，是公元前 6 世纪奈伯特人建的，不过整个建筑风格是古希腊式的，里面有一个空空的大厅，四边各有一个门洞，但全部都被封死，里边什么都没有。这样反而给了游客们无限想象的空间，让人忍不住偷偷念叨几句"芝麻开门"，怀疑是不是敲哪面墙壁，就会有一扇门打开。

遗失的传统

○

外援是约旦一个很大的收入来源，这也算得上侯赛因国王的外交成果之一，每年很多大国会给约旦不少援助，此外向国外的劳务输出、旅游、矿产是约旦经济的主要支柱。在佩特拉和安曼之间有一个马代巴市，那里的手工地毯闻名遐迩，有很多人世代以此为生。

陈鲁豫：刚才导游告诉我，开这个店的家庭在这里住了已经有超过 100 年的时间了，在这 100 多年里，他们已经应该有 3 代人了吧，一直都是以制造地毯或者挂毯为生。这些地毯或者挂毯都是用羊毛来制作的，第一代全部都是手工的。现在已经先进一点，用机器，当然也要靠手。纯手工制作的还要再贵一点。

在这一家传统地毯商店的附近，很多商店也都是做地毯的，据说约旦的努尔王后下了很大气力推动这里的地毯工艺。

陈鲁豫：像我们现在见到的是一种很传统的图案，刚才我也问他是不是不同的图案有不同的意思，他说也不是，只不过有一些世世代代都是这样织，织一些很传统的图案。大概从 100 年前，女性也开始被允许做地毯，但是借助机器做地毯目前还只有男士可以，女性是不可以的。这里面全部的地毯、挂毯都是羊毛制成的。

地毯生产和出口是这个地区的一个主要的收入来源，买地毯的当然也有本地约旦人，不过更多的还是像我们这样的外国游客。

陈鲁豫：这是生产地毯的车间了，我们进来看一看。果然，我们现在看到生产地毯的是一个男的，为什么呢？因为要借助机器，而女性现在还不能用机器。他说最开始生产地毯时可以看到地毯铺在地上，是由男的或者女的用手织，现在已经是第二阶段了，借助机器来织。

在参观过生产车间后，我们又来到店主的家里参观。

陈鲁豫：这就是这个家庭的下一代，就是他们的儿子，还有女儿。谁将成为下一任的店主呢？

店主：谁知道。

陈鲁豫：刚刚我问他是儿子还是女儿来继承这手艺。很可惜没有人愿意（继承），女儿也好，儿子们也好，都不愿意，都不太喜欢这个地毯的手艺。看来将来只好把这个商店关掉算了。真是可惜，这是一个很古老的小店。

导游：现代化总会取代这些传统的东西。

老一代的手艺找不到下一代的人愿意继承，这样的事情可能在任何国家都要发生，不由得让人为之惋惜。

陈鲁豫：他说没有办法，现代化几乎把所有的手艺都铲掉了。刚才我和导游在聊天，聊了很多我们认为约旦和中国相似的地方。导游跟我说他的家里有3个女儿，我说，你当时有没有觉得很遗憾，因为光生了女儿没有生儿子，他说在30年前或者50年前的约旦，一个家庭如果光生女儿、不生儿子的话，是很遗憾的一件事情，不过这也没有关系，因为女孩和男孩同样上学接受教育，也可以工作，这点我觉得和中国非常相似。

我们还从导游那里得知，这次来约旦的很多地方拍摄，走后很多家庭都谈论我们。他们在谈论摄制组的女性成员时说，中国女性和他们想象的完全不一样，和西方社会的女性差不多，甚至比她们还要更现代一点。

那么，如何在现代化过程中既汲取现代文明的智慧，又保留传统的手工艺精华，对许多国家来说，都是一个需要平衡好的问题。

他乡遇故

○

在万里他乡能吃到中国饭菜，一直是我们这些人最大的愿望。

没想到在安曼这种愿望得到了极大的满足，我们发现了一家中华餐厅，餐厅服务生都是约旦人，可老板是中国人，而且这个中国人还非同一般。他叫蒯松茂，20 世纪 60 年代曾经是台湾地方当局驻约旦的上校武官，1975 年蒯先生就留在约旦开餐馆。前后算起来他在约旦已经生活了 30 多年了，这倒引起了我们采访他的兴趣。

陈鲁豫：这次我们来到安曼感受很深，和想象的完全不一样。我们发现安曼是一个挺现代化的城市。您 30 多年前第一次来到约旦，那个时候的安曼是什么样子的？

蒯松茂（餐馆主人）：安曼那个时候很小，但是民风比现在还好，现在也很好，比起很多的大城市来说更安全，那时候我们可以夜不闭户，而且你东西掉在哪儿绝对不会丢的，你第二天再去找，绝对还在那儿。

陈鲁豫：我们现在去您家看一看可以吗？

蒯松茂：好，去我家里……

陈鲁豫：蒯先生一再跟我们解释说，家里因为只有老两口儿，工作特别忙，总要照看餐馆，没有时间打理收拾房间，所以家里特别乱。我们说没关系，我们都很想看看他的家居生活，如果乱的话，我们这么多的工作人员都可以帮忙收拾。

蒯松茂：反正我们都是自己人，你们也不要嫌弃。

陈鲁豫：对呀，我们就是自己人。当时您为什么选这个地方开这个餐馆呢？

蒯松茂：因为这个地方在当时还算是很好的一个住宅区，同时我是第一次做餐饮业，那个时候餐厅也不多，市面也不大，我不晓得会不会成功，所以我不敢租一个大地方。

　　蒯先生在一座两层老式公寓里已经住了几十年，按照约旦的习惯，租金依然是老价钱。见到蒯先生的太太，我们才知道原来她是杜月笙的女儿，今年已经71岁了。她给我们播放了她母亲，也就是当时的京剧名伶姚玉兰的演出录像。

杜美如（杜月笙之女）：我父亲60岁的时候，我们这些人统统从北京来。这是从电视台录下的《徐母骂曹》。我母亲已经过世15年了。

蒯松茂：他母亲人很好，完全是北方人的性格。

杜美如：她很爱朋友，也很爽朗。我母亲给我的教育是，不会因为我是杜月笙的女儿就能想怎样就怎样。如果这样的话，一旦父亲过世、母亲过世，就会失望得不得了。我在这里30年，因为我丈夫的工作的关系，我们认识的皇亲国戚都是VIP，又恢复到我在上海的那种生活，我觉得很自然。

陈鲁豫：照片上的是侯赛因国王的弟弟，这是哪一年的照片啊？

杜美如：这是1973年的。

陈鲁豫：我听说您开这个餐馆当时也是（原）王储的一个建议是吗？

蒯松茂：对。他当时就说，在世界任何一个国家的首都都有一个中餐馆，就是安曼还没有。他很希望安曼有一个中餐馆出现。

陈鲁豫：是不是因为他自己比较喜欢吃中餐？

蒯松茂：非常喜欢吃中国菜，而且他会点。

陈鲁豫：他建议后，您觉得这个想法不错，就想到开中餐馆？

蒯松茂：对，完全是他给我的这么一个建议。

陈鲁豫：您和阿姨看起来特别显年轻，在这个年纪，在内地大家都已经开始，比如说，休息啦，照顾孙子、孙女啦，您每天还在忙这边的餐馆。在别的城市还开着另一个餐馆，对不对？

　　杜美如：在阿布扎比。

　　蒯松茂：在阿布扎比，已经开了十几年了。

　　陈鲁豫：有没有想过彻底退休时，这个餐馆怎么办呢？

　　蒯松茂：是啊，我们现在也是在计划，因为年纪大了，迟早总是要退休的。

　　陈鲁豫：那到时候餐馆交给谁呢？

　　蒯松茂：两个方式了，一个方式就是把它卖掉，另一个方式就是继续经营，找适当的人来看店。

　　夫妇二人告诉我们，在尽力经营餐馆和生活之外，他们有一个很大的愿望，就是再回到上海、回到北京去看看昔日生活的地方，看看自己的故乡。

国王的风采

○

杰拉什距离约旦首都安曼不到一小时路程，是一座东罗马帝国时期遗留下来的古城，是当时中东地区有名的"中东十城"之一，以严密的城防著称。

陈鲁豫：这里就是杰拉什的市中心，旁边是杰拉什的市政大厅。今天这里挂满了彩旗，我们可以看到身边的警察非常之多，原因就是约旦国王阿卜杜拉今天会来到杰拉什召开一个现场办公会议，这也是约旦王室的一个传统，从侯赛因国王开始就已经有了每个月约旦国王会到一个地方去视察一下当地民情的做法，要见地方官和当地的群众，倾听一下当地百姓的呼声。今天阿卜杜拉国王来到这里，也是要听一听这边的老百姓有什么需要，比如，需不需要建一个学校或者建一条街道，而老百姓已经很习惯这样的场合，他们也会利用今天这个机会把他们的心声告诉给自己的国王听。我们也特别希望能够利用这样一个千载难逢的好机会，采访到阿卜杜拉国王。

还没有进入约旦的时候，我们就开始努力，通过各种官方、非官方机构联系采访约旦新国王阿卜杜拉的事宜，但迟迟没得到正式的答复，因为阿卜杜拉继任国王以来，虽然出访过一些阿拉伯国家，但很少出现在国际媒体中，更不要说接受国外媒体的独家专访。一进入约旦，我们几乎每天都要看很多次阿卜杜拉国王的画像，可对能不能采访到，并没有多少胜算。由于我们得到了阿卜杜拉国王近期要访问中国的消息，所以希望也一直存在，经过使馆多方接洽，我们才获得拍摄今天的现场会的机会，而专访依然没有承诺，不过为了可能出现的机会，我们把离开约旦的时间整整推迟了两天。

今天这个现场会的内容是讨论杰拉什下一个财政年度的预算。杰拉什是一个只有 6 万多人口的小城市，在国王阿卜杜拉到来之前，约旦首相和政府一些部长已经开始和杰拉什的地方官员、各界代表进行讨论，整个会场气氛相当民主，任何一个人只要举手就可以和首相就某个问题直接对话。现场除了地方电视台之外，就只有我们凤凰卫视的采访小组。

陈鲁豫：杰拉什这个地方的老百姓好像都已经倾城而出，希望能够到这儿一睹他们国王的风采。刚刚会议结束之后，首相已经驱车前去迎接国王，不久之后约旦国王阿卜杜拉就会来到这里，现在已经是接近当地时间中午 12 点钟了，我想国王可能马上就会到了。

国王的到来引起一阵骚动，不过很快就被随行的保卫人员平息了，人们依次进入市政大厅会议室，我们也得以采访到阿卜杜拉国王。

陈鲁豫：非常荣幸能够采访到您。下个月您就要访问中国了，您希望在这次访问中取得什么样的成果？您是如何看待中约的双边关系的？

阿卜杜拉（约旦国王）：我此次访问，希望与中国建立稳定的中约关系。这不是我第一次到中国访问，我 1981 年和 1993 年随父亲去过中国，我们对中国和中国人民有深厚的感情，这就决定了两国的深厚关系。随着约旦的改革，我希望我的到访能够加强两国的关系，我希望两国在政治、军事，更重要的是在经济领域有更多的合作。

陈鲁豫：中国和约旦在 20 多年前就已经建立了外交关系，您怎么看待两国将来的关系？

阿卜杜拉：将来关系会越来越深厚，很重要的一点是希望中国的工业在世界的其他地方有所发展。最近我国的工业在一些传统的工业地区取得了巨大的成绩，中国为美国及欧洲市场出口制造了许多的产品，我希望随着我此次出访中国，能够鼓励更多的人到约旦来投资经商，真正使两国走到一起来。人们常说国与国之间，在政治上应该紧密团结，我们是在经济上使两国走得更近。

陈鲁豫：作为约旦国王，您认为最重要的事情是什么？

阿卜杜拉：在我国首要的是经济，正如中国一样，要提高全国人民的生活水平。我相信你们国家的人民生活水平较高。

陈鲁豫：您认为目前所面临的最大挑战是什么？

阿卜杜拉：最大的挑战就是70亿美元的国际债务，如果我们尽快努力的话，大约能减少一半的债务。我们要提高政府的工作效率，提高我国人民的生活水平，创造就业机会，增加国民的经济收入。这是我们明年关注的首要问题。

陈鲁豫：最后请您给我们的中国观众说几句话。

阿卜杜拉：我一直盼望到中国，正如你们所知，这不是我第一次到中国，1981年，我有幸在中国度过了两周，有机会访问了中国的北方和南方。我深深地喜爱我所见到的美丽的景色和人民。1993年，我又有幸和老国王到中国，看到了中国发生的巨大的变化，所以我希望能再次到中国，加强我们两国的关系。

陈鲁豫：谢谢，谢谢！

伊拉克未眠

自从我们告别尼罗河之后，再也没有见到过如此平静又充沛的河——底格里斯河！我们终于醒悟，一切小学地理课本的开头都是它，全人类文明的"母亲河"。我快速擦了一下突然涌出眼角的泪水，轻轻叫一声：您早，我的大河！

两河，底格里斯河和幼发拉底河，紧密地靠在一起，几乎大半个世界都接受过它们的文明浸润，因此多种语言都无数遍地重复着这两个并不太好读的名字。

——余秋雨

它是个未知数

○

陈鲁豫：现在是早晨 5 点钟，我们所有人都在收拾行李，今天我们就要离开约旦，去往伊拉克了。在去伊拉克之前，大家的心情都很兴奋，也很紧张，因为那是一个对外界来说比较封闭的国家，不知道我们到边界去会遇到什么样的情况。虽然我们拿到了签证，但是还不能够肯定在入境的过程中会不会遇到困难。现在所有的人都睡眼惺忪，因为这一路都很辛苦，今天又起了一个大早。

郭滢（领队）：现在是安曼时间早晨 5 点 35 分，我们从约旦的首都安曼出发，前往我们的下一个目标——伊拉克的巴格达。今天路程比较长，大约行驶 1000 公里，我们主要的困难在于，第一要克服疲劳驾驶，第二要克服急躁心理，因为我们不知道在关口要等多长的时间。

在昏昏欲睡中，汽车开过了 4 小时左右的路程，才到达约旦边境。

陈鲁豫：现在是约旦当地时间早晨 9 点 15 分，我们是早晨 5 点多出发的，车开了 4 小时之后，来到了约旦边境，再往前一拐就到伊拉克边境了。昨天晚上，我们全体成员开了出发之后的第一次会议，原因就是今天我们要进入的不是别的国家，而是一个充满了神秘色彩的、充满了无数未知数的国家——伊拉克。到了伊拉克之后一定会遇到很多我们没有想到的情况，出发前我们特地去了一次超市，买了很多我们叫作"战略物资"的东西，比如饼干什么的，所有我们能够想到的但是在伊拉克可能吃不到的东西。

之所以做这样慎重的准备，是因为伊拉克的状况如今还很不明朗。

陈鲁豫：因为伊拉克目前还处于被美国等国家禁运的状态，所以很多物资包括基本的食品都很缺乏，我们甚至还买了很多水。另外，会上还特别提出了很多关于安全的要求，像我们在约旦、以色列的时候有时也不是很听话，有些地方不让拍摄我们还偷偷地拍。会上对我们的要求就是，进入伊拉克之后，伊拉克的官员说不许拍摄就绝对不拍摄，因为曾经发生过英国记者在伊拉克期间不遵守拍摄规定，后来被关押，甚至被判处绞刑的事情。所以进入伊拉克之后，第一位的就是安全问题。此行还有很长的路程，过了这个边境之后，大概还有八九百公里，一共1100公里，要跑十几小时，很辛苦。

通过约旦海关后，我们又在隔离带停了下来，再做进入伊拉克的最后检查。伊拉克是我们这一行办签证最困难的国家，因为伊拉克有规定，只要护照上有进入以色列的记录，就不允许再进入伊拉克。为此，我们在以色列专门做了另纸签证，不留记录。入关前也要把行李中有关以色列的痕迹全部销毁，以便顺利通过海关进入伊拉克。

伊拉克的海关人员动作非常慢，似乎每隔几小时就会想起一项检查内容，抽查行李、检查所有照相机镜头和变焦倍数，查封所有无线移动电话。对我们的车载海事卫星电话，海关人员还专门请来了一位工程师——他50多岁，穿着拖鞋，衣衫不整——最后认定要查封，于是随手从地上捡起半截麻绳，在话机上打了十字结，加了铅封。

从上午11点到晚上8点钟，我们一直在海关接受检查，要知道这儿距巴格达还有600多公里，最后无奈中我们发火了，与伊拉克海关人员理论，到我们可以启程进入伊拉克时，几乎所有的人都已经非常疲惫，前面还面临着6个多小时的路程。

安曼到巴格达的公路是一条高等级沙漠公路，也是现在伊拉克与外界联系的主要陆路通道。在极疲劳的状态下，我们用 6 小时走完了这段单调的沙漠公路，来到巴格达。

初抵巴格达

○

一路风尘颠簸，困乏到了极致的时候，终于抵达了巴格达。

郭滢：现在我们已经平安到达今天的目的地——伊拉克的首都巴格达，整个旅程持续了 20 小时，大家都非常地辛苦和疲倦。在伊拉克的关口，我们遇到了意想不到的困难，最后终于算是通过了这个关口。原本今天晚上我们要和中国大使馆一起商量关于整个伊拉克境内行程和采访报道的计划，但是今天我们到得太晚了，所以日程放到明天上午再定。

陈鲁豫：现在已经是巴格达时间半夜 2 点钟了，因为巴格达和安曼有 1 小时的时差，计算下来我们在路上已经整整奔波了 20 小时。现在真是人困马乏，又累、又饿、又渴，不过还是想谈一谈初见巴格达的感受。虽然天很黑，但是我们也能看到整个道路很宽，两边的房子也很漂亮，让人完全想象不到这是一个几乎和外界隔绝的城市。明天一早我们会急不可待地看一看巴格达，但此时此刻，每个人最想做的事情就是赶快睡觉。

在巴格达的市中心，一条哺育了人类早期文明的大河蜿蜒穿过，这就是底格里斯河，它与相距不远的幼发拉底河共同构成的两河流域，是人类文明的发祥地之一。5000 年前，聪明的苏美尔人就曾生活在这里，建立城邦国家，创造了楔形文字，今天的一切拼音文字都是在楔形文字与古埃及文字的混合中演变而来的。与大河的文明史相比，巴格达要年轻得多，还只有 1000 多年的历史。这 1000 多年间，巴格达无数次地目睹过战争带来的灾难，现在巴格达仍然没能从几年的空中打击中完全复苏。

陈鲁豫：今天是我们来到巴格达的第二个白天，我发现，白天的巴格达呈现出完全不同的样子。我们进入巴格达的时候已经是子夜时分了，记得当时我还说夜色下的巴格达，看起来道路非常宽敞，建筑也很漂亮，完全看不出这是一个遭受过战火蹂躏的城市。但是如今发现阳光下的巴格达真的透出了破败的一面，而这种破败又能够明确地告诉你，这里是有过辉煌的地方。正因为有这样一种很明显的反差，才让外人感到格外地伤心和凄凉。不过看着我身边来来往往的伊拉克人，我发现他们的眼中完全没有绝望，也没有愤怒，相信多年来几乎和外界隔绝一切交往的生活，让他们已经很无奈地接受了这种骤变以后的生活方式和生活状态。我脚下流淌的是底格里斯河，在巴格达像这样的大桥一共有 11 座，几乎每一座大桥在 1991 年都没能逃过战火的蹂躏，我脚下这座大桥也不例外，可以看到桥上铺的方砖有两种不同的颜色，因为有一些路段在 1991 年那场炮火中被炸毁过。

在 1991 年的海湾战争中，巴格达连接底格里斯河两岸的桥梁全部被毁，城市也经历了几次大规模空袭，古老的大河目睹了人类文明发展到现代社会的残酷战争。

一千零一夜

○

今天在巴格达已经看不到太多战火留下的废墟，大部分建筑得到修复，但经济制裁使这座城市停留在 1991 年。城内几乎没有新的建筑，有一种让人感到压抑的气氛，只有那些有关《天方夜谭》的城市雕塑依旧讲述着古老的浪漫故事。

陈鲁豫：《一千零一夜》的故事我很小就听过了，在伊拉克，几乎每一个小孩子可能从有记忆开始，每天晚上睡觉以前，爸爸妈妈最常讲的故事就是《一千零一夜》的故事。这些故事都发生在 1400 多年前，很多故事的背景都是发生在巴格达或者是巴士拉，因此伊拉克人非常以这些故事而感到自豪。在巴格达街头，我们看到的两座雕塑就和这些故事有关，像我身后这一座雕塑就是故事里面的男女主人公，男的就是故事里面的国王名叫山鲁亚尔，女的就是被他抢进宫去的漂亮民女山鲁佐德[1]，为了拯救自己和其他女子的性命，山鲁佐德每天晚上都要给国王讲一个故事，直到国王最后甜美地入睡，一共讲了 1001 个晚上。最后的结局不用我讲每个人都很清楚，那就是国王娶了美丽的女子山鲁佐德，两个人从此以后过着幸福快乐的生活。

有着这样美丽传说的巴格达，自身却长久地遭受战火侵蚀，一千零一夜结

1　此处原文疑误，山鲁佐德是宰相的女儿，且是自愿进宫的。

尾的幸福对这里的人民来说，是不可企及的奢望。

多年的石油禁运和经济封锁，使伊拉克这个曾经富裕的国家变得荒凉，城市建筑中很少有高楼大厦，建筑色彩也很单调，但是一些和战争有关的建筑都显示着伊拉克人的信心，绿树环绕、高大雄伟，而且色彩鲜艳的阅兵广场和英雄纪念碑都气势不凡。

陈鲁豫：这座巨大的建筑就是伊拉克烈士纪念碑，纪念的就是在两伊战争还有海湾战争中战死沙场的伊拉克士兵。这座建筑分作两半，如果把它合在一起的话，可以看到像那种伊斯兰教清真寺的圆形屋顶的形状，而在两座建筑中间可以看到一个变形了的伊拉克国旗，它象征着烈士的精神。整座建筑除了国旗之外全部是蓝色，蓝色又分出 12 种不同深浅的蓝色，每一种蓝色都象征着 100 万伊拉克人民。因为在 20 世纪 80 年代，伊拉克一共有 1200 万人口，所以是 12 种不同的蓝色。当然了，目前伊拉克人口已经超过了 2200 万。

随后，我们又来到了"胜利广场"，用伊拉克人的话讲，这个广场是纪念两伊战争中伊拉克的胜利的。广场上的雕塑是两只很大的手举着两把伊拉克剑，这两把伊拉克剑象征着砍掉伊朗士兵的头，下面堆着很多真的头盔，这些头盔都是两伊战争中被打死的伊朗士兵戴的。每年的 8 月 8 日是两伊战争伊拉克胜利纪念日，在 7 月 17 日伊拉克国庆日的时候，这个地方也要举行盛大的阅兵仪式。

历时 8 年的两伊战争其实并没有所谓的胜利者，双方都有几十万的青年在战争中伤亡，而争执的问题依然没有解决。

如果说两伊战争伊拉克伤亡的大多是军事人员，那么从 1991 年的海湾战争至今，伤亡更多的则是伊拉克的无辜平民，大规模的空袭和经常的轰炸，使许多平民丧生于战火。

陈鲁豫： 这里就是巴格达的一个避难所，名叫阿米里亚。在巴格达，像这样的避难所，1991 年的时候一共建了 34 个，一旦有炮轰，或者是扔炸弹、导弹的时候，只有老人、妇女及儿童可以躲到里面逃过战火。但不幸的是，在 1991 年 2 月 13 日这一天，当时共有 1200 个难民躲在里面，可轰炸过后只有 14 人最后得以幸存。在来之前，我还听说了一个很伤感、很令人感动的故事，在死去的 1000 多人当中，有 9 人属于同一个家族，如今那个家族中有一位女性还坚持住在这里，说只要自己还活着一天，她就会一直住在这里，告诉世人在 1991 年那年发生在巴格达、发生在伊拉克的故事。

伊拉克人民由于对生存的渴望、对生命的追求修建了这座坚固的避难所，最终却抵挡不住现代武器的无情打击。

陈鲁豫：导游告诉我，这个避难所其实应该是很坚固的，它的水泥墙是混凝土做成的，有 2 米多厚。但是导弹无坚不摧，2 米厚的房顶，也是一下穿过去，根本挡不住。可以看看这种钢筋，其实应该是非常结实的。美国政府说，之所以轰炸这里，是因为他们认为这里是个军事设施，是个军事大本营。

1000 多名难民留给后人生命最后一刻的印记，被保留至今，令人触目惊心。

陈鲁豫：在房上我们看到这一个个很像手印的痕迹，其实就是手印。为什么会出现这么多手印呢？因为当时这个避难所里有很多床，被炸的时候，大概很多人还躺在床上，但是炸弹或者导弹的冲击力太大了，很多人的身体就被冲上了房顶。尸体被发现的时候，很多人的手还有身体都是粘在房顶上的。导游跟我说，这个避难所的门每一扇都有 5 吨重，导弹炸下来之后门就自动关闭了，在里面的人根本不可能打开 5 吨重的门，尤其是当时这里面待的都是些老人、妇女和儿童。外面的人为了救里面的人，只能通过一些被炸开的洞向里面冲水，但问题是，当时避难所里面全是火，水遇到火后都变成了滚烫的水，我们可以想象当时的惨状，里面的人不是被炸死，就是被火烧死、被烟熏死，很多人甚至是被开水烫死的。

在这样巨大的人为灾难中，人性中的留恋与温情，尤其让人感动和反思。

陈鲁豫：在这个墙上我们可以看到一个很清楚的印记，很像是一个妇女。这的确是一个妇女，当时在爆炸发生的时候，她本能地抱住自己的孩子，但是爆炸的冲击力太大了，把这个妇女连同她的孩子贴到了墙上，我相信在发现这个妇女的尸体的时候，孩子仍然是在她的怀里面，被她紧紧地抱住的。母子或者是母女一起死在这里，所以这面墙上出现了一个很明显的印记。

我们采访了幸存下来的一位避难者，她的亲人都在这场灾难中死去。

陈鲁豫：她的9位亲人都死在这里，她现在带我们来看看她的孩子。这儿对你来说难过吗？

幸存者：不，不，我不难过，我和他们心心相通。

陈鲁豫：你能告诉我们哪些是你的孩子吗？

幸存者：这就是我的孩子，这个孩子13岁，这个16岁，他们受伤以后死了。这个孩子是最小的，也是所有孩子中最可爱的。

陈鲁豫：她死的时候多大了？

幸存者：2岁。

陈鲁豫：有9个孩子都在这里遇难了吗？

幸存者：不仅仅是我的孩子，还有我的整个家，整个家。但是最大的牺牲是这些孩子。

陈鲁豫：让我看看你孩子的照片。

幸存者：这边的是我的妹妹，那边的是我的女儿。

陈鲁豫：我可以拥抱你吗？保重。

保重。

他们不闹

○

我们专程去了一所小学校，看看战火纷争中孩子们的情况。

学校名叫爱尔玛地亚，校长告诉我们这个学校有 420 名小学生，据介绍它在巴格达并不属于最好的学校，是一般的。一般既指校舍的情况、校园的环境，也指师资力量、教学水平等。

陈鲁豫：我们已经看到很多小学生在冲我们张望了。他们刚刚站起来说"萨达姆总统万岁"，然后又说了一下"谢谢"才坐下来。这是他们每次上课前必须要做的事情。

孩子们打量我们的眼光充满不解和好奇，我们来到一个小男孩面前说要看一看他们的课本、他们的书包，看看都学了些什么。

陈鲁豫：这是他们的语文课本，中国小孩子学中文，伊拉克的小孩子也要学阿拉伯语，这是他们的阿拉伯语的语文课本，图文并茂，适合小孩子。刚才我问他，为什么他才上一年级，书本却很破。显然不是这个小弟弟不爱护他的书本，他把书本全都包上了书皮，很是爱护。是因为禁运。在禁运之前，每年政府都向小学生提供新的书本，但是禁运以后，政府没有能力这样做，所以一年级的小学生必须使用以前的学生使用过的课本，所以课本是很破旧的，甚至还有缺页的现象。

就禁运给当地教育和孩子们带来的影响，我们询问了专程陪同而来的新闻官。

陈鲁豫：我刚才跟他们聊了一下，新闻官向我介绍，在禁运之前，所有的基础教育是免费的，其实现在教育也是免费的，但问题是禁运之后通货膨胀，人民生活比较艰苦，很多家庭是没有能力送小孩子去上学的。他说在这所学校，仅仅是在这所学校，几乎每一个班、每一个年级都有很多学生因为禁运的原因，家庭的经济情况不再允许，被迫退学。我们在巴格达几天的时间，在街上看到很多小孩子，穿得都比较破烂，在卖东西帮补家计。很多小孩子以前也都是上学的，只是因为家庭情况越来越艰难，不得不退学。

学校的校长说，现在的小学生有轻微的营养不良。

陈鲁豫：我刚才跟两个小孩谈了一下，其中一个小孩子的父亲是海员，因为有不少机会离开伊拉克到别的地方去，因此家庭状况还可以，小孩子早晨还可以喝到牛奶，中午有时候有鸡蛋吃。另外一个小孩子从穿着的状况可以看出家境并不是太好。他说他每天早晨可以喝到一点牛奶，中午有时候也可以吃鸡蛋，家庭其他成员中午能够吃到米饭，还有西红柿，仅此而已。

我们给孩子们发放了带来的文具，他们大多数都只是默默接受，并没有露出很开心的表情。

陈鲁豫：我觉得这个学校的情况和我们想象的可能差不多。
余秋雨：差不多。
陈鲁豫：但是刚才让我和秋雨老师感触最深的是，小孩子们不够活泼，不够闹，因为这个年纪的小孩子应该是最闹的才对。

余秋雨：压抑，他们不见得有什么其他的压抑，主要是贫困的压抑。

陈鲁豫：可能是受外界的刺激比较少一点，因为毕竟和外界的沟通太少了。另外，这儿的小孩整体来说健康状况还可以，但是不够结实。因为像同样年级的小孩子，不管是在（中国）国内，还是国外，都已长得挺高挺大的了，他们好像个头比较小一点。但是有一点我们想提醒大家，能在这里上学的应该是家境比较好的，家境不够好的学生已经被迫退学了。

余秋雨：我觉得大概有三分之二的学生脸色不好。

陈鲁豫：可能有轻微的营养不良，毕竟有饮食匮乏的原因。

从学校走出来，马路上站着一个个子矮小的男孩子，应该是上小学的年纪，却推着小推车在等着拉货物，于是我们走向他，跟他聊了会儿天。

陈鲁豫：你好，几岁了？

男孩：15 岁。

陈鲁豫：你今天为什么不去上学？

男孩：退学了，不上学了。

陈鲁豫：什么时候不上学的？

男孩：两年以前。

陈鲁豫：两年以前，为什么？

男孩：我要挣钱给我家里。

陈鲁豫：你家里有多少口人？

男孩：3 口人，两兄弟和我妈。

陈鲁豫：你父亲呢？

男孩：在战争中去世了。

陈鲁豫：刚刚我问他，你做这样的工作会不会觉得很辛苦很累，他说有一点，因为有的时候还需要扛东西、挑东西，所以觉得蛮累的。不过只有每天这样工作，他和他的哥哥、妈妈才能有足够的食物。

生存现状录一

○

　　伊拉克原本是中东石油大国，石油储量仅次于沙特，居世界第二位。但是海湾战争以来，由于国际社会的制裁，伊拉克经济基本瘫痪。美元与伊拉克第纳尔的汇率，虽然官方仍维持战前的 1 个第纳尔兑换 3.2 美元，但事实上现在 1 美元可以兑换到 1800 到 2000 第纳尔。目前伊拉克人的月收入只相当于 2 至 4 美元，粮食、药品和一些生活用品都严重短缺。从 1990 年起，伊拉克就实行了食品配给制，尽管联合国"石油换食品"计划已经执行了 6 期，但由于美、英等国家的种种阻挠，伊拉克得到的商品依然无法满足国民基本需求，每人每月只能按额度到指定店铺换取生活必需品。

　　导游：这种米他们每人每月可以换到 2 千克。这是煮汤的豆子，只可以换到 125 克，牛奶每人每月都可以拿到 1 包，小孩子或婴儿可以换到 8 包。茶可以换到 150 克，糖可以换到 2 千克，油，固体的油 1 千克，面粉可以换到 9 千克。这是洗衣粉，每个人可以换到 350 克洗衣粉，每个人每个月还可以换到 2 块肥皂。我们刚才说的所有吃的东西或者必需品，每个人只需要 200 个伊拉克第纳尔就可以换到了。这个店总共供应给 319 个大人，还有 5 个小孩，总共是 58 个家庭，58 户就包括了这 324 个人，是他们给供应的。他们 1 张票就可以换到了。

　　那么，1 张票的价值又是多少呢？

导游：只需要给 200 伊拉克第纳尔就可以换到！在市场上，按实际价格去换今天我们看到的所有的东西的话，那就需要 4000 第纳尔，就是他们每个月的工资全花在上面。而现在他们只需要 200 第纳尔就可以在这儿换。

除了政府配给的食品和日用品，市场上的商品价格要高得多，远远超出了伊拉克人的收入水平。

接下来我们跟随导游来到了巴格达市最大的农贸市场。

陈鲁豫：在这里你可以看到各种各样的食品，从奶制品到饼干、五谷杂粮、油类全都有，给人感觉好像巴格达的物资并不匮乏。现在巴格达老百姓所面临的一个很困难的境地就是，只要你有钱，东西就可以买到，但是通常拿固定工资的老百姓是绝对负担不起这里的消费水平的。在这里，我们可以看到有白面，白面 1 千克是 500 伊拉克第纳尔，我们可以算一算，一个老百姓如果他 1 个月的工资只有 2000 第纳尔的话，那只能买到 4 千克的白面，所以非常贵。

表面上的物资丰足，却掩盖不了购买力低下得令人吃惊的事实。

陈鲁豫：其实什么都有，甚至意大利空心面，还有像中国人吃的那种细细的面条，各种各样的面条都有，但是必须要有钱。在来伊拉克之前，我们最想了解的是伊拉克婴儿、儿童的生活状况，因为我们听说过很多故事，由于缺少药品还有必要的食品，伊拉克的儿童死亡率是很高的。到了这儿以后，我们很欣慰地发现婴儿吃的食品还是有的，像在这个市场上我们看到有很多婴儿、小孩吃的奶粉。刚才我问了一些伊拉克人，我说听说以前有一段时间根本买不到奶粉和牛奶，他说大概在 3 年以前，就是在联合国的石油换食品的计划开始之前，政府几乎是没有能力向婴儿提供奶粉或者是牛奶的。但是从 3 年前开始，每一个婴儿每个月可以获得政府提供的 4 桶低价的奶粉。但是 1 个月 4 桶对一个婴儿来说是不够的，你要想得到更多的奶粉，还是需要到这样的市场花更高的价格来买。

尽管购买力相对物资来说是低下的，但不同品质的货物在这里价格差别依然很大。

陈鲁豫： 他们这里还是很认牌子的，像这样一包要 850 伊拉克第纳尔，那样的一桶是 100，价格的差别还是很大的。伊拉克人拿着一堆钱买东西，这是我们到伊拉克以后第一个很深的印象。因为伊拉克的货币贬值得太厉害了，所以你要去买东西的话，通常要拿很多很多的现钞，而且在这里根本就没有信用卡。有一天晚上我们大概 20 个人吃了一顿饭，每人是 10 美元的标准，共花了 200 多美元，200 多美元合成伊拉克第纳尔的话大概是 20 多万。当时场面非常可观，我们有一位同事捧了整整一摞现钞去付钱。如果你买一件贵的东西付钱数目太多的话，他们根本不点，就用秤来称，大概多少斤等于多少钱。

我们问陪同的伊拉克政府新闻官员，市面上这些食品、物品都是从哪儿来的。

陈鲁豫： 他说是从像约旦、叙利亚，还有中国这些国家进口来的。我问他有没有一些食品或者物品并不是通过正当的渠道运进来的，他说不，全是通过很合法的渠道进口来的。像大米就是伊拉克本地生产的，伊拉克本地生产的粮食并不能够自给自足，大概只能够保障伊拉克人日常所需的 20%。其他还是需要进口。在这里看到很多的五谷杂粮，反正都是从世界各地进口的。在这儿我们看到好多中国的产品，这种盘子在中国都很少看到了，天哪，要 4000 第纳尔。也就是说，一个普通人要用两个多月的工资，才能买这样的一个小盘子。中华人民共和国制造的虎头牌电筒，应该是很老的，1500 第纳尔，差不多一个月的工资买一个手电筒。这也是中国产的，固齿灵，这是中国产的牙膏。这里中国的产品非常多，还有指甲刀、剪刀，在那边我还看到了中国的清凉油。

生存现状录二

新华社巴格达分社是这些年来中国在伊拉克有常驻记者的唯一新闻机构，在 1998 年 12 月的那次"沙漠之狐"军事行动中，首席记者顾正龙和另一位记者刘家文，就是在连续 4 昼夜的导弹爆炸声中用海事卫星设备向中国和全世界发出了大量报道。

顾正龙（新华社驻巴格达分社首席记者）：客观地讲，石油换食品对缓解伊拉克的人道主义危机起了积极的作用。从它开始实施那一天起，我们一直在，它开始实施的报道就是我写的。

陈鲁豫：实施之前是什么状况？

顾正龙：我举一个例子来说，实施之前在伊拉克吃不到冰激凌的，因为冰激凌属于奶制品、属于粮食，哪家商店卖冰激凌是犯法的。现在你们在各大饭店都能吃到。还有市场上的商品，如各种各样的点心，比实施石油换食品的计划之前丰富多了。

陈鲁豫：据说以前每个月要死 7000 个儿童？

顾正龙：是指从接受制裁开始到现在，平均每个月要死 7000 个儿童，也就是从 1990 年开始吧，到现在将近 10 年了，一共死了将近 170 万人了。

陈鲁豫：这一点我们也有很多的疑问，这次我们在巴格达，他们也安排我们看了医院，看了学校，也看了一些小孩的状况，是挺惨的。但是我有一种感觉，我不能问伊拉克人，他们把所有的问题都推到禁运上去，实际情况是不是所有的问题都和禁运有关？

　　顾正龙：我想主要是制裁造成的。伊拉克本来是海湾地区一个很富的国家，它在战前或者受制裁以前，生活水平是排在世界上靠前的位置的，看病是免费的，上学是免费的，住房也是优惠的，汽车都可以贷款买，象征性的贷款。在普通的工作人员中，汽车很普遍，生活水平很高的。制裁主要厉害在哪儿呢？这个国家主要的经济命脉、经济支柱就是石油业，它的石油业占了国民经济的95%以上，而联合国的制裁主要就是制裁石油出口。这样它整个外汇就没了，美元没了，本来需要每年进口很多的粮食、很多的药品，它没有了这笔钱（就没法进口了）。即便是有这笔钱，制裁的国家也不给它，西方不给它。像石油换食品这个计划，伊拉克签订了好多合同，要经过联合国制裁委员会审查，美国和英国的代表到现在经常延误审查，使合同得不到执行。有最新消息说，是联合国的官员宣布的，不是伊拉克官员宣布的，到现在为止，联合国称延误审查伊拉克的合同已经超过10亿美元了。所以伊拉克就得不到一些急需的药、医疗器械等物品，得不到这些东西，有些病就治不了，医院就发展不了。另外，营养不良造成各种各样的疾病，海湾战争的时候铀弹辐射，造成好多妇女、儿童现在得白血病等癌症的特别多。你到医院里会看到一些早产儿，很多，很惨。

　　随后我们又来到了位于巴格达东部的运河饭店，联合国的工作人员大多住在这里。

　　陈鲁豫：在1998年12月16日之前，联合国武器核查小组的委员们，就是特委会的委员们全部住在这座饭店里。而在12月16日"沙漠之狐"行动开始前几小时，所有的特委委员都按期撤离了伊拉克。从那天开始到今天，伊拉克政府还是一直拒绝让他们重新回到巴格达进行武器核查的工作。目前这座饭店里面住的人，大部分还是联合国的工作人员，现在在里面办公的有3个组织，包括联合国对伊拉克、科威特进行监察的小组，联合国粮农组织，以及联合国对伊拉克进行人道主义援助的工作小组。

陈鲁豫：咱们来谈谈石油换食品这个问题，第六期的计划已经基本结束了，您认为达到预期的效果了吗？

联合国人道主义援助机构新闻发言人：这个项目已经进行两年多，差不多3年了。这个项目的宗旨，就是为伊拉克提供人道主义的帮助。我认为这个项目进行的两三年中，从某种程度上讲，我们取得了很大的成功。关于第七期石油换食品计划，我觉得最主要的是要增加食品中的营养成分，这是在未来6个月内石油换食品计划中最主要的内容。

陈鲁豫：最后一个问题，你对你在这儿所做的一切很有信心吗？

联合国人道主义援助机构新闻发言人：我对伊拉克的未来感到很担忧，因为现在成长中的孩子们一直过着很艰苦的生活，他们从很小的时候，就很清楚这样一个事实，其他国家不喜欢他们的国家，国际组织也不喜欢伊拉克这个国家，所以他们国家一直受到其他国家不公正的对待。我担心，这一代人成长起来并最终成为能够主宰这个国家命运的人时，恐怕他们对世界其他国家的态度不会是积极的。也就是说，我们现在所做的一切可能会给伊拉克带来其他问题。我想这是对你的问题最好的回答。

穿越巴士拉[1]

O

巴士拉曾经是伊拉克南部重要的港口城市，被轰炸的次数也最多，前往巴士拉的行程是有一些风险的，因为一方面，它是南部禁飞区，随时会有英美飞机的轰炸；另一方面，那里反政府武装活动频繁，经常有车队被袭击。早晨 6 点钟我们就出发了，可是又遇到大雨、大雾，能见度不足百米。600 多公里的路程，为了在天黑前赶到巴士拉，一路上车速不敢太慢，走了 300 公里，就已经经过了 15 个重兵把守的关卡，气氛相当紧张。

陈鲁豫：面前这条很绿的河就是著名的幼发拉底河，而这座已经被炸毁的桥梁，是 1991 年被炸毁的，当时桥上 212 个人因此丧生，桥被炸毁之后伊拉克政府并没有重新修复这座桥梁，而是在不远处重新建了一座。

沿河南下，被轰炸的痕迹越来越多，很多桥梁大部分没有重建，残片依然堆在一边，除了交通设施，也能看到平民居住的房屋被炸毁很多，很难想象没有伤及平民。

我们终于在太阳落山前到达巴士拉，这个一度繁华的伊拉克第二大城市，

1　伊拉克第一大港及第二大城，位于伊拉克东南端的底格里斯河和幼发拉底河交汇的阿拉伯河西岸，是连接波斯湾和内河水系的唯一枢纽。

如今已是一片破败景象，阴雨之下，整个城市沉闷、萧条，根本看不到昔日繁华迹象。

陈鲁豫：这座喜来登酒店，就是我们在巴士拉下榻的酒店，也是目前巴士拉唯一一座还比较好的酒店。在进酒店之前，车上所有的人都被路边一排雕塑深深地吸引住了，我们数了数一共是101座雕像，每座雕像虽然打扮不太一样，神态也不尽相同，但手势都是一模一样的，全部都是伸起右手，直指前方。后来我询问了一下陪同我们的新闻官和导游，他们说这101座雕像象征着在两伊战争当中战死沙场的101个伊拉克军队当中地位比较高的军官，他们手指的方向都是伊朗的方向，就是所谓伊拉克敌人的方向。

这场战争过去已经10多年了，而且伊拉克又经历了新的战争，如今制裁还在继续，但每次战争留下的阴影总要萦绕很长时间。其实人类要仇恨的不应该是想象中的敌人，真正的敌人是人类的这种仇恨情绪。

陈鲁豫：在此之前，我们听同行讲了不少相当可怕的故事，其中一个故事就是，有一年伊拉克政府邀请各国记者到巴士拉出席一个庆典活动，结果记者们坐的车在路上碰到了武装劫匪，他们要求所有的男记者脱掉上衣，趴在路边，然后把车上全部的物资抢劫一空，最后所有的记者都很惨，开车的男记者也没有穿上衣，就赶到了巴士拉省省长的家里面。省长一看很震惊，就安排所有的记者住在今天我们住的巴士拉喜来登酒店，免费住了几个晚上。这个故事是真实的，听到以后我们也是心有余悸，还好我们能够顺利到达这里。

大家都有点草木皆兵的感觉，车开到码头旁边时，听到船要准备起锚的声音，挺像枪或者炮的声音，所有人都哆嗦了一下，导游哈哈大笑。

郭滢：这种环境里任何的响动、任何的色彩都可能让我们想起战争、想起导弹、想起枪炮。

陈鲁豫：尤其对我们这些从和平地区来的人来说，任何一种这样的非常态的环境对我们来说都是一个很新奇、很恐怖的经历，不过这儿的人好像已经习以为常了。

在战争电影里看过断壁颓垣，也看过炸掉的桥，但是当幼发拉底河上的一座大桥——一座被美国巡航导弹炸掉的大桥真的呈现在我们眼前的时候，我们还是感到很震撼。也完全能够想象得出，在整个巴士拉地区，甚至整个伊拉克南部地区，这样的战争痕迹比比皆是。

陈鲁豫：我问导游，巴士拉这个地方遭受的损失这么大，而且目前也不是很安全，为什么大家还要住在这儿，不搬到别的地方去呢？导游对我说这儿有100多万人，这是他们的家，战争也许还会继续，但是生活也还是要继续，所以人们还是选择待在这里。

白天的巴士拉街道显得相当繁忙，所有的人走路都很匆忙，可能是去上班或去上学，城市显得和任何其他一个城市没有什么太大的区别。

不管是在巴格达，还是在巴士拉，家用电器的维修行业都特别兴旺。但其实所有电器的款式都是十几年以前的，很老旧了，也说明从制裁和禁运开始，伊拉克老百姓已经没有能力和渠道买到新的家用电器，只能够把以前有的再修一修、补一补，继续使用下去。很巧，我们在一家电器店看到有一台中国产的长风牌双缸洗衣机。

陈鲁豫：这个款式我看也是差不多10年以前的了吧，不过至少还是新的。这样一台洗衣机要卖到二十几万伊拉克第纳尔，二十几万伊拉克第纳尔相当于200美元。但问题是一个伊拉克老百姓1个月的工资可能只有700多第纳尔、1000第纳尔，为了要买这样一台洗衣机需要存多少年才能够买到！可以看到这里面电器也是应有尽有，松下牌电视机也有，旧的音响设备、录像机也有，但款式都非常老。

在和巴士拉当地人的交谈中，我们才了解到，其实修理行业也很清淡，因为当地很多人收入不足 1000 第纳尔，可是电器零件又很短缺，当地人修也修不起。电器对大多数当地人而言已经太过奢侈了，他们连最基本的吃和住可能都得不到满足。

离开巴士拉，大家决定去看唯一在执行石油换食品计划的伊拉克海港。就在我们行进的路上，曾经两名中国商人在 1998 年被劫匪枪击成重伤。

陈鲁豫：这个港口名叫乌姆盖斯尔（Umm Qasr），目前是整个伊拉克唯一一座还在运作中的港口。"乌姆"的意思就是母亲，而"盖斯尔"是房子的意思，因为这里曾经荒芜一片，只有一座房子，这个港口的名字由此而来。目前联合国石油换食品计划的所有物资、所有的食品，都是通过这个港口运到伊拉克各个地方的。但是由于联合国石油换食品计划第五期已经结束，现在这个港口看起来非常空闲。这座港口的主任刚刚也对我们说，他们的工人目前已经闲得没事可干了，他们在急切地等待着联合国石油换食品计划第六期的物资尽快地到来。

从巴士拉回巴格达的途中，身后有个牌子写着：所有联合国的工作人员请注意，你即将离开非军事区。因为从这个牌子处往前大概 10 公里，整个区域都是属于由联合国对伊拉克、科威特监察小组控制的非军事区，再过去 10 公里，就可以到达科威特的边境了。在海湾战争期间，我们正行进的公路被称作"死亡之路"，因为当时有大批的伊拉克士兵在这里被炸死。

巴比伦的没落

◯

在去巴比伦之前，我们不免都有些紧张。一路上听多了震耳枪炮，看惯了破败疮痍，闻名已久的古巴比伦文明会变成什么样，就连想象都无从谈起。

陈鲁豫：我们终于来到了巴比伦，巴比伦位于巴格达以南 88 公里的地方，是在幼发拉底河的南岸，因为它位于幼发拉底河、底格里斯河两河流域，交通位置非常重要，所以城市发展得很快。这座城市建于公元前 3000 年左右，在公元前 2000 年到前 1000 年，是当时西亚最重要的政治、经济、交通、文化中心。古巴比伦可以说是人类重要的文明发源地之一。现在我们看到身后这座很华丽的大门，名叫"女神之门"（Ishtar Gate）[1]，只不过已经不是原来那座门了，那座门在 1902 年被德国人搬到了德国，这座门是在 1961 年的时候按原样重新建成的，可以看到门上雕刻着很多非常精美的动物图案，我们靠近去看一看，真漂亮。

面前这堵墙上，装饰着两种不同颜色的动物，形象各异。墙上有一种动物很有意思，很像中国的四不像。

1　即伊什塔尔城门，是古巴比伦国王尼布甲尼撒二世下令修建的，供奉女神伊什塔尔。

陈鲁豫：它的身上有鱼鳞，代表水里的动物；它的腿是狮子腿，代表陆地上的动物；它的爪子是鹰爪，代表空中的动物；另外它的尾巴和头，既可以说代表蛇，也可以说代表龙。在当时龙和蛇可能差不多，而这个蛇尾代表的是生命源源不断的更新。刚才导游告诉我，蛇每年会蜕一层皮，就会有新的皮长出来，所以它代表生命的不断更新、不断发展。在当时的古巴比伦，人们很相信蛇和龙，所以就把蛇或者龙的头放在整个象征之首，而整个这条蛇，或者说龙，象征的就是一种权力。下面这张画我猜了半天，看起来很像羊，其实是牛，代表农业，代表丰饶，代表富裕，代表繁殖，很有意思。我觉得这和中国的古代神话有很多相似之处，因为中国有麒麟，它就是四不像嘛，这个也有点四不像的味道。

　　站在当年的汉穆拉比城所在的地方时，大家都有些莫名其妙，面前方砖铺地，周围围墙也很整齐，完全看不出是在一个古迹里面。

余秋雨：汉穆拉比，一个王朝的所在地。

陈鲁豫：所以现在我们脚下大概十几米的地方，可能会埋藏很多的汉穆拉比时期的一些珍贵文物。

余秋雨：但是在这些文物当中，哪一个都没有一个文物重要，那就是《汉穆拉比法典》。法典上说明上帝怎么派"我"来执行这些法律的，要求得公正，说明这些法律可以使政治清明、人间平等，谁有冤的，"我"一定用正义的方式帮他处置好，使所有的人能够获得平静。这个法律的重心很奇怪，恰恰是财富和商业的运作方面。由此可见，当时古巴比伦商业文明非常发达，有大量关于私有财产的保护和商业运作的规范，还有给各种工种的人发不同工资的规定，连工资的具体数字都有。

陈鲁豫：真的吗？

余秋雨：对，有这样的一种规定。现在的法学家看到《汉穆拉比法典》都会感到惭愧，说4000年的时间，人类进步得不多。

城里有一处铁栏杆围起来的地方，是当年古巴比伦城的一条大道。路面坑洼、起伏不平，倒是提醒了我们这一处的历史悠久。

陈鲁豫：现在我们看到这一圈用铁栏杆围起的地方，是当年古巴比伦城的一条大道，这条道路的功用很像现在长安街天安门广场那一段，是当年举行仪式的地方。这条路当年长是1430米左右，我们可以看到这条路上有很多黑色的东西，这是全世界最早的一条沥青铺成的路，可能当年古巴比伦人已经不小心发现了石油，但是他们可能没有搞明白石油到底有什么功用，不过还是有了沥青的路面。

尽管这座崭新的仿古王宫刻意模仿当年的样子，但无论如何也唤不起我们对巴比伦汉穆拉比王的那份崇敬。4000多年来，巴比伦的城宫由于经历了太多战火，早已不存在了，可是巴比伦人创造的文明，却让后世继承了太多。

陈鲁豫：来到巴比伦以后我在想一个问题，古代的遗迹是保存它的原样比较好，还是修复比较好。我们看到这个墙上有很多砖上刻着很多阿拉伯文，我们就专门询问了一下这阿拉伯文是什么意思，上面居然写的是"感谢共和国总统、伟大的领袖萨达姆·侯赛因，在他的关怀和支持之下，重新修建此城"。

所幸女神之门的原址，也在重新修建的仿古王宫内，依稀可见当年风采。

陈鲁豫：这里其实才是女神之门的原址，在公元前6世纪，当时的国王尼布甲尼撒二世下令兴建了女神之门。他是分两次建的，目前我们看到的是第一期，没有颜色的。后来他的王国不断地壮大、不断地发展，他就下令在第一期的城门之上，建了第二期。那才是有颜色的，只不过那一部分有颜色的、很漂亮的城门在1902年被德国人搬到了德国，现在我们看到残留下来的是第一期建成的最初的女神之门。不过我们仔细看一看，墙上的动物雕刻得栩栩如生，比刚才我们看到的后来的新作要好看很多、精致很多。

巴比伦文化中最有魅力的要算空中花园了，它是"古代世界七大奇迹"之一。可是现在的遗址上已经一无所有。

陈鲁豫：在我身后大家可以看到号称是"世界七大奇迹"之一的空中花园的一点点遗迹。空中花园是公元前6世纪古巴比伦的著名国王尼布甲尼撒二世修建的，他当时娶了一个很美丽的公主，公主嫁到这儿以后很想念自己的家乡，她的家乡是一个山城，所以那个国王在这个地方就搭起了几层的土台，土台是用石块作为基础的，然后在每层石块上面都铺上芦苇、沥青，上面再搁上铅板，铅板上面再铺上泥土之后，种植了各种各样的奇花异草。所以你在上面走的时候看不见泥土，看见的全是奇花异草，是一个名副其实的、很漂亮的空中花园。

但从眼前这点遗迹看来，这个空中花园只能够存在于我们的脑海当中，全然看不到当时的样子了。

陈鲁豫：不过这个古迹保存得非常完整。这儿就是古巴比伦雄狮，可以看到雄狮下面还有一个人的形状，这个雄狮代表着古巴比伦人的勇气、力量。它也是伊什塔尔女神的一个象征。而下面这个人可以说是女人，也可以说是男人，象征的是古巴比伦人的敌人，意思就是古巴比伦人战胜了他们的敌人。

不乏勇气和力量的巴比伦，却在后世的残酷战争中，无可奈何地没落了。

内秀伊朗

伊朗土地的主调，不是虚张声势的苍凉感，不是故弄玄虚的神秘感，也不是炊烟缭绕的世俗感。有点苍凉，有点神秘，也有点世俗，一切都被糅合成一种有待摆布的诗意。这样的河山，出现伟大时一定气宇轩昂，蒙受灾难时一定悲情漫漫，处于平和时一定淡然漠然。它本身没有太大的主调，只等历史来浓浓地渲染。一再地被大富大贵、大祸大灾所伸拓，它的诗意也就变成了一种有待填充的空灵形态。

——余秋雨

隐者再现

○

陈鲁豫：我们现在所有人都在非常忙碌地装箱，因为我们马上就要离开巴格达、离开伊拉克，前往我们的下一站——伊朗。我们在伊拉克待了整整 10 天时间，最大的感受就是完全和外界失去了联系，现在最让我激动的不是离开这儿，因为我其实在这儿待得还可以，见到很多在其他地方我不可能见到的事情。最使我兴奋的就是我终于能够用我的电话了，在伊拉克边境时他们的海关人员给我们的电话上都上了封条，在离开伊拉克之前绝对不能够打开，所以我们过了 10 天偷偷摸摸打不了电话的日子。11 月 19 日早上 9 点，我和同伴们准时到达两伊边境，开始履行正常的出境手续。

出乎意料，这次我们出境的手续办得非常快，到汽车开动准备离开总共还不到半小时，这和我们来的时候在边境等了 8 小时，形成了鲜明的对比。之所以这么顺利，可能是因为离开总是要比入境简单一点，此外，这一路有中国驻伊拉克大使馆同胞们一直陪同，他们事先也肯定做了很多的工作。在伊拉克近 10 天的时间，他们对我们的各项拍摄、采访工作也都给予了很大的支持，这种情谊让我们心里挺有几分依依不舍。

伊拉克渐行渐远，车队开出不久，就看见远处城堡上两位宗教领袖的巨型画像，这就是伊朗给我的第一印象。

经过了一整套的入境手续之后，下午 2 点多，车队终于冲出铁门，驶进了伊朗，道路两旁沙土沉寂，人声全无，只有车轮快速驶过的声音。很容易就使人想起，几年前这里曾是硝烟弥漫的两伊战争的战场。果然，车行不久，就看到废弃的坦克和一排排的军车停在路的两旁，在斜阳的照射下非但显不出威武，反倒有一些败落的味道。据说，这里沿途村庄的每一个人、每一个家庭，都和这场战争有着千丝万缕的联系。8年的两伊战争使伊朗损失了几十万精壮男子，这里每个家庭都因此而支离破碎。

到达伊朗的第一站，就是西北边陲小镇巴赫塔兰，据说这里是伊朗重要的棉花生产地，我们到达时已经是晚上7点钟，准备在这里吃第一顿伊朗饭。夜色下的巴赫塔兰，让我们第一次静心感受到浓郁的波斯风情。

陈鲁豫：现在其实一点都不冷，我之所以包上头巾，也是为了入乡随俗。今天早晨我们是8点半出发的，现在已经是下午将近6点钟了，在路上又是奔波了一天的时间，现在我们到了一个小城市叫巴赫塔兰，这里是今天晚上我们可能会下榻的酒店。虽然外面看起来很不起眼，不过里面装潢得还可以，但今天晚上会不会住在这儿目前还不知道，因为到现在为止，我们所有人的意见还没有统一，有人说希望能够赶夜路直接去德黑兰。如果开车去德黑兰的话，要走一段很长的夜路，也会比较辛苦。

为了安全起见，车队最终还是决定住在这家边境旅店，不能不提的是，旅店每个房间都有一本《古兰经》。才刚打了个招呼，伊朗就勾起了我们对未来几天旅程的好奇。

脚下古城

○

伊朗人带我们去的第一个地方，是位于哈马丹市[1]的米底王国都城遗址。

米底王国是大约公元前 8 世纪伊朗人建的第一个王国，关于这个王国只有巴比伦发现的楔形文字中才有记载，这个博物馆只是陈列着这个遗址出土的大量文物。古希腊历史学家希罗多德也曾在书中提到过米底王国，但他同时也承认对此知之甚少，如今我们这些东方小生的到访，不知会不会让这位古代大师捶胸顿足、感慨万千。

陈鲁豫：伊朗虽然是位于中东的阿拉伯国家，但伊朗人还是属于欧洲的雅利安民族，因为伊朗人的祖先是几千年前从欧洲迁移到伊朗高原的，所以伊朗人讲的波斯语也属于印欧语系。现在我们是在伊朗的一个叫作哈马丹的地方，到了哈马丹，这个古城遗迹必须要来看一看，这个古城名叫赫格玛塔纳（Hegmataneh），始建于公元前 8 世纪，而开发工作是从 5 年前开始的，到目前为止已经在这个古城遗迹发现了大量珍贵的历史文物。

我们来到 5 年前还被当地人踩在脚下的古代都城的发掘现场，伊朗人很有

1　伊朗中西部城市，哈马丹省省会，位于德黑兰通往伊拉克的公路上。现在的哈马丹市是在古代埃克巴坦那遗址之上重新建造的，古时曾是丝绸之路上的一个重要站点。

保护文物的意识，将遗址搭大棚遮盖，大棚下面密集的房舍、小小的街道以及排水管道都依稀可辨。据专家介绍，在挖掘过程中，他们还发现了米底王国以后各个时代的文物，例如波斯帝国时代的、亚历山大大帝时代的、安息王朝和萨珊王朝以至后来的伊斯兰时代的文物，一应俱全，各具特色。

接着，我们又被带去参观一位犹太先知的古墓，古墓中埋葬着这位先知和他的侄女。乍一听这或许和伊朗历史无关，但这个古墓的意义就在于这位犹太侄女当时嫁给了波斯帝国最强大、最仁慈的君主居鲁士的后代子孙。米底王朝之后，居鲁士建的波斯帝国，是波斯文明中最为辉煌的。

余秋雨：昨天我们在哈马丹见到两处古迹，它们所代表的正是伊朗历史的第一页和第二页。第一页就是他们第一个王朝——米底的首都，5 年前才被发现。第二就是他们最辉煌的时代——居鲁士时代的一个墓葬。而这个墓葬表明

了在古伊朗的时候，他们对异族人宽容慈爱，他们居然可以和犹太人结婚。

这历史的第一页、第二页翻得非常地透彻和辉煌。但接下去伊朗也慢慢地衰落了。

余秋雨：主要是在和希腊打仗时失败了，失败以后麻烦事非常多，但是最后他们还是崛起了，出现了一个我们中国都知道的安息王朝，后来又出现一个萨珊王朝，最后又被阿拉伯人进攻，进攻以后产生了伊斯兰时代，伊斯兰时代一直延续、延续，直到近代的时候面临很多外族入侵，但是他们还是依据伊斯兰文化一直缓慢地生存到今天。

通往墓地的街道是一条具有 2000 年历史的古街，名字叫沙里亚提，去时匆忙，来不及细看，回来再看时还真能品味出古色古香的味道。穿行其中，很容易让人想起中国南方的小镇：旧式的商店和闲适的人群交相错落，穿着黑袍子的妇女，真真切切地游荡在你的眼前，不时提醒我们人在异地，心在他乡，又让人生出了对伊朗的丝丝亲近感。

还我旧时袍

○

据当地人介绍，德黑兰是个没有夜生活的城市。

我们到德黑兰的时间是晚上 7 点多钟，晚上人们都在家里看电视，电视节目中没有西洋歌曲，也没有女歌星的演唱，即使体育节目中出现穿泳衣的女运动员也要被全部删去。

陈鲁豫：我们终于来到了德黑兰，现在已经是德黑兰时间晚上 7 点多钟了。这里就是我们住的酒店，在天黑的时候进入德黑兰，感觉这是一个很大的城市，交通很拥挤，车很多，不过我相信，白天看感觉会完全不一样。

白天的德黑兰像一首描写深秋的古诗，成熟中带有一丝苍凉，远处高山上融化的雪水无声地流淌在街边的石沟中。伴随着黑袍女子的匆匆步伐，喧闹的国产汽车拥挤在宽阔的马路上。而对我们来说，随着戴头巾时间的增长，我们越来越难忍受这种不自由的穿衣方式。

陈鲁豫：我们几个人的装束看起来都很滑稽。这是在伊拉克买的袍子，到这儿居然派上了很好的用场，头巾都是我们从北京带来的，因为进入伊朗之后，这儿所有的女性，包括外国来的妇女，都必须戴上头巾。不管什么公共场合，马路上、车上，即便在餐厅里面吃饭的时候，再热，你的头巾、外套都不能够脱下来。昨天我没有穿外罩，穿了一件稍微紧身一点的毛衣，就有人提醒我说最好在车上待着。不知道别人的感觉怎么样，我觉得有点压抑。

在伊朗，女孩从 9 岁开始就必须戴头巾、裹黑袍。

陈鲁豫：你喜欢穿这样的服饰吗？

当地妇女：非常喜欢。

陈鲁豫：为什么？

当地妇女：我们认为穿这样的衣服比较安全，如果裸露的话，自己的美会引起男人的注意，甚至会导致一些男人产生坏的想法，欺负我们。从这个角度来说，我认为穿这样的衣服是比较安全的，可以保护自己。

看着这些漂亮的伊朗女人，在被她们黑袍下的端庄打动的同时，也会为她们生活的单一色调和压抑而深感惋惜。

陈鲁豫：您每天都要穿这件黑袍子吗？

当地妇女：出门的时候都是要穿的。

陈鲁豫：自己愿意穿这样的袍子吗？

当地妇女：当然了。

陈鲁豫：为什么？

当地妇女：这是宗教上的原因，是应当穿的。

当地居民（男）：你们穿其他的衣服到我们国家来，我们可以接受，但是对伊朗的女性来说，她们应该尊重自己的宗教，如果她们不把自己的身体掩盖起来，我们无法接受。

也许宗教原则就是无可争辩的信条，但是让我们这些"老外"感到大惑不解并无法忍受的是，他们对外国女人和伊朗女人一视同仁的强制性做法。

陈鲁豫：其实真的别小看这头巾，我待在伊朗这几天心里就觉得很烦躁，因为它带给我的精神压力很大。我为什么要戴这个头巾？如果说现在天气还很凉，我戴上还可以，但在吃饭的时候，很热很热还是不能摘，确实感觉很烦躁。

余秋雨：因为你是从另外一个民族、另外一个地方来的。他们保持自己的民族习惯穿着是很好的、无可指责的，但是如此要求外来人，我觉得有点过分了。

陈鲁豫：我们中国人都说"己所不欲，勿施于人"，我觉得还应该加一句"己所欲，也不应该施于人"，因为你想要的不一定是我想要的，应该分开来对待。

余秋雨：是，比如善良、宽容这些美德，是人类很好的精神力量，至于服装、至于自己的穿戴，毕竟是私人的问题，不要强加。

陈鲁豫：还有一点我觉得值得探讨，挺有意思的，我们有时候忘了戴头巾，会有人过来指指点点，提醒说你们要戴头巾。那样的人，无论男的女的，他们是出于一种什么心理呢？

余秋雨：我也在想，车子停下来后，我们车上的一位女士刚刚摘下头巾，就有路人，既不是警察，也不是他们宗教当中的重要人员，就来敲窗，意思就

是要把头巾戴起来，我们的女士打开窗，用英语跟他们讲"这是在车里，不是公共场所"，他们说"不，有窗，所以还是公共场所"，我觉得我无法想象他们是怎么思考这个问题的。

陈鲁豫：对，我也特别想知道。

余秋雨：难道他们真觉得每一个外国人到这儿来都需要戴吗？很难说这件事情完全出于一种极端的心理，也可能他们内心想的是为你们好。

陈鲁豫：有可能。

在采访中我们也发现，不是所有的伊朗女人都喜欢这种一成不变的服饰，有 40% 的年轻女性希望能够在衣饰上有更大的自由。

伊朗妇女：有些人认为最好是让大家自由选择，谁愿意穿就穿，谁不愿意穿就不穿。

陈鲁豫：你的女同学里面，有没有不喜欢穿黑袍子或者戴头巾的？

伊朗妇女：有的，每个人都有自己的观点，有一些人不喜欢。

陈鲁豫：你的观点是非常喜欢，那有多少人不喜欢？

伊朗妇女：我非常喜欢，大约有 40% 不喜欢。

余秋雨：我昨天晚上专门找了一位伊斯兰学者聊天，我说我们什么都不谈，只是探讨这个国家是不是还需要进一步发展经济。他说对。我说，最大的阻力在哪儿？他说阻力是我们有些开放城市要求外国女人戴头巾。

陈鲁豫：比如说德黑兰。

余秋雨：所以影响了投资。你看，伊斯兰学者也在思考，有没有可能在这方面宽松一点才能吸引外国投资。这确实是一个问题。如果细节上太讲究的话，投资者会认为它是一个非常重要的障碍。如果你是一个投资者的话，想必你也会这么觉得。

应该松动一点。我们这么讲，一点没有影响到我们对他们宗教的尊重和对他们民族习惯的尊重，以及对他们服装文化的尊重，我们一点没有影响这点。

陈鲁豫：说实话，我看到很多伊朗女孩很漂亮，穿黑袍子在马路上走真的很好看。

余秋雨：我甚至感觉我们一路过来，最好看的就是伊朗女性了。

陈鲁豫：真的是，她们非常好看，五官的轮廓特别漂亮。

余秋雨：她们美丽的身材黑袍子是遮不住的。

陈鲁豫：黑袍的质料和垂感都特别好，走起路来很飘逸，所以很漂亮。

余秋雨：而且在人体美学上，把所有其他干扰性的色彩全部省去了，她们是不拒绝化妆的，色彩全部留给化妆过的眼睛、嘴唇和脸庞，这多美啊。

陈鲁豫：她们的眼睛显得特别大，也特别好看。

余秋雨：所以对于这种服装本身，我们不能说它不好看，但是不能强加给别人。

在伊朗的大巴上，我们还发现了一种有趣的现象。

陈鲁豫：现在我们坐上了一辆伊朗的大巴，大家可能觉得比较奇怪，我离摄像机非常远，原因是我们的摄像师是一位男士。在伊朗，所有的大巴上都是这样，一个栏杆把车厢分成两部分，所有的女性乘客必须要坐在后边，男乘客坐在前边，不能够混着坐。这种体验对我们来说比较新鲜，在我们的身后，坐着很多的伊朗女孩子，都非常漂亮，穿着差不多，有的人戴着黑色的头巾，还有人戴着蓝色的。像我们几个老外这样包着五颜六色的花头巾比较少一点。

除了大巴之外，在伊朗的学校等公共场所，男女也都要严格分开，你会随时想到中国"男女授受不亲"的古训。而理发店更有意思，女子理发店就像是具有神秘色彩的女子集会的场所，幽深而隐蔽。只可惜，我们的摄影师全部都是男儿之身，都被严厉禁止进入每一家女子理发店，不能进去拍摄。

革命印迹

○

在约旦，我们到处都可以看到已故国王侯赛因和现任国王阿卜杜拉的画像，到了伊拉克就换成了总统萨达姆的画像。伊朗自然也有。

陈鲁豫： 在伊朗很多地方都可以看到像我身后这样的巨幅头像，上面永远画着两个人，一个就是长着一缕白色长髯的伊朗已故宗教领袖霍梅尼，旁边是伊朗现在的宗教领袖哈梅内伊。对很多中国人来说，霍梅尼可能更熟悉。他曾经在伊拉克隐居长达 13 年的时间，1979 年又回到伊朗发动革命，他当年主张要发展本国经济，摆脱美国人的控制。哈梅内伊现在掌握着伊朗的宗教、政治、军事以及经济大权。

伊斯兰革命前的巴列维王朝，是伊朗近代史上一个重要的历史阶段。礼萨王实行了一系列具有进步意义的改革，当时被称为"自上而下的白色革命"。据说当时伊朗已经开化到有女子穿袒胸露背的衣服畅然行走于大庭广众之下的地步。

1979 年 2 月 11 日，伊朗什叶派领袖霍梅尼[1]利用宗教的力量和国民投票

1　伊朗什叶派宗教学者（大阿亚图拉），1979 年伊朗革命的政治和精神领袖。该革命推翻了伊朗国王穆罕默德·礼萨·巴列维的统治。在经过革命及全民公投后，霍梅尼成为伊朗国家最高领袖，直至 1989 年去世。

选举，建立了政教合一的伊斯兰共和国，同时制定了新的宪法，目的在于反对在背后支持巴列维王朝的美国及其文化。

陈鲁豫： 您喜欢革命以前的生活，还是喜欢现在的生活呢？

伊朗妇女： 那时我还很小，但我知道现在有的人很喜欢那个时候的生活，也有人喜欢现在的生活。

当地居民： 革命前因为没有战争，所以经济方面好一些；但革命后，伊朗有了自己的工业，真正属于自己的工业。

除了宗教领袖画像外，伊朗经常悬挂的还有其他人物画像。

陈鲁豫： 在伊朗的街头，到处都还可以看到像我身后这样的画像，画像上面通常都画着一个或者是几个留着大胡子、穿着军装的伊朗男人，他们都是在两伊战争期间牺牲的伊朗高级将领。我身后这幅画像上画的是两伊战争期间伊朗的一位国防部长南木诸易将军，他曾经创建了伊朗国民卫队当中的军官学校。伊朗每年波斯日历六月二十几日是一个纪念日，专门纪念在两伊战争期间牺牲的伊朗士兵和将军。按阳历算的话，大约在每年的九月十几日。

一行人来到德黑兰一个很著名的地标性建筑——自由塔。

陈鲁豫： 我身后是位于德黑兰西部的自由塔，塔高有 45 米。这是一座很有意思的建筑，名叫"自由塔"，不过纪念的却是伊朗 2500 年的王朝。它建于 1971 年，从建成之后一直到伊朗革命之前，伊朗国王在顶部的咖啡厅接见了不少到伊朗访问的各国元首和政要，向他们赠送有象征意义的金钥匙。现在这里面有图书馆、博物馆，更像是一个文化中心。

每逢节假日，这里会会集来自其他省份的伊朗人参观游览。

陈鲁豫：据说从塔顶可以看到远处连绵不断的埃布什山的山峰，而塔下就是喧闹不止的游人和车流。像在其他城市一样，我们的车队都将在伊朗的主要景点和主要街头留下这一程的烙印。

这座高高耸立的白色自由塔位于机场通往市区途中的一个开阔的草坪上，成为一个足以象征近代伊朗的纪念碑。

生活在此处

○

要对一个陌生地方市井生活最快地了解，莫过于从当地集市入手。

陈鲁豫：每到一个地方，我最喜欢逛的就是当地的市场，比如说农贸市场。现在我们来到德黑兰本地老百姓最喜欢逛的一个叫作"巴扎"[1]的地方，这里物质极大丰富，卖什么的都有，瓜果梨桃，还有一般的民生用品，看得我眼花缭乱。这是我们说的"甜菜"，就是做糖用的甜菜，但他们这边呢，说是冬天吃的一个东西。这叫什么？

卖主：叫拉布。

陈鲁豫：如果我要买的话，必须买整个的，是吗？我可以买一小片吗？这一定很甜很甜，因为甜菜本身就是榨糖用的，现在看来这里面也放了很多的糖。这要多少钱？

卖主：不要钱。

陈鲁豫：真的吗？他说不要钱，请我吃的。一般，味道一般，很像我们吃的芋头之类的东西，就是芋头的味道。谢谢你。

像这样的巴扎在德黑兰有好几家，不但卖蔬菜水果，还卖各式各样的日常

1　阿拉伯文化地区对集市或者市场大厅的称呼。

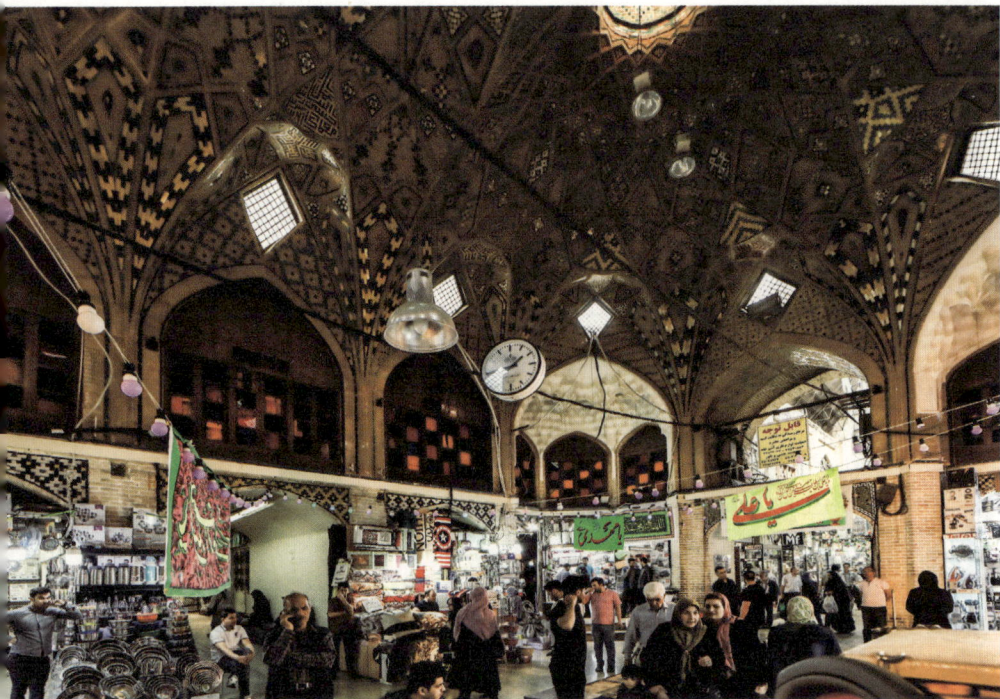

用品和服装。在市场里，时断时续的祈祷声提醒来买东西的人们祷告的时间到了。和伊拉克不同，近几年伊朗的经济正在从两伊战争后的疲惫中渐渐复苏过来，虽然这两年石油价格下落对伊朗经济触动很大，但伊朗已经开始更多地注重发展民族产业，摆脱依赖。现在一个普通银行职员的月薪在 60 到 70 美元不等，但更多的人同时会做几份工作，所以养家糊口不成问题。

　　伊朗的货币是里亚尔，但面值大得惊人，在黑市上 1 美元能换 8100 里亚尔，也就是说，怀揣 100 美元就有了几十万，这足以让不太富裕的游客品尝到做富翁的感觉。不过伊朗人在生活中更多使用"土曼"[1]这个说法，1 个土曼相当于 10 里亚尔，所以我们在伊朗付账时，总比他们所要的土曼价钱要多出 10 倍的里亚尔。

1　Toman，又译托曼，伊朗货币的非官方说法。

陈鲁豫：刚才我们在干果摊买了很多东西，大概是4包东西吧，一共是1650土曼，不过这边有两种货币单位，我拿着的是里亚尔，1万里亚尔实际上只有1000土曼，价格等于是1.65万里亚尔，因此我要给他2张。还剩一张，这只是1000土曼。

在这个跟人们日常生活息息相关的农贸市场里面，居然也有一个清真寺。

陈鲁豫：其实在伊朗每个自由市场里面都有这样的一个清真寺，今天很巧，我们还碰到了一群出席葬礼的人。在伊朗，人们习惯在死者忌日（后）的第三天、第七天、第四十天还有一周年时，举行各种各样的纪念活动。一直在这个市场开店的兄弟二人两天前刚刚过世，我们看到很多人送的花，本来我以为是真花，其实是假花，按照伊朗人的传统，在人们的葬礼中应该是送鲜花的，只不过鲜花价格很贵，现在人们也算移风易俗，就送假花，然后把买真花的钱捐给慈善机构来帮助穷人，这也是一件很好的事情。

在市场，我们还见识到了伊朗居民独有的风土人情。

陈鲁豫：在这个市场里面我看到这样一个小炉子，炉子里面烧着木炭，他们不停地往里面放干植物的种子，闻起来很像花椒大料的味道。放在里面，不停地扇，出来很浓的烟，很呛人。他们这样一个炉子不仅可以摆在家里面，任何地方都可以，它的作用是把那些坏的运气、不好的东西赶走，他们说是有一种迷信的意味，是伊朗的一种传统。刚才我看到路过的人，会抓一把烟往自己的脸上抹一下，好像会给自己带来好的运气。

伊朗人很喜欢吃一种薄薄的大饼，这种饼不是用纯白的面粉做的，而是用原麦粉烙成的，吃起来薄中带脆，很是美味。

陈鲁豫：在伊朗，每个家庭每天要吃多少个这样的饼？例如你的家。

翻译：这要看家里的粮食情况，如果不吃米，就会吃饼。

陈鲁豫：这样的话，一天要吃多少饼？

翻译：5 张。

陈鲁豫：大吗？

翻译：不，薄的那种，甜味的。

虽然只是再普通不过的当地吃食，但也不妨碍我们这些初来乍到的游客，对它细细品尝，体验一把当地生活。

地毯学校

○

离开巴扎，下一站是伊朗著名的地毯学校。

陈鲁豫：在德黑兰，我们随时随地都可以见到编织得美轮美奂、让人叹为观止的波斯地毯和挂毯。很多伊朗人非常骄傲地告诉我们说，波斯地毯是他们生活的一部分，所以在德黑兰，我们专门要来参观这样一所有 40 年历史的很著名的地毯学校——阿拉萨德。这里是这所学校附设的一间博物馆，博物馆的面积不是很大，但里面陈设了很多编织得相当精美的波斯地毯和挂毯，像我身后这一幅巨大的作品，它的长有 3.15 米，宽有 2.60 米，一共花的人工高达 15045 小时，如果你仔细数的话，应该能够数出 870 种颜色。上面每一个人物的细节丰富，形象、表情都塑造得非常生动，它是选自波斯著名诗人菲尔多西[1]的一本著作，名叫《列王记》。

这所地毯学校创办人的儿子阿拉萨德先生，给大家看了很多珍贵资料。

1　伊朗古代民族诗人，被誉为伊朗的"荷马"。他的作品《列王记》是伊朗最伟大的民族史诗，讲述了从远古神话时期到公元 7 世纪中叶波斯帝国灭亡时波斯神话与历史中 50 多位国王及英雄的故事。

　　陈鲁豫：这是当年由他爸爸亲手编织的波斯地毯的一些照片，很可惜，很多照片被烧了，因为当年这所学校遭过一次大火，他们从火里面也还抢救出了一些很珍贵的历史资料。从这些照片当中，我们也看到很多很有意思的地毯，像这一幅编织的是美国当年的总统——小罗斯福，你看跟照片或者是油画一模一样，甚至很多细节可能远远地高于照片和油画。另外还能看到很多的领导人，如编织出科威特国王还有沙特国王形象的一些波斯地毯，还有编织出法国很著名的画家的一幅《拾穗图》的地毯。

　　每条地毯都出自画在不起眼的小方格上的设计，千万别小看这种设计，因为每一条名贵的波斯地毯都是出自著名的设计师之手，这些设计师的地位在伊朗人的心中就好像毕加索一样，让世人崇拜。

　　阿拉萨德先生接下来带领我们参观了编织地毯的操作间，许多伊朗妇女都来这儿租用编织机器，在老师的指导和帮助下为家人编织地毯，真正的波斯地毯都是用手工制成的，有的需要几十万小时打几百万个小结才能够编成。伊朗人认为，用机器织的地毯，再好看也难登大雅之堂。

　　陈鲁豫：这幅画已经完成一半了，刚刚是被挡住的。为什么挡上呢？因为这是一幅人体画，在伊斯兰教里面不是很合适，不过我可以看一下。看，非常地精美。他们是这样从右向左编织，每打一个结以后会把它剪一下，剪完以后要修剪一下，然后再把这根白色的线这样拦过来，她告诉我，波斯人叫布的，英语叫麦索尔。这根线在周围叫间隔线，把它这样给挡住，经线、纬线给挡住。

　　有人说波斯地毯就流在伊朗人的血液中，他们编织的灵巧和娴熟都是天生的。看着他们心灵手巧的样子，让旁观的我们也忍不住要试一试。

　　编织者：有两根线，一根在前，一根在后。

陈鲁豫：打了一个结，把它给切掉，基本上是一个结一头汗，好，再来一次，再准备出一身汗，我给中国妇女丢脸了，中国妇女也是以心灵手巧著称的。我刚才有一个想法，我可能留在伊朗德黑兰，就留在这个学校学一下编织波斯地毯，然后我同事给我留了一个任务，就是让我把凤凰台的标志编织出来，我说可以，那你们 30 年以后来接我吧。估计 30 年以后凤凰标应该织好了，天哪，我得出多少身汗啊。

探秘里海

○

过去，里海对我们来说只是地理书上一个不太陌生的词，而今天我们就要驱车前往一睹"庐山真面目"了。

里海盛产石油和天然气，被视作宝库，周边几个国家曾为它的归属问题打得不可开交。在伊朗属地，里海附近有著名的油田，而且沿岸地区还是重要的粮食产区，另外因为这里盛产桑树，所以里海还是伊朗的养蚕基地。

车行不久，我们就上了盘山路，车队一直在山路上行走，但山路之崎岖、险峻，都是不曾想到的。不需要走 365 里路，我们就经过了春夏秋冬，可见山势的险峻。银白色的雪山近在眼前，在车的带动下，我们离它越来越近，这样的景色让人终生难忘。

陈鲁豫：这一路我们只经历了一个季节，就是夏季，几乎所有人的皮肤都被中东的阳光晒得黑黑的，只有到了这儿我们才第一次看到雪。我身后的雪山让我们意识到此刻中国的北方已经是冰雪皑皑的冬季了，这也是我们进入伊朗以后我第一次感受到戴头巾的好处，因为这里真的挺冷的。我身后的雪山名叫艾尔波茨，它连接着喜马拉雅山脉。由于德黑兰是一座山城，海拔在1200米左右，为了去里海，我们要翻过这座山，山顶处海拔大概在3000米，而里海的海拔在海平面上下，所以这一路起伏会非常非常地大。我们现在所处的位置是海拔2000米左右，翻过这座山以后，还会经过一片很漂亮的原始森林，我身后的这座雪山，雪是新鲜的，因为雪有两季。另外，我们在德黑兰看到很多水，都是从这座雪山上面流下来的，非常清澈。

走过雪山，车队又别无选择地扑向了云雾，在渐入仙境的旅途中，我们为每一个司机捏了一把汗。

陈鲁豫：我们的行程从开始到现在，一路的交通工具就是这 5 辆经过改装的漂亮吉普车。通常在车开动的时候，我的任务就是坐在后座上睡觉养精蓄锐，另外给前面的正副驾驶递一点吃的、水什么的。不过这一路上我都没有敢闭一眼，因为这一路的路况不是太好，每一个弯都很急，而且到现在我们开了大概有 3 个小时了吧，积雪的路面很滑，另外有一段还是在云中穿行，能见度非常差。进入伊朗已经一天多的时间了，我们所有人最深的感触就是伊朗人开车特别猛，比如，他们在换线的时候根本没有打灯的习惯，所以我们一路都很紧张。现在这段山路还没有走完，前面还会有将近 2 小时的艰苦路程。

早上 7 点出发，一路奔波，终于在下午 2 点到达里海。或许是因为路途遥远，行程艰难，里海赋予了我们这十几位东方客人更深的感触。

陈鲁豫：我们终于来到了里海。一路走来，我们的车队曾经到过地中海、红海、死海，而今天我们来到了里海沿岸。天气很阴沉，风浪也很大。里海地处欧亚交界处，位于中亚外高加索[1]和伊朗之间，海岸线大概有 7000 千米长。里海的资源非常丰富，有充足的石油、天然气资源，因而被人称作是"21 世纪的第二个波斯湾"。目前，里海沿岸有 5 个国家，因为每个国家的战略地位不尽相同，所以地域问题，还有水域划分问题也一直争执不下。不过此时此刻站

1　又称南高加索，大约指高加索山脉以南格鲁吉亚、亚美尼亚、阿塞拜疆三国所在的地区。

在里海的岸边，关于里海的纠纷或者由此有可能引发的紧张气氛我们完全感受不到，唯一能够感受到的是里海的雄浑、美丽。

另外，每个人心里都知道，如果往前一直开过去，从理论上讲可以开到中国。启程至今，行程已快过半，但前路漫漫，我们依然有很长的路要走。

迈赫迪生日快乐

○

到达伊斯法罕[1]的时间是 11 月 24 日上午 11 点。伊斯法罕是 17 世纪萨非王朝的古都，地处伊朗的交通要处，控制着从德黑兰经库姆南下的重要通道。此外，它还是伊朗的工业重镇，纺织业更是执全国之牛耳。因为气候和土质的关系，附近生产的棉花品质极佳。

伊斯法罕给我们的第一印象是它虽不古老，却洋溢着悠闲古朴的风味。

陈鲁豫：早晨 6 点钟出发之后，开车约 7 小时，我们终于来到了伊斯法罕。这儿就是我们要下榻的酒店阿巴斯，据说是伊斯法罕最好的一家酒店，到这儿以后，发现到处都是张灯结彩、喜气洋洋的，因为今天是 11 月 24 日，是伊斯兰教第十二任伊玛目[2]迈赫迪的生日。在所有伊斯兰教什叶派国家里面，12 个

1　伊朗中部伊斯法罕省省会城市，伊朗第三大城。曾是波斯王朝的首都，是古代"丝绸之路"的南路要站，东西方商贸的集中地，一时富甲天下，古伊朗民间有"伊斯法罕半天下"的美称。

2　伊玛目在伊斯兰教中有极其重要的地位，它在阿拉伯语中原意是领袖、表率、楷模、祈祷主持的意思。逊尼派中该词亦为此意，是伊斯兰教集体礼拜时率众信徒礼拜者。在什叶派中，伊玛目代表教长，即人和真主之间的神圣中介，《古兰经》中的隐义，只有通过伊玛目的秘传，信众才能知其奥义。当代什叶派内部分为十二伊玛目宗、七伊玛目宗、五伊玛目宗、阿拉维派等分支。其中十二伊玛目宗认定从阿里开始，总共有过十二位伊玛目。第十二名伊玛目已经遁世隐没，但将复临人世，带来和平、正义和安定。

伊玛目的生日、忌日都是他们的节日。两旁也挂了很大的横幅，上面写着"迈赫迪生日快乐"。另外还有一件事情很有意思，他们认为迈赫迪并没有死，有可能还活在人间，有一天会回到这儿来拯救他们。

到达伊斯法罕的第一天，我们就感受到了街面上张灯结彩、欢度节日的喜庆气氛。每逢这些节日，伊朗就全民放假，所有人都会在清真寺等公共场所或是家中做甜食，还会向周围人分发一些糖果表示庆贺。

陈鲁豫：在这个节日里，伊朗人是否有一些像聚会这样的特殊活动呢？

当地居民：是的，我们会在像清真寺这样的地方参加聚会，会做甜食，也会参加家庭聚会，在一起共度快乐时光。

陈鲁豫：我听说人们相信第十二任伊玛目还活在人世间，你也相信吗？

当地居民：是的，我相信他还活在人间，尽管在哪里我还不太清楚，因为他是神。但我知道他还活在人间，并坚信这一点。

在伊斯法罕的伊玛目广场，我们遇见了专门来此游玩的一对年轻人。

陈鲁豫：你是本地人还是外地人？

男青年：我住在萨维斯，一个离这儿很近的城市。

陈鲁豫：那你来这儿是为了过伊玛目节，还是为了其他？

男青年：今天是我结婚的日子，这才是我来这儿的原因。

陈鲁豫：结婚的日子，祝贺你。你会到这里的朋友家去共度伊玛目节吗？

男青年：当然。

陈鲁豫：伊斯法罕人特别热情，刚刚有个小女孩知道我想穿一下那件黑色的斗篷，就把衣服借给我。我们在里面逛的时候，有个小男孩端着一盘饮料请我们喝。为什么呢？因为今天是节日，在节日期间他们有一个习惯，就是每家每户自己花钱买吃的、喝的，请亲朋好友，甚至是不认识的人，作为一种心意的表示。

在伊玛目广场，我们看到每个伊朗人都沉浸在节日的气氛中，并向我们这些外国人展示了由衷的热情。

除圣城库姆之外，伊斯法罕是伊朗最重要的宗教中心，在这儿你随时都会感受到浓厚的宗教氛围。女人的黑袍裹得更加严实，祷告的音乐不绝于耳。

陈鲁豫： 让伊斯法罕感到非常骄傲的地方就是伊玛目广场，据旅游书上介绍，这个广场是全世界面积最大的广场之一，面积相当于威尼斯圣马可广场的7倍。它的大小倒没让我感到震惊，不过身后的几座建筑我想很值得一提。可以看到，我身后有两座金碧辉煌的清真寺，我的左边还有一座很大的宫殿，都建于17世纪，是当时的国王阿巴斯下令兴建的。在阿巴斯时代，这个广场中心经常会举行射击表演、马术表演、马球表演，当时国王会到看台上面来观看。如今每个礼拜五，会有很多的本地市民到这个广场中心来参加祈祷活动。

伊玛目广场上的这两座清真寺，在当时的用途并不一样。

陈鲁豫： 我身后的这座清真寺叫伊玛清真寺，当年是对老百姓开放的。值得一提的是，这座清真寺有两座大门，第一道大门正对南方，而第二道大门正对西南方向，因为那是麦加的方向，是他们朝拜的方向。还有一座清真寺名叫海克法拉（Hikferla），花了17年的时间建成。当时是国王建给自己的，建成后国王专门从黎巴嫩请来一位宗教领袖叫海乌厄拉（Hiuerla），他在里面举办了很多大型的宗教和纪念活动，后来还娶了他的女儿做妻子。

这座清真寺里国王的看台周围就是老百姓的看台，体现出当年国王与民同乐的想法。

余秋雨： 它体现出伊斯兰教的一种基本的教义，也是它能够吸引很多很多人的地方，就是追求平等，或者公平。就是说，我们在真主之下完全是平等的，完全是一样的。不管你是国王，还是平民，用两块白布一裹，做礼拜，谁都是一样的。这种平等的感觉，对所有的老百姓吸引力都非常大。

陈鲁豫：可是这儿有两座清真寺，一座是当年国王给老百姓盖的，一座是国王给自己盖的，还是有所不同。

余秋雨：有点不同，但是相对而言，它们还是靠得很近，警备也不森严。

陈鲁豫：刚刚我逛了一下伊玛目广场，走得很累，因为这个广场很大，有8万平方米，广场四周足足有200多个各种各样的小商店，全是卖伊斯法罕著名的手工艺品的，包括挂毯、地毯、桌布，还有很多银器、铜器。另外，伊斯法罕还有一种很著名的糖，名叫"盖斯"，非常好吃，是用糖和腰果，或者杏仁做成的。这个店琳琅满目、金碧辉煌的，卖的多是金器、银器，还有铜器。我还是不太明白花纹是怎么弄上去的。是敲出来的，还是刻出来的？

翻译：主要是敲出来的，一点点地敲，有的比较细一点，有的不一样。

在伊玛目广场，有许多打造这种铜器的手工作坊，古老精致的花纹图案，就是从这样千万锤的锤打声中渐渐鲜明起来。伊朗因为气候干燥，铜器永远闪闪发亮，不会生锈，而且伊朗家庭用的许多器皿，都是用黄铜制作而成的。

陈鲁豫：我现在吃的这种白色糖果，很像北京卖的那种"花生牛轧"，它就是著名的糖果"盖斯"。因为今天是伊朗人过节，是他们的第十二任伊玛目的生日，按他们这儿的风俗，认识也好，不认识也好，只要你愿意，你就可以自己花钱买糖果呀，买喝的呀，互相请客。这个风俗我很愿意遵守，因为今天我们的翻译曼可索尔还有加凡陪了我们一整天，逛了各个地方，所以我想入乡随俗，自己掏钱买糖。请你们吃好吗？但你要帮我做翻译。

翻译：你们是我们的客人。

陈鲁豫：但是今天我要反客为主。

陈鲁豫：我要买一盒"盖斯"。

店主：给你，这是质量好的。

陈鲁豫：所谓质量好的，意思是果仁含量多的。谢谢。

随着伊斯法罕欢乐的人群逛了一天，我们也觉得累了，便回到了下榻的阿巴斯酒店。

陈鲁豫：这是伊斯法罕最棒、最豪华的一座酒店。的确，我发现这个酒店每一个细节都非常精美，有浓郁的波斯风情。大约300年前，这里是一座很大的骆驼驿站，来往于各地的客商经过此地，都会住上一两个晚上，稍微休息一下。伊朗政府34年以前把这个骆驼驿站改建成酒店，原因是有一年英国女王到伊斯法罕来访问，当时找不到一座适合女王身份的酒店给她下榻。等女王走后，伊朗政府就痛下决心，全力建造一座和伊斯法罕身份、地位相匹配的，有着很强的民族色彩的酒店。这就是阿巴斯酒店。

对于阿巴斯酒店，我们这些来自中国的老外有一种别样的好感，因为这儿曾是古代丝绸之路的重要驿站，中国的丝绸就是经过这里，从波斯传到了南亚和欧洲。走入酒店大堂，你会自然而然地想到，当年骆驼成群、商人云集、大家聚在此地休息的热闹场景，你还会想到中国和伊朗自古不断的交往，想到张骞出使西域，想到中国《史记》中关于安西的记载，想到唐高宗和武则天墓前卑路斯王子[1]的石像。每每想到这些，心底总升起一丝遥远的亲密。

陈鲁豫：我发现伊朗是一个能够改变人的地方，我从痛恨戴头巾到主动穿上黑袍子，这个转变我觉得挺大的。不过有一点不同，穿黑袍子我觉得挺美的。我们在伊斯法罕只待了一个晚上，马上又要走了，下午还要开 500 多公里的路，到下一个城市设拉子去。现在是中午 12 点半，估计到那儿已经天黑了，可能是在 7 点钟，我们会到达在伊朗的第三站设拉子市。

---

1   波斯萨珊王朝的最后一位君主之子。当时大食（阿拉伯人）东侵，卑路斯求助于唐，唐曾任命他为波斯都督府都督。波斯亡国后，客死长安。

居鲁士¹雄魂

O

　　从伊斯法罕到设拉子²的路程有 500 多公里，傍晚时分，我们突然改道前往居鲁士的墓地。

　　年代久远的古迹总给人以苍凉破旧之感，眼前这座建在 6 层石墓上的俭朴墓穴，让我们实在难以和居鲁士这个伟大贤能的波斯君主联系在一起。居鲁士率兵灭掉萨迪斯和巴比伦王朝之后，建立了波斯历史上最辉煌的王朝，随后又建立了罗马之前历史上最庞大的帝国。

　　居鲁士以贤能、仁慈著称于世，他和拿破仑一样，对所有被征服土地上的宗教一律承认，亲身拜祭各方神灵。但是他们的野心同样都过于强大，在征服了整个近东之后，居鲁士进一步扩张版图使他丧生于马萨革泰人手中。和亚历山大大帝一样，他建立了一个庞大的帝国，却没有机会治理它。

1　居鲁士大帝（约前 600—前 529），古代波斯帝国的缔造者，公元前 558—前 529 年在位，阿契美尼德王朝的第一位国王。他从伊朗西南部的一个小首领起家，经过一系列的征战，打败了米底、吕底亚和新巴比伦三个帝国，统一了大部分的古中东，建立了从印度到地中海的大帝国。

2　伊朗最古老的城市之一，位于伊朗南部，临近石油富集区波斯湾，距首都德黑兰约 900 公里，现为伊朗法尔斯省省会，是伊朗第六大城市，也是南部最大城市。公元前 6 世纪时是波斯帝国的中心地区。素以"玫瑰城""夜莺之城"及"诗人的故乡"闻名于世，是伊朗历史上最著名的两位诗人萨迪和哈菲兹的故乡。

陈鲁豫：这个地方如果别人不告诉我是一个古迹的话，我可能就不会注意它，因为很不显眼。

余秋雨：这个地方可能是我们到伊朗以后参观的最重要的地方。因为如果要算出古代全世界几个最重要的帝王，居鲁士绝对是一个，而且我认为整个波斯文明最值得骄傲的是那个时代，并不是后来看上去热火朝天的时代。波斯帝国能够在古代文明版图上，作为一个真正强大的帝国站立在那里，而且表现出历史上最大的宽容、最大的慈爱，拥有最辽阔的疆土，都和这个名字有关——居鲁士。

陈鲁豫：但是我发现伟人的身后总是有点凄凉，你看当年那么一位叱咤风云的伟人，如今很孤独地伫立在这样一个荒芜的地方，我们这些从远处来的客人差点就没有看到他。

余秋雨：但是，你知道吗，这么荒凉的地方发生过很多很多重大事件，由于他的墓葬在这儿，所以每一拨侵略者过来以后，都判断这个坟墓里面一定有大量的财宝，就在这儿展开一个个掘宝运动。比如，希腊的亚历山大大帝很尊敬居鲁士，尽管占领了这个地方，但是没有挖掘他（居鲁士）的坟墓，但是亚历山大大帝死后，居鲁士的坟墓就被不断地挖掘，一拨一拨，反正来的人都不会放过它。

陈鲁豫：不过我刚才问了一下本地人，他们都说居鲁士和他妻子，他们的尸体的确是放在这上面的棺木里面。

余秋雨：他们的遗体被发现的时候骨头都还在，但是金银财宝都没有了，所有好的文物都没有了，只剩下他们躯体的遗留物。他是世界上极少有的、2000 多年之后仍值得我们尊敬的人之一。

陈鲁豫：突然间我觉得我离历史比较近了，因为以前居鲁士这种名字对我来说只是存在于历史书本里面。

余秋雨：好像是传说中的人物，对我们来说，大流士[1] 已经是很遥远了。

1　即大流士一世（前558—前486），波斯帝国君主，出身于波斯人阿契美尼德家族支系。

但居鲁士的墓就在这儿，使我们都突然绷紧了神经。

陈鲁豫：我现在不能够想象他真的就在那里面，这种感觉真的是很奇妙。

余秋雨：波斯的骄傲就在这儿。

关于这位伟大帝王的长相，自然不像今天有随处可见的照片可以查询，虽然可以查引希罗多德和色诺芬[1]笔下关于居鲁士的描写，但他们描写的多是人神参半。可以肯定的是，居鲁士一定长得非常英俊，因为古代波斯艺术家一直把他当作形体美的模特。

半小时之后，我们又赶到了离墓地几百米的宫殿遗址前。

陈鲁豫：这里是当年居鲁士接见外国使节的地方，我们的车队到这儿之后，很多人就说，如果我们早2000多年来的话，会在这个地方接受居鲁士的会见。居鲁士去世之后很多年，亚历山大大帝来到这里，他想毁坏这座宫殿。可是有人说，如果你把这个宫殿破坏了，会有报应的，可能会生病，然后死去。当时亚历山大大帝很害怕，派人回来修复宫殿，问题是宫殿还没有修好，他就已经病死了。

据说，这座宫殿是居鲁士的儿子薛西斯几经修建才像现在这般规模宏大、富丽堂皇，居鲁士贤能仁慈、一统天下，但他的儿子薛西斯半疯半癫、残忍无比，但即使是傻儿子，也没有忘记把老父的才德刻在石碑上以示天下。

余秋雨：这是块非常重要的石碑，上面用古波斯文刻着这样的句子：我是居鲁士，我是王中之王，我要解放一切被奴役的人。大概是这个意思。居鲁士这个人是说话算话的，至少他在世界历史上做了件非常重要的事情，就是他到

---

1 色诺芬（约前430—约前354），雅典人，军事家，文史学家。他以记录当时的希腊历史、苏格拉底语录而著称。

巴比伦去解放了囚犯，大概有上万犹太人被巴比伦奴役，他去那儿把他们解放出来，而且让他们回家乡，那些犹太人回到家乡之后，就从事着思考、努力创造宗教、整理《圣经》的工作，他们做了很多有划时代意义的事情。那么居鲁士的决定，我想就是在这个地方做出的。

天色渐黑，拍摄工作进行得很困难，这时不知谁说了一声"把所有的车灯都打开"，于是5辆车不约而同地一字排开，一盏盏车灯也顿时全部打开，遗址前一片明亮。车灯成了摄影灯，黑色的夜幕里，竟有这样一批来自东方的拜谒者。

黑暗中崇敬肃立，我们更深刻地体会到，波斯文明的雄魂并不在德黑兰或伊斯法罕，尽管这些地方近几个世纪以来最繁荣，也最重要，但波斯文明真正的雄魂，无疑是在这里。

请来了解我

O

到伊朗而不到波斯波利斯 [1]，就等于没有来过伊朗。

波斯波利斯给人的感觉很像是在北京的圆明园，一切都已经被毁掉了，只剩下几根柱子。不知道是战争或其他人为的原因，还是自然原因，这一点史学界一直争论不休，至今还没有定论。坐在这儿看着周围的景色，只觉得人类文明的伟大。

整个波斯波利斯占地 1.35 万平方米，这是后代国王大流士为显示天下一统的国威而修建的，宏伟的规模和石浮雕的内容都显示出当时帝国的威武。波斯波利斯不但显示了古老的波斯文明，而且代表了古代波斯人的建筑风格，石柱浮雕雕刻精细，随处可见，但由于年代久远，现在的波斯波利斯已是废墟一片。

陈鲁豫：余老师，您数没数？真的有差不多 100 根柱子。

余秋雨：差不多是吧，这是百柱厅。

陈鲁豫：在伊朗革命之前，史学界有一个观点，认为整个波斯波利斯是被亚历山大大帝破坏的，但是据刚才一个导游给我介绍，在伊朗革命之后就发现

1　波斯阿契美尼德王朝的第二个都城，建于大流士一世时期，位于伊朗扎格罗斯山区的一盆地中。其遗址发现于设拉子东北 50 多公里的塔赫特贾姆希德附近，主要遗迹有大流士王的觐见厅与百柱厅等。

并没有足够的证据证明亚历山大大帝来过这儿，他可能根本就没有来过。

余秋雨：但是有一点可以肯定，亚历山大大帝肯定从这儿拿走了很多很多的黄金，大概有 12 亿金法郎这样多的财宝。

陈鲁豫：会不会有点像昨天我们看到的居鲁士墓一样，亚历山大大帝来了以后还是想保护这个地方，但是他走后，他的手下烧杀抢掠，抢夺了金银珠宝。

余秋雨：是的，亚历山大大帝这个人和大流士没有很大的矛盾，亚历山大大帝本人和大流士的女儿结婚了，而且他的岳母好像非常喜欢这个女婿。他和大流士的关系应该还是挺好的，两个都是非常了不得的世界级政治人物。

陈鲁豫：现在伊朗史学界也认为，波斯波利斯到底是被谁毁坏的，是一个很难解的谜，他们说有可能是一场自然灾难，比如火灾或其他自然界的原因。我想自然灾害可能是一个诱发因素，其他因素也起了作用。

余秋雨：当时大流士时代的确非常开明，他能够把国内所有民族的人都凝聚起来，可以说是通力合作，当时领导阶层的能干程度应该是相当高的。

陈鲁豫：他的这种治理模式，后来被罗马整个拿过去了，罗马政府基本上就接过了波斯帝国的治理方式，挺棒的。

余秋雨：自大流士后每一代波斯君主都在波斯波利斯修建自己的宫殿，以求能够名留后世。这幅浮雕就是薛西斯授意雕刻的，描述的是周边28个国家拥戴帝王薛西斯，把他高高举过头顶的场景。

陈鲁豫：这里是整个波斯波利斯保存最完整也是最著名的一座宫殿，波斯文叫"哈帕当娜"，意思是国王会见各国使节的地方。像我旁边这幅壁画，很忠实地呈现了当时各国使节来觐见国王的情景，他们每个人还带来代表各自国家特征的很有意思的礼物。比如，这一幅，雕刻得非常精美，让人叹为观止。这两个人，从装束上看，是当年住在美索不达米亚平原的人们。表情毕恭毕敬，还带着一点点害怕，因为他们见的不是别人，毕竟是国王。他们带的是2头绵羊，2头羊、2个人，一共应该是12只脚。数一数，正好是12只脚，所以说当年的工匠对这一细节都是这样注意。而且每一个人的表情，羊的表情，还有这个人的手摸着羊毛的细节都栩栩如生。

这幅壁画当年应该是有颜色的，只不过经过多年的风吹日晒，颜料都已经脱落，即使这样，也还是能揣摩出当时雕刻技艺的精美。

陈鲁豫：我现在发现历史古迹真的不用修，就这样保存原样是最好的，给我们很多很多遐想的空间。

余秋雨：是啊，像这个地方，我们很真切地回到公元前6世纪至前4世纪，那个辉煌的时代。

陈鲁豫：对，现在我在想当年这个地方是怎样的金碧辉煌，各国的使节是怎样带着礼物来这里向国王进贡的。

余秋雨：世界历史上，古代辉煌过的地方很多，但是像这个地方这样重要的并不多。就像我们喜欢把历史比成一个舞台，在这个舞台上有的人个子高，有的人个子矮，无论高矮，一定有主角和配角。这儿出现的是古代世界历史上的主角。如果和中国比照，那个时代就相当于中国的东周，列国主要还是在我们中华民族范围之内闹来闹去，而他们绝对是世界性的闹腾了。

陈鲁豫：南征北战的，您跟我说向北打到伏尔加河，向东到印度。

余秋雨：到印度河河谷，整个西边还有希腊比较强盛，又远征打到希腊。

陈鲁豫：这下糟糕了。

余秋雨：糟糕了，我在希腊的时候就看到海湾，那里曾是希腊和波斯打仗的战场，希腊人都非常得意在那儿打败了波斯，我们读历史的时候光知道希腊打败了波斯。理由何在呢？因为波斯人在古代不愿意写作，写作是女人的娱乐，而希腊人特别喜欢写作，所有的传媒、所有的舆论优势都被希腊占尽了。所以大家都知道亚历山大大帝如何打胜了波斯，其实想想看，波斯也是够厉害的，他是打了多广的土地以后再去打希腊的，这个地方可以称得上是世界历史主角的一个重要落脚点。

这是大家在伊朗，也是鲁豫为我们主持的最后一站了，接下来将由孟广美为大家主持下一站的巴基斯坦之旅的报道。

Journey
of
Civilization

跌宕巴基斯坦

对于贫困，我并不陌生，中国西北和西南最贫困的地区我也曾一再深入。但那种贫困，至少有辛勤的身影、奋斗的意图、管理的痕迹、救助的信号，但这一切在这里很难发现。因此，惊人的不是贫困本身。

——余秋雨

走过金三角

○

　　离开伊朗后，我们全速前往中国的近邻国巴基斯坦，但在到达目的地之前，还需要走一段让全体队员都战战兢兢的路——世界公认的毒品走私最猖獗的地带。

　　郭滢：前车的同志请注意，我们今天的目的地是扎黑丹，扎黑丹再过去70公里就到了巴基斯坦和伊朗交界的地方，这个区域已经是一个三国交界的区域，毒品买卖很猖獗，所以社会治安也非常不好，大家今天行车的时候注意一定要保持车距，不要拉开距离，尤其是进入扎黑丹之后，千万不可单独外出，任何人不可单独外出。

　　在我们出发之前，就有驻伊朗的记者告诉我们，这一带的路程将会非常危险，因为我们来到了中东的金三角。过去在这里有许多拥有武器和坦克的土匪时常出没，并不时发生激烈的暴力事件。而且，就在我们到达前不久，还三番五次地发生绑架外国记者、勒索财物向政府示威的事件，人质至今还没有被释放。毒品走私的高额利润，再加上金融风暴的影响，使得更多的不法之徒铤而走险，也使得原本就令人心惊胆战的一条路险上加险。

　　上路后，我们很快就进入了沙漠地带。午后不久，位于沙漠中心的公路便开始风沙狂舞，前方路途迷漫，等待我们这十几个手无寸铁的东方远行人的将会是什么，无人知晓。

孟广美： 现在我们所在的位置是在克尔曼到扎黑丹的路上，这一条路可以说是穿越了伊朗整个沙漠，渺无人烟。今天我们已经第三次停车下来在军事闸口等待检查。为什么检查会这么严格呢？我们都知道，这个地带等于是阿富汗、巴基斯坦跟伊朗交界的地方，也是亚洲的金三角。这里因为种植了很多的鸦片，所以贩毒活动也非常猖獗，伊朗政府就特别小心，他们派出了警察来保护我们。但半路警察的车竟然抛锚了，我们也就只好在没有保护的情况之下自己一路穿过这片沙漠，在路上还遇到了一场小小的沙漠风暴。为了安全起见，现在我们在这里等待前方另外一批警察来接我们。

但是所有的人都万万没想到，来迎接我们的竟是一辆架有重机枪的小货车，让大家原本沉重的心情激起一丝惊喜，但随之而来的又是心底加倍的恐惧。但该走的路还是要走，我们的车在军警的护送下继续前往伊朗边境城市扎黑丹[1]。

孟广美： 现在是伊朗时间晚上7点钟了，看看我身后的这些武装警察，是不是觉得这里气氛真的非常紧张呢？我们今天早上是7点钟出发的，经过12小时的长途跋涉，好不容易来到一家饭店。在这12小时里，除了身体上的疲劳之外，我相信所有的队员心理上都受到了相当大的折磨，因为，我们经过的这一段是全世界最危险的地方之一，是毒贩相当活跃的地区。吃完晚饭之后我们要早早地上床睡觉，因为明天一大早，可能4点钟或者5点钟，我们就要离开伊朗，进入巴基斯坦，明天又将会是艰苦的一天。

第二天伊朗时间早上7点钟，每个人看来都精神奕奕、蓄势待发，这将是在伊朗的最后一个早上了，我们马上就要前往巴基斯坦，现在最让随行女同志们兴奋的，莫过于待会儿过了关之后就可以把头巾拿掉了。

1　位于伊朗东南部邻近巴基斯坦边境处，是锡斯坦－俾路支斯坦省的省会，也是伊朗与阿富汗和巴基斯坦交通线上的重镇。

不出我们所料，2 小时之后，我们已经进入了伊巴边境。

孟广美：现在我们所在的位置是米尔加位的海关，也是伊朗通往巴基斯坦最重要的一个关卡，这一条路可以说是毒贩们最猖獗的一段路，因此这里的海关人员是身负重任。这一路都有铁丝网，不到 1 小时的旅程，已经停车 5 次。这是一个重要关卡，但又是所有关卡中最简陋的一个。说到巴基斯坦，我们在旅程开始的时候，就了解到它的内政不是很稳定，政局有一些变化，不过到现在已经基本上稳定了。但到底会发生什么事情可能要到我们进了巴基斯坦才会知道了。在伊朗还有很多值得看的东西，因为时间太短的缘故，实在来不及看更多精彩的地方，所以希望我们下次有机会还能够回来。还有我们这位亲爱的马斯奥先生，可以说在一路上帮了我们很大的忙，因为他是唯一会说中文的伊朗人，在这里给了我们很大很大的帮助。

马斯奥：谢谢，这是应该的。

孟广美：在这里男性跟女性不可以握手的，虽然我不知道为什么，但是在他们看来好像是礼貌之意，女生不可以和男生握手。

出入境的手续向来是我们这一路最大的噩梦，不过因为中国和巴基斯坦一向以兄弟相称，所以这是我们最顺利的一次入境。每个人的护照上盖一个小蓝三角，就畅行无阻了。

行路难

○

过了境，第一件事就是要加油了，因为所有车的燃料都已耗尽，于是我们来到离边境最近的一家加油站，但这里的加油设备，着实让我们的司机吓了一跳。

孟广美：我们现在是在一个国营加油站，大家可以看到连电动的加油设备都没有，要手动加。手动怎么动呢？就是把油加进那个小油桶里面，再用油桶慢腾腾地倒进加油嘴里面，而且他们的油因为杂质太多，我们还得拿着丝袜来过滤，真是太可怕了。

驾驶：那块布里面很多沙子，这就是沙子，看见没有？

孟广美：这里的加油站都是这样子的吗？

翻译：靠近边界的加油站差不多都是这样子，不过到了大城市是没有问题的。

走完了险恶的中东金三角，我们第一次有心情细细欣赏这个和我们友好的国家，但这里给我们最鲜明、最突出的印象却是贫穷。对于我们这群远道而来的骄客，人们好奇地聚集观望。不管是孩子还是大人，他们个个灰头土脸。但他们似乎不觉得自己的贫穷和脏乱有何不妥，灿烂的笑容中只见到他们乐天的本性。

孟广美：现在我们发现在加油站旁边有一个做所谓"馕"的地方。馕，是印度人、巴基斯坦人吃的一种饼，是用非常传统的窑烤出的，看起来非常非常好吃，但是没有当地的钱，所以我没有办法买，我不晓得怎么办，好急啊。

对我们这些已经 10 小时未进粒米的匆匆路人来说，从这个地道的土窑中烤出来的馕饼不时散发出的烤焦的味道，简直胜过满汉全席。

孟广美：我借到钱了，可以买饼了，老吴，这是什么钱？

老吴（随队人员）：卢比啊。

孟广美：这就是巴基斯坦的钱，卢比。因为我们今天中午一直赶路，所以大家都没有吃午饭，我觉得我应该买一些饼回去解救同胞们。

老吴：他们这个饼好像就叫"馕"。

孟广美：跟印度人吃的东西是一样的，其实我们在香港的餐厅里面也吃得到，但是那都是改良过的，还加什么大蒜、葱花。现在我们应该买几个呢？买10 个。

老吴：我得找一个东西拿，尝一下，行，还可以。

孟广美：好烫啊，刚刚从那个窑里面拿出来，好好吃啊。

老吴：这个可能就是当地的"吊炉饼"，或者是"烤炉饼"。而且我到这儿来 5 天了，第一次吃这种饼。

孟广美：而且是刚刚出炉的，特别好吃，旁边的小朋友看得眼睛都直了。

饭饱后再次启程，短短的 500 公里的路途中我们见到了不下 10 次的翻车，也许在巴基斯坦这是家常便饭，却也让我们这群初来乍到的远行者，有了另外一种震撼。

孟广美：由于交通法规的不同，在这里其他所有的车均为左舵驾驶，于是陡然之间，所有的司机，无论是超车，或者是处理紧急情况的方法都随之改变。

开车容易，但是想要改变长期的习惯却是件难事，如果还按原有的习惯驾驶，稍有不慎，我们可能也会加入翻车的行列，尤其到了夜间，再加上山路崎岖，行车简直如同进入人间地狱。

　　道路坎坷、路面不平，大家可以说是心急如焚，偏偏在前往巴基斯坦西部城市奎达的夜路上，5 号车爆胎了，于是车队停下来以最快的速度进行检修。

　　经过一天一夜的行程，到达奎塔的时候是晚上 11 点多，据说奎塔是一个有很多古香古色建筑物的城市，居民也和蔼可亲，但我们个个已累得无心欣赏。第二天一早大家就驱车赶往巴基斯坦首都伊斯兰堡。

风尘闺秀

○

伊斯兰堡的美丽，对本不抱希望的我们来说，十分意外。

孟广美： 现在我们所在的位置，就是巴基斯坦的首都伊斯兰堡了。来这里之前，已经听说这里是一个非常美丽的都市，但到达之后，才发现这里的整齐、干净，还有它的美丽，远远超出了我们的想象。最主要是因为我们进入巴基斯坦的境内之后，经过了几个小都市以及城镇，那里的尘土飞扬跟交通秩序的脏乱，让我们印象极其深刻，我们没有想到伊斯兰堡跟其他地区有如此天壤之别，简直就像另一个世界。

伊斯兰堡像一个藩篱中的城市，它与外部的环境俨然是两个世界，这里不但没有厚积的尘土，而且空气清新、规划整齐，绿地、草坪随处可见，这也就很容易理解为什么巴基斯坦人要在建国14年后舍弃旧都卡拉奇，而选择位于马拉山脚下的伊斯兰堡。此外，巴基斯坦还找到了一群当时欧洲著名的建筑设计师，1965年建成了这样一座具有伊斯兰风情的、世界上最年轻的"进口"城市。

孟广美： 这座圆顶建筑是一种富有浓厚的伊斯兰文化色彩的建筑，原本它叫作总理秘书处，但是1997年谢里夫上台之后，他为了表示廉政，决定把它拍卖出去，能够增加一点政府的库收。但因为这栋建筑不但造价不菲，而且保养的费用也非常高，所以很长时间以来仍然乏人问津。当初拍卖的主要原因是为了表示廉政，但最大的讽刺是，谢里夫在 1999 年 10 月 12 日被逮捕，法院对他起诉的一个罪名就是腐败。

伊斯兰堡市内极富伊斯兰文化色彩的建筑众多，还有费萨尔清真寺，巴基斯坦的伊斯兰教徒每天要在这里做 5 次祷告。众所周知，巴基斯坦和印度原来是同一个国家，都属英国殖民地。后来由于宗教的冲突致使印度国大党与全印穆斯林联盟[1]发生分裂，1947 年通过了《蒙巴顿方案》，把英属印度"一分为二"，而巴基斯坦在同年 8 月宣告独立。在巴基斯坦独立，印巴分家的时候，也出现了历史上最大的一次人口交换。在印度的伊斯兰教徒纷纷迁入巴基斯坦，在巴基斯坦的印度教徒也迁回了印度，双方交换的人口共达 1200 万，而在途中死亡的人数差不多有 60 万。

孟广美： 刚刚搭巴士在城里绕了一圈之后，我们以为，也许正因为伊斯兰堡是一个很年轻的城市，所以整个街道规划得非常好，而且绿化也非常漂亮。后来我们才得知原来伊斯兰堡以前是一个丛林，他们在这片丛林里做一些街道的规划、区域的规划，所以不同区之间的绿化都非常漂亮。现在我们在路上发现了一个非常有特色的清真寺，叫费萨尔清真寺。费萨尔清真寺是全巴基斯坦最大的一个清真寺，而且听说它是由沙特阿拉伯的国王捐建的，设计师来自土耳其。

来到巴基斯坦，自然不能错过当地的特色手工艺市场，我们走进了一家卖披巾的商店。

孟广美： 虽然看起来都差不多，但是在质料方面有一些区别，比如这件

1　此名称现为"巴基斯坦穆斯林联盟"。

是 60% 的羊绒，所以这一条就要 1600 卢比，果然摸起来质感是比较好的。店主说这件披巾里面有 80% 的羊毛，20% 的羊绒，大概是质地顶级的，一条就要 3000 多卢比，折合六七十美元。刚才那一条上面有绣花的也不过才 1200 卢比，才二十几美元而已，这个差价真的是非常大。

事实上巴基斯坦是一个比较温和的伊斯兰教国家，并不像伊朗那样强制要求外地女游客围上头巾。

孟广美：我觉得巴基斯坦跟伊朗最大的差别就是，到了巴基斯坦之后，是不用再围头巾的，不过街上的男男女女还是包得严严实实，我想主要原因可能是这里风沙很大，他们并没有硬性规定女孩子一定得包头，你高兴包就包，你不高兴，不包也没有关系。

开车继续前行，一下车就到了伊斯兰堡最大的一个传统市场，这里除了卖牛、卖羊、卖鸡之外，还有不少人在煮当地传统的食物。

孟广美： 我本来以为这个伊斯兰教的国家的饮食应该是以羊肉为主，后来听说原来在他们这里，如果有人到家里做客请他吃羊肉的话，是最高档的待遇，就好像一个中国人到人家家里做客，人家请你吃虾、吃甲鱼这么高级的东西。这是我们万万没有想到的。主食还是以饼为主，小麦饼，里面的配料有西红柿、洋葱。

翻译： 西红柿要调颜色嘛，因为他们不用酱油。

孟广美： 他们也吃香菜的。

翻译： 其实很香的。

在集市一个角落的小吃店里面，我们发现了当初刚进巴基斯坦时尝过的"馕"，它其实是豆类食品。在巴基斯坦有另外一种更薄的饼，薄薄的一片，是用麦子做的，没有发酵过，吃起来更加结实，也比较扛饿。

有意思的是，当地人的习俗是用右手进食。他们说因为左手不纯洁，所以一定要用右手吃东西，不可以用左手抓东西。

许越乃（新华社驻伊斯兰堡记者）：很好吃啊。

孟广美： 老许先生现在也是老巴了。那就让我这个小巴也来试试看。

许越乃： 很辣的。

孟广美： 听说当地的穷人每餐只能吃这个豆子夹饼，基本上有钱人才可以吃有肉的东西。刚才我们的导游点东西的时候，他不好意思点肉，只点了一盘豆子跟一盘酱。所以后来我们要求他，他才又点了一个羊肉，好吃。

伊斯兰堡市里拉瓦尔湖旁有一座夏克巴里安山闻名中外，主要原因是这里有一片"友谊林"。

孟广美：这里大概是我在伊斯兰堡看过的最漂亮的一个林子，除此之外，这个林子还有一个很特别的意义，当地人称这片林子为"友谊林"，为什么呢？主要是因为在 1964 年，周恩来总理拜访巴基斯坦的时候亲手种下了第一棵乌桕树，他们也称之为"友谊树"。后来也就变成一个传统，各国元首及政要来这边拜访的时候，就会自己在这儿亲手种下一棵树，所以就造就了这么一片茂盛的林子，现在就让我们去找一找，到底周恩来总理种的树在什么地方。

园里有位 55 岁的老人，名叫伊克巴尔，他在这里护树、浇水已经整整 24 年，他说自己对周恩来总理 35 年前种的这棵树格外精心照顾。

翻译：他说这是已故中国总理周恩来种的树，他每天都是非常精心地照顾，给它浇水，给它修剪，旁边还种了这棵矮的东西。

孟广美：这是周恩来总理在 1964 年 2 月 21 日的时候来这里种的树。

翻译：是第一次访巴的时候。

周恩来总理前后 5 次访巴，也使得中巴友好的关系达到顶峰，一直到现在还有很多人常常会说，中巴友谊万岁。

孟广美：自从 1964 年周恩来总理在巴基斯坦种了第一棵友谊树之后，那一片友谊林已经被后来的国家元首们陆陆续续给种满了，现在他们重新开辟了一个新的友谊林，现在看到的就是江泽民主席在 1996 年 12 月的时候来到巴基斯坦种下的一棵南洋杉。

花花世界

○

　　巴基斯坦的特产之一，是花枝招展的"大花车"巴士，可能是由于他们生性乐观，所有的车都被打扮得花花绿绿、千姿百态。

　　孟广美： 进入巴基斯坦境内，让我们印象最深刻的事情就是看到很多大型的卡车，而且卡车被装潢得花花绿绿，上面什么颜色都有。一开始我们想当然地以为应该是为了安全起见。结果没想到，我们到伊斯兰堡之后，发现连载人的大巴士都被装潢成这个样子。后来才知道，原来他们巴士工会每年都会举办一个"巴士装潢比赛"，如果你得了第一名的话，会发给你3000卢比，还会发给你一个证书，就可以招徕更多的客人。

　　为了寻找大花车的改装地，我们驱车前往拉瓦尔品第，找到了一家制作大花车的工厂，据说周边有不计其数的花车制造厂。厂里的工人告诉我们，制造这样一个"浓妆艳抹"的大花车，通常需要10个人20天的工作。

　　孟广美： 是人家车主把车送来让他们装修，还是他们装修好之后再把它卖出去呢？

　　许越乃： 是人家把车弄过来让他们装修的。

　　孟广美： 那谁来决定什么样的造型呢？是他们决定，还是车主来决定呢？

许越乃： 没有完全固定的，就是靠自己的灵感。比如，今天看到一个什么东西，一只鸟也可以，客户喜欢的他就把它弄上去。

孟广美： 他是主要负责设计的部分的，那像这样的一辆花车，平均来讲，从多少起价。

许越乃： 25 万卢比，等于是 500 美元。

从远处看起来，好像很复杂的大花车，原来是用一块块花铁皮别出心裁地打造的。但是你一定想不到，这些图案的设计其实都是出自花车厂工人们天马行空的想象。除了花铁皮之外，还有灯的设计以及布的装饰。设计出来的大花车不但能参加每年的大赛，而且还能吸引更多的客人踏车落座。

孟广美：看到这辆巴士上的这块黑布了吗？通常对我们中国人来讲，大概除了灵车之外，不会有别的车挂黑布了，但是对这儿的人来讲，黑色是吉祥的颜色，挂上这块布之后就可以保证这辆巴士绝对安全，还有避邪的作用。现在我们可要上这辆巴士来开开眼界了。

我们坐上的这班车在两分钟之内就爆满了，当地人看到有摄像机在上面，都非常地兴奋，车门关闭后还有人在外面拍打着车要求上来。巴基斯坦人淳朴、乐观的天性，毫无保留地呈现给了我们这些"老外"。

缘何冷漠

○

我们停留在巴基斯坦的这段时间，正是穆沙拉夫[1]发动军事政变刚结束不到一个月的时间，但是出乎我们意料的是，巴基斯坦市民对于这种非正常渠道的政局变动，似乎全民漠然。频繁的政局变动对他们来说仿佛已是家常便饭。市民们都表示，不管谁上台，只要他不一味中饱私囊，而去努力挽救落后的巴国经济，就欢迎他。

许越乃： 1947 年和 1965 年两次印巴战争的直接原因就是克什米尔问题，两国人民都付出了沉重的代价。1947 年打完仗以后，联合国就通过了一个决议，印度也在上面签了字，赞同由克什米尔人民决定自己的命运，是归属巴基斯坦还是归属印度取决于人民的选择。当然后来情况有所变化，这一决议始终没有得到实施。克什米尔问题一直是影响两国关系正常化的一个主要的障碍。

除了克什米尔问题外，1998 年 5 月印度的一声巨响，又拉开了印巴两国核竞赛的序幕，两个国家成为在《全面禁止核扩散条约》上拒绝签字的两个南

1　即佩尔韦兹·穆沙拉夫（1943—），巴基斯坦前总统，军事将领。1999 年 4 月被纳瓦兹·谢里夫总理任命为陆军参谋长兼参联会主席，1999 年 10 月发动政变囚禁谢里夫，自任首席执行官。2001 年 6 月宣誓出任巴基斯坦总统，2008 年 8 月宣布辞去巴基斯坦总统职务。

亚国家，它们为了保全自身、宣扬国威，不惜花血本发展核武器，使得原本高额的外债更是雪上加霜。

许越乃：由于克什米尔问题影响两国的关系，甚至导致战争，双方都抱有敌对的态度，他们互相猜疑，由此这个地方比较突出的一点，就是虽然这两个国家经济发展水平都比较落后，但是用于国防的开支很大。就巴基斯坦而言，上一财政年度用于国防和偿还债务这两项的开支就占政府经常项目开支的81%以上，这使得巴基斯坦背上了一个比较沉重的包袱。

孟广美：这是巴基斯坦人研制的一个弹道导弹，取名为"山黑"。"山黑"在乌尔都语里面就是"山鹰"的意思，表示它雄壮威武。我们知道，因为他们跟印度一直有军事对立、军事抗衡的心态，所以只要印度一研制出什么东西，他们就也要研制什么东西出来，听说这个导弹可以非常准确地打到印度的各个大小城市里面去，而且他们还把它做成模型戳在这里，还做了一个蓄势待发的形状，就是为了要宣扬国威，还要凝聚民族的力量。

在巴基斯坦的许多城市，随处都可以看到一个个像这样高耸入云的导弹，当地人告诉我们，这是在显示国家的强大和实力雄厚。人群、车辆穿行于其中，有种全民皆兵的感觉，有的地方甚至将真真实实的坦克置于大庭广众之下，以显示不可侵犯的国威。

余秋雨：和一个邻国一直处于一种敌对状态，它就要将大量的经费投入战争准备中去，同时自身的政局一直不稳，没有一个政府可以有一个改造土地、改造国家的长远计划。还牵涉举世皆知的官场贪污的问题，这些原因叠加在一起，使得这片辽阔的土地完全没有得到整治。

泥底云端

◯

在巴基斯坦的周日大市场，可以看到巴基斯坦严重的贫富分化现象。

一些穷人头顶大筐，里面装着富人们在市场上采购的东西，穷孩子除了要载负重货之外，还要负责将采购的货物送至富人的家里。在市场里面我们还发现这里使用童工的现象严重，孩子们有的为了生计，不得不放弃上学。

许越乃：我面前的这个孩子 10 岁，没有钱上不起学，他要剥这个蒜瓣，一个人要剥 2 至 3 天，卖 10 个卢比一包，相当于人民币 1.5 元左右。

孟广美：他为什么不上学？

许越乃：他 11 岁了，他也是上学的，星期天出来剥点蒜，赚点钱。

孟广美：那他一天可以赚到多少钱？

许越乃：100 到 150 卢比，他是赚钱给父母亲，我刚才问他是自己花，还是给父母亲，他说是给他父母亲。

反观在伊斯兰堡的富人区，可以看到一排排富人居住的别墅，每座别墅绿草茵茵、庭院宽敞，据说在这里居住的大部分人都以英语交流。

孟广美：听说这一带都是伊斯兰堡中产阶级家庭住的地方，家家户户看起来都是门壁森严，让我们进去挖挖宝，看看到底里面有什么东西。

我们到访的这个家庭，原来是巴基斯坦国内有名的拉贾家族，家族中三个兄弟赋闲在家，靠出租祖产过着富裕的生活。房子除了有贵宾室，还有会议厅，看看明亮的房间里富丽堂皇的家居摆设，真的很难把它与周日市场上衣衫褴褛的童工联系在一起。而在三个拉贾兄弟中，年纪最长的哥哥有收藏汽车的嗜好，所以这家的女主人带我们前往他们家的车库。

孟广美：哇，像个博物馆似的。比较新一点的是1959年的，1957年的，这部车子太可爱了，这是1914年的福特车。而且我觉得有一点很重要，看看他的车牌，所有的车牌全部是66号，这肯定要花大把钱去搜集的，原来66号是他们的家族号码。他们家所有的车不管古董车也好，新车也好，统统都是66号。所以他说如果在路上看到66号车牌的时候，就可以辨认出是他们家族的车子。

孟广美：你的丈夫是做什么的？

女主人：我的丈夫实际上不做什么事。他有自己的财产，我的丈夫喜欢收集汽车，你刚才在车库里看到了，你还可以在地下室看到另外一些。

孟广美：是他自己收集的吗？

女主人：是的，他自己的车库。

孟广美：另外两个兄弟呢。

女主人：年长的在政府做事，同时是个制造商，年纪小的在照看他的生意，地产生意。

孟广美：你家里有多少个仆人？

女主人：我忘记了。大概10个。有两个厨师，一个厨师助手，每个小家有一个仆人，有一个专门照看我的姑母，她需要特殊护理。还有园艺工人，照看我们的院子。

孟广美：为了招待正式的客人，他们有一个用餐的地方，哗，讲话还会有回音。有一个厨师，还有一个厨师的助手。这一辆我不晓得怎么叫，我们叫两轮人力车吧，是属于他先生的祖父的，他的祖父小的时候还没有汽车，就搭这车去上学，果然是地主人家的孩子。真是奇观，3户人家住在一块儿有6部电话，各有各的电话，没想到巴基斯坦中产阶级家庭能有这样的享受，不但自己有豪宅、有大院，还有迷你动物园，除了家里16个成员住在这里外，还养了10个用人，光是用人的支出每个月就高达5万卢比。听说这个屋主是一个地主，自己拥有一个购物中心，他们把所有的房子租出去之后，一家16口人是完全不用工作的，就在这里坐享其成。真是万万想不到。

参观了拉贾家族的豪宅之后，我们又参加了当地的一场豪华婚礼，更深地体会到当地上层人士的奢华。

孟广美：今天我们是非常幸运，可以来参加巴基斯坦当地一个政要儿子的婚礼。巴基斯坦当地人结婚，跟我们中国人结婚是不太一样的，我们中国人结婚可能是男方要包办一切，要负责所有的费用，要买很多很多的东西送给女方。礼金什么的。但是在巴基斯坦要嫁女儿，可不是一件容易的事情，你可以看到今天这么多的宾客，他们吃饭的钱，还有新娘身上的金银，都是女方准备的。听说随随便便一个中产阶级家庭嫁女儿的时候，身上这些首饰可能就重达一斤多，今天由于我们的新娘子非常地特别，所以她身上除了有金子之外，还有很多闪闪发亮的钻石。刚刚她入场的时候，我们的摄影师眼睛已经发亮了，一起去看一看吧。

走进婚礼举办场所，就仿佛进入了儿时读过的阿拉伯爱情神话故事，场面豪华艳丽、美妙绝伦，让人羡慕不已。在巴基斯坦，男女婚嫁都是遵从家长之命，而且多是近亲结婚，据说这是为了巩固家族的势力，并防止财产外流，这也是我们在巴基斯坦的大街上常常遇见成群的残疾人的原因。在巴基斯坦，嫁出去的女儿不但是泼出去的水，而且永远成为家庭的奴隶，不管受过多高的教育，结婚后的女子都只能在家中生儿育女，不得参与社会工作。

孟广美：我们在这边已经等待了将近 1 小时的时间，希望能够看到一些巴基斯坦传统婚礼的仪式，但是等了半天，也不见有人吹乐器、跳舞什么的，后来我就跟新娘的父亲谈了一下，他告诉我事实上所有的仪式已经在前一天晚上举行过了，也就是说，在他们家里签订结婚证书，然后交换戒指，然后男方女方的朋友们可以在家里唱歌跳舞。今天是第二天，所以仪式非常地简单，只是请亲朋好友们来这边吃饭，然后跟我们中国人一样，还会给红包，还会买礼品，但是他们跟我们不同，他们是把红包直接交到新娘的手上。这第二天的仪式结束之后，在下个星期二，再过 3 天之后，他们要飞到卡拉奇去，在男方的家里再请一次客。听说巴基斯坦的传统婚礼一般是 3 天左右，但是因为这是大户人家结婚，所以听说要历时两个星期，真是苦了他们。看这位新娘的笑容，到现在已经有点开始不耐烦了。（对新娘）你叫什么名字？

新娘：Dalf Nicy。

孟广美：你们认识多长时间了？

新郎：1 年。

孟广美：只有 1 年？

新郎：是的。

孟广美：你现在的感觉怎么样？

新娘：非常好。

孟广美：你呢？

新郎：是的，我也很快乐。

不知道对这样的豪华婚礼也会不耐烦的富人们，有没有一瞬间会想到，门外不远处就有这个地方最穷的人们，艳羡地猜测着这里面的情形。

闹市与贫民窟

○

孟广美：事实上我们在来到巴基斯坦之前，预计物价会很低，但是来到这里之后发现其实东西也不是很便宜。不过今天来到鱼市场之后，发现这里的鱼真的是非常便宜，便宜到什么程度呢？不管是什么鱼，鲇鱼什么的，甚至是黄花鱼，在国内非常贵的鱼，在这里全部一口价：60 卢比 1 千克，才等于 8 块钱人民币 1 千克，便宜吧。

这个市场大概是伊斯兰堡最平民化的一个地方了。

孟广美：在这里可以说是吃的、喝的、穿的、用的，甚至家里的艺术品，比如地毯啊，古董啊，都可以买到。基本上所有的穷人，一般的平民百姓，主要就是在这个地方买东西，像大家现在看到的这些东西，很多都是二手的，也就是说，这里是一些穷人买二手衣服的好地方。

我们到达的时候是星期天，据当地人说也是最热闹的一天。

孟广美：我们知道，伊斯兰教国家主要是星期五休息。话说 1997 年谢里夫上台之后，他认为伊斯兰教要休星期五，可星期天又是西洋人的假期，所以大家在这几天上班都不专心了，因此他就说，以后星期五不放假了，全部改成星期天，休星期天。所以这里也就顺着潮流，本来是星期五最热闹，现在就改成星期天最热闹，这个市集一个礼拜只开 3 天，星期二、星期五和星期天。

在这个市场里面可以找到各种各样的二手货，尤其布匹的价格更是低廉，巴基斯坦是世界上主要的棉纺织品出口国，但由于近年来周边国家棉纺业的冲击和天公不太作美，使得巴基斯坦棉农的日子越来越不好过。

很快我们又来到位于卡拉奇的贫民窟，这里环境肮脏，景象不堪入目，据导游介绍，如果是周末，更可以看到大批贫民聚集的场面。

余秋雨：一路上过来我们看到的都是贫困，可能到了巴基斯坦的南部，就集贫困之大成了。我们这些人对贫困其实并不陌生，但是也从来没见过如此彻底的贫困，我所说的彻底是贫困本身不可怕，可怕的是没看到整治它的痕迹，没看到要走出来的希望。看到无数蓬头垢面的人成天站在路边无所事事，环境那么肮脏，其实他们身体也很好，随时可以创造财富改变自己的生活状态，但是看不到这样的努力。这实在是在我们经过巴基斯坦时，走了整整 2000 多公里的路的观感。

这样 2000 多千米的路走下来所得出的观感，已不只是一个局部的观感了。

余秋雨：我们开始还有点担忧，心想是不是像任何一个国家一样，总有一些地方比较贫困，但是整整 2000 多公里，我们循着地图，绕了这个国家很大很大一部分以后，我想可以做出判断了，这种贫困非常严重。如果联合国的官员或者是外国的领导人来了几次伊斯兰堡就以为了解巴基斯坦了，那我们只能报以哈哈大笑。因为离开后，只要走 10 分钟就完全是另外一个世界，我们在这个旅馆里面每天晚上也都看到大量穿着西装革履的人物出入，他们的奢侈消费，他们的生活状态，他们的一个小小的家庭仪式会迎来那么多的宾客。这个国家确实有一个极其富裕的阶层，但好像没有中间层次，要么就是极端奢华的、可以进行高层次国际享受的人，要么就是极度贫困的。

大唐西域记

○

我们刚到达伊斯兰堡时，就一再被告知塔克西拉[1]是一定要去的旅游景点。这让我们十分好奇，在塔克西拉到底可以看到什么呢？

孟广美：塔克西拉除了是一个佛教艺术的发祥地之外，还有一所佛教大学，一个佛教文物博物馆，此外还有唐玄奘当初讲经的地方。再有就是我们现在所在的位置，就是一个古城了。这个古城是 1948 年被英国的考古学家发现的，而这个英国考古学家竟然也是根据当初唐玄奘写的《大唐西域记》才挖掘到这里的。

古堡的名字叫塞卡普，是 2000 多年前亚历山大大帝东征军队和当地百姓平地造出的一个希腊城市，相传亚历山大大帝喜欢在征服的土地上搭建各式各样的城堡，借此把希腊文化带入被征服的土地，古堡前的两个门就代表了当时希腊文化和当地印度文化的东西融合。而这种文化的侵入和交融，也使得塔克西拉成为人类历史文明的一个闪亮点。

1　位于巴基斯坦首都伊斯兰堡西北约 50 公里处，东南距拉瓦尔品第 30 多公里。塔克西拉古城有 2500 年历史，其中佛教遗迹有 2000 多年的历史，是举世闻名的犍陀罗艺术的中心，也是南亚最丰富的考古遗址之一。中国高僧法显、玄奘等都曾到过这里。

走在城堡中，想到亚历山大大帝竟然在如此遥远的地方搭建起一个希腊城市，不禁感慨万千。

孟广美：这整个古堡是一个国际象棋的格局，像田一样的排列情况。我现在坐的这个地方叫作双头鹰纪念台，那双头鹰代表什么呢？当初，亚历山大大帝的军队有一面旗帜是一只鹰的形状，塔克西拉国王为了欢迎他们，避免发生战争，就把这个标志变成双头鹰。这双头鹰一只代表友谊，一只代表权力，他们也就这样和平相处下来。

余老师，我想请教你一个问题，就是亚历山大大帝东征的时候，其实是一种侵略性的行为，但是我们所到之处，当地人都非常乐于说"这是亚历山大大帝时期盖起来的东西""这是亚历山大大帝时期所遗留下来的文物……"，为什么他们这么津津乐道，不把他当成一个侵略者呢？

余秋雨： 历史的是非过了几千年之后，就变成一种文化成果了。不管当时亚历山大大帝东征的好处、坏处在哪里，实际上是带来了一种非常陌生的文化，而这个文化很灿烂，希腊罗马有这种雄心，一定要把他们的文化带到世界各地，在罗马的统治之下各国和平。所以至少在这个地方就产生了文化和文化的冲撞，只有两种文化冲撞才是文化历史上的大事情，没有冲撞事情大不了，所以他们回想一下，已经忘记了当年的战争，忘记了当年死了多少人、流了多少血，只想起一种巨大的文化冲撞在这儿发生过，能够留下记忆，仅此而已。

驱车离开古堡不久，就到达了塔克西拉佛教博物馆，论收藏这里可以算得上是巴基斯坦比较完整的一个博物馆。

孟广美： 由于塔克西拉位于欧亚非三大洲的要冲，再加上受到许多不同文化的冲击，像波斯文化，加上来自中国的文化，还有亚历山大大帝来到这里又把希腊文化带进来，所以也就融合出来一种非常特殊的佛教艺术。一谈到佛教艺术，一个不可以不提的就是犍陀罗佛像了。我身后这座大佛像，根据考据应该是公元 400 年到 500 年期间的作品，这佛像跟中国佛像有些不同，首先，可以看到他的发型就不太一样，中国佛像发型是一坨一坨的释迦牟尼头，而他的头发则是螺丝状的；还有他的眉毛跟鼻子，眉毛永远是圆月状，跟鼻子成为一个直线下来，他的眼睛就是这样半睁半闭，好像看到了梦境那么美的感觉。

这座博物馆可以说是犍陀罗艺术的宝库，犍陀罗原是以塔克西拉一带为中心的贵霜王国的国名，但我们现在所说的犍陀罗已经成为犍陀罗艺术的代名词，这种艺术是指在阿富汗南部以及巴基斯坦北部所发现的佛像的总称。在犍陀罗之前，佛陀常以法轮以及莲花作为象征，而从这里开始，第一个具体佛陀雕像被雕制成功，而且一开始便达到顶峰，再也没有人能够超越它，这便是犍陀罗划时代的意义所在。

只要 3 小时就可以全部逛完的塔克西拉，有一个对中国人来说非常重要的地点，就是当初唐玄奘讲经的"讲经台"。

孟广美：我们原以为这个讲经台应该是在一片平地上，但现在我们已经爬了一个小山坡了，到现在还没有看到顶部是什么样。

在唐玄奘的讲经台遗址，不太宽敞的大棚下面堆满了大大小小形态各异的打坐台，所有的打坐台都是泥砖塑造而成的，形态极其古朴。大棚右侧是最大的一个讲经台，据说是当年唐玄奘讲经用的，台座上都雕制了各式泥塑的图案。据历史记载，晋朝的法显和唐代的玄奘因为取经都曾路过此地。一切佛教旅行家，跋涉千里，名为取经，实则是寻访、探讨，一路又少不了讲经活动，因此这里是他传经布道的地方之一。

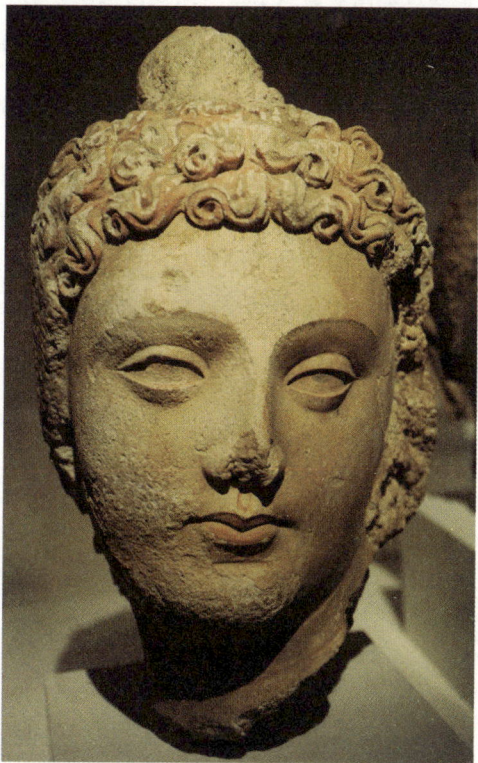

余秋雨：中国有两位非常著名的佛教旅行家，一个叫法显，一个叫玄奘。他们到印度去取经，唯一的通道是翻过帕米尔高原，帕米尔高原在当时叫葱岭，他们翻过以后第一站就是这儿。尽管他知道主要的地方不在这儿，但这是第一站。翻过那个高原已是九死一生，到了这儿以后就觉得，终于到达圣地，可以歇一会儿了，所以他们都在这儿待过。那么法显大概是在公元402年在这儿待过，玄奘是公元630年在这儿待过，时间都比较长，而且都在这儿讲学了。

这一点对我们这些探寻古代文明印记的人来说非常重要，因为一路走过来，我们一直想遭遇古人在这儿走的路线。

余秋雨：我们在这儿遭遇到了玄奘和法显走的路线，第一次的文化遭遇就是塔克西拉。玄奘或者法显来到这个地方时，心情一定是非常激动的，因为他们知道犍陀罗国到了。犍陀罗国很小，因为我看像白沙瓦什么的都属于其他国了，犍陀罗就是这么个小国，所以这个地方在世界艺术史上是一个非常重要的基地，同时又是我们中国的佛教旅行者立脚的地方。

除却古人的脚印，在塔克西拉，我们还找到了江泽民1976年来过的重型机械厂，当时江泽民是作为一个专家小组的组长，为审查援助项目的完成情况而来的。这座由中国援建的塔克西拉重型联合企业，共耗资2.4千万卢比，而中国援助就占了1.3千万卢比，这家联合企业于1971年建成，而现任巴基斯坦交通部官员的阿克拉姆·谢赫先生就是当年与江泽民一起工作的同事。

阿克拉姆·谢赫（巴基斯坦交通部官员）：江泽民主席当时是中国专家小组组长，我们在1976年照的合影，我一直极为珍视。

20年后，当江泽民作为国家主席访问巴基斯坦时，他在机场一眼就认出了阿克拉姆·谢赫先生，之后，他们还热烈拥抱。

阿克拉姆：他的智慧、他对专业知识的了解、对第三世界国家特别是对邻国巴基斯坦表示出的理解、对未来的展望、对自己国家未来的远见卓识，都给我们留下了很深刻的印象。

在中国驻巴基斯坦大使馆的鼎力协助下，12 月 9 日，我们一行人前往总统府去采访巴基斯坦总统穆罕默德·拉菲克·塔拉尔[1]，而巴基斯坦电视台也为我们的采访提供了一切方便。塔拉尔于 1998 年 1 月 1 日当选总统至今，是巴历史上第一位由律师升任总统的人。

穆罕默德·拉菲克·塔拉尔（巴基斯坦总统）：中国和巴基斯坦和平共处、自由平等，我们期待着在未来得到进一步发展，同时也成为合作伙伴。

1　巴基斯坦政治家，1998 年至 2001 年间任总统。

又见到孩子

○

　　这天早上，不小心在路边发现了一个露天学校，这里是方圆 3 公里内的唯一一所小学校，一群 4 至 12 岁的孩子高声读着《古兰经》。根据联合国提供的资料，巴基斯坦属于世界上文盲率最高的国家之一，男文盲比率是 52.9%，女文盲有 78%。

　　孟广美：我们现在看到的这位老师，就是教英文的老师，我们跟他来谈一谈。这儿的孩子从几岁开始学英语？

　　老师：从一年级开始。

　　孟广美：原来这英文老师跟我讲英文的时候，他也需要翻译的，那他的英文程度就有待考察了。他说小朋友从一年级就开始学英文，学到五年级。因为我们一进入巴基斯坦，他们就说其实当地的官方语言应该是英文才对，但是感觉这里英文好像不是太普及，我想也是受教育的比例还不够高的关系。因为他说这是一个蛮贫穷的地方，所以这些小朋友上学呢，1 个卢比可以上 1 个月，其实等于是义务性的教育了。

　　我们面前看到的这些小朋友大都在 4 至 6 岁。

　　孟广美：我刚刚问到他们老师，他们上学的时间大概是早上 8 点 45 分到下午 3 点钟，而且这些小朋友其实住的距离都蛮远，都住在一两公里以外的地方，而且他们每个人都是走路来上学的。我觉得很好奇，他们应该在哪里吃午餐，他说他们自己会带午餐，但是前面这两排小朋友中，我发现只有一个人带午餐，带了一个便当，而且只是一个巴基斯坦人吃的饼，这就是他的午餐了。来这边上学的小朋友都是家里比较贫困的，有些小朋友一天可能只吃一餐或者两餐，有时候中午干脆就不吃。

看到那么多孩子的袋子里面根本没有午餐，是多么令人难过的事情。而接下来在白沙瓦 [1] 难民营里看到的情形，却更让我们震撼。

孟广美：我想对生活在太平盛世的我们来说，"难民营"这三个字已经很少出现在我们的脑海里了，而今天我们就要到白沙瓦真实存在的第四号难民营去。在 20 世纪 70 年代末期的时候，苏联军队入侵了阿富汗，那时候就造成了大量的难民。这些逃难的人民，除了往伊朗逃窜之外，由于巴基斯坦的语言比较相通，也有大量的人涌进巴基斯坦，听说在最高峰的时候曾高达 300 多万人。20 年过去之后，仍然有将近 200 万的难民停留在巴基斯坦。说到这个难民营，由于一般人是不容许进去的，我们的摄制组也花了很大的功夫才申请到了准许证，在新闻官的陪同下进入了。

一进入难民营，首先进入我们视野的就是一群群灰头土脸的孩子。有人说阿富汗战争是 20 世纪人类的悲剧，而因这次战争造成的难民，更是对人类文明进程的一次嘲讽。在巴基斯坦，阿富汗难民多集中在白沙瓦和奎达，难民营的生活、教育和卫生等诸多问题已成为政府亟待解决的难题。

由于这场战争长达 20 年，造成很多孩子是在难民营里诞生的，他们只能从父辈的讲述中想象中亚山国昔日的美丽。

1　巴基斯坦西北边境城市。

22 岁的阿富汗难民穆罕默德·巴兹，现在已在巴基斯坦做起了地毯生意，他的家乡马扎里在 16 年前已经被炮火全部摧毁，而他已有许多年没有收到家里的音信，现在他很惦记在阿富汗的亲人。他说，现在每一个阿富汗人都非常厌恶战争。

孟广美：在 15 年之间你有没有回去过？
巴兹：没有回去过。

在我们离开时，有一位阿富汗小伙子拦住了我们，向我们展示了他织的一面地毯。这是阿富汗人自己手工做的地毯，织的是阿富汗的地图，地图上的阿富汗曾经鲜花盛开，是个和平盛世，但后来苏联入侵，武装直升机、手雷、地雷、坦克都过来了，战争把阿富汗弄得面目全非、满目疮痍。地图上的图案深深表达了阿富汗人民渴望和平、厌恶战争的心情。

这样的心情以这种土生土长的手工艺品的方式表现出来，创意非凡，却又令人无比心酸。

神秘任务

我们在卡拉奇采访的这位老人非同小可。

对中巴两国友谊来说，他是个极其关键的人物，因为他不但是中、巴直航的第一位机长，而且在1972年他还把美国国务卿基辛格从巴基斯坦带到了中国，就此打开了中美建交的大门。

新中国成立后，中美关系一直紧张，而充当连接两国桥梁的就是巴基斯坦。当年在周密的安排下，基辛格到了伊斯兰堡就假装得病，其实是为了避开记者的耳目秘密飞往北京。

机长：我只是被告知带一个贵宾去北京，当我们去了，飞机停在那儿，一个特殊的地方，和往常接贵宾不一样，那个地方是个空军基地，我们不知道谁要来。

孟广美：您到了那儿才遇见他。

机长：当我们要出发的时候，我们才知道是基辛格在飞机上。刚刚有一点阳光，大概在凌晨，他走上扶梯时摘下帽子。这是一个秘密的任务。

孟广美：飞机上有多少人？

机长：五六个人，两三个从他那边来，还有几个从中国大使馆来。还有机组成员。

孟广美：你们什么时候出发？

机长：非常早，那时天还黑着。大概是……要求到达目的地时也是凌晨，但我记不起来确切的时间了。也就因为这样，我一直没有看清他，直到他走上扶梯。

孟广美：您跟他交谈了？

机长：是的，他来了驾驶舱。

孟广美：你还记得这段谈话吗？

机长：那只是一些问候、打招呼嘛。

老先生回忆说，当时驾驶的飞机是波音 737，到了北京之后，就有人把他们带到机场的贵宾室，在那里待了超过 24 小时之后才飞回卡拉奇。

孟广美：你还记得当时是谁到那儿迎接基辛格的吗？

机长：没有很多人，只有几辆车，两三辆吧。

孟广美：没有什么领导人吗？

机长：可能有吧，但是我不能确定，因为只有几个人，汽车的窗帘也拉着。而且一切非常快，他迅速下了飞机，在巴基斯坦也是这样的，也用两三辆车，也许有一些从外交部过来的人吧。

这毋庸置疑是一次事关中美关系的重要飞行。基辛格博士曾经在他的回忆录当中用大量的文字描写他这一段神奇的经历，他说很难想象如果没有那次关键性的会晤，今天的中美关系将是怎样一回事，而谁又能想象连接这一关系的纽带竟是远在南亚的巴基斯坦。

降旗大战

○

车队在 12 月 9 日到达了边境城市拉合尔。

拉合尔和巴基斯坦其他城市的气候不同，由于它位于亚热带，所以整个城市绿荫蔽日，常年鲜花不败。此外，它还是一座历史古城，相传古代莫卧儿王朝的阿克巴大帝，曾将首都从德里迁到这里来，城里一座有帝国特征的印度式伊斯兰建筑就充分证明了这一点。

除却文化古城的美誉外，拉合尔还素有"花园城市"之称，但是让我们最感兴趣的却是在这个印巴边界的降旗典礼。

毫不夸张地说，这个降旗典礼可说是世界奇观，堪称世界一绝。降旗典礼在每天的傍晚，大概在太阳下山之前 4 点半，巴基斯坦和印度双方的士兵会在同一个时间、同一个地点用非常整齐的动作，各自把双方的国旗给降下来。虽然是在一个非常平和，甚至是非常默契的气氛中来进行这个仪式的，但是两方互相较劲的意味还是非常浓厚的。

孟广美：从他们的服装、动作可以看出，谁也不愿意输给谁。但是我们刚刚稍微做了一下比较，明显巴基斯坦方面的服装略逊一筹。为什么呢？我们可以看到印度的士兵穿的是真正的马靴，因为他们在做踏步的时候声音非常大，但是在巴基斯坦这方面，他们穿的这个鞋子属于皮凉鞋，但是为了要造出比较大的噪声，他们就在鞋底钉了一些铁片之类的东西，期待可以把声音弄得大一点。

在这里休整 1 天，我们即将前往下一个目的地——天竺之国印度。

印度喟叹

作为一个影响广远的世界性宗教，此时此刻，佛教的信徒们不知在多少国家的寺庙里隆重礼拜，而作为创始地，这里却没有一尊佛像、一个香炉、一个蒲团！这种洁净使我感动，我便在草地上向着这些古老的讲坛和石座深深作揖。

——余秋雨

有客自远方来

◯

孟广美：现在我们又再度来到印巴边境，可能因为在此之前几乎每天都来看降旗，所以我跟士兵之间关系搞得特别好，今天通关的速度也可以说是前所未有地快。现在我们已经完成了巴基斯坦的出境，马上就要进入印度境内。两个大门都已经打开了。印度跟巴基斯坦有半小时的时差，这边是早上10点钟，那边已是10点半了。

出境的地点恰好是我们观看印巴两国降旗大战的拉合尔关口，两天的拍摄使我们生发了一点小小的感情，所以工作人员临走之前也争先恐后地和士兵们合影留念。在边境，我们遇到了一位不太懂英文的捷克人，细细一打听，才知道他与我们也是志同道合，从欧洲一路长途跋涉而来。

孟广美：你从今年8月开始旅行，为什么要进行这趟旅行呢？

旅行者：我喜欢。

孟广美：你都去过多少国家了？

旅行者：10个国家。

孟广美：哪些国家？

旅行者：去过好多地方，伊朗、伊拉克、乌克兰、匈牙利……

孟广美：在我们采访完这位两轮驱动的旅行者之后，我们采访另外一位两脚驱动的行者。嘿，你好，我是Jency，见到你很高兴，你要去哪里？

旅行者：我正要离开巴基斯坦。

孟广美：你从哪儿来？

旅行者：澳大利亚。

孟广美：你都去过哪些国家了？

旅行者：我从欧洲开始沿路走到巴基斯坦。

孟广美：你走的路程像我们一样多，甚至多于我们。你是从哪里出发的？

旅行者：希腊。

孟广美：我们也是从希腊出发的，你出来多长时间了？

旅行者：3个半月了。

孟广美：徒步走来吗？

旅行者：不，坐汽车或火车。

孟广美：你是做什么工作的？

旅行者：我是工程师。

孟广美：你是不是辞职了？

旅行者：是的，我辞职了。

孟广美：你为这趟旅行准备了多少钱？

旅行者：5000澳元。

孟广美：相当于多少美元？

旅行者：3500美元。

孟广美：你觉得够吗？

旅行者：是的。

孟广美：这儿离你家还有多远？

旅行者：会很快回家的。我用一周的时间到加德满都，然后就回澳大利亚。

孟广美：为什么要进行这个旅程？

旅行者：我酷爱旅行。

　　他们很快就办好了出关手续，先我们一步前往印度。对于过关的缓慢速度，我们早已见怪不怪。车队人多并非问题，最主要的是 5 辆抢眼的改装吉普车以及复杂的卫星设备，检查人员总要一而再再而三地确认，才肯放行。

　　前往印度，也是我们一直以来最担心的一件事情，因为自从 1959 年中印关系恶化之后，两国的关系时好时坏，扑朔迷离，所以大家早就做好了心理准备。但今天却出乎意料，不到 3 小时，我们的车队就开拔前往新德里了。

众神的花园

○

又是一场长途跋涉，终于抵达了新德里[1]。

孟广美: 10 小时的长途驾驶，相比上次我们入巴基斯坦境内的 17 小时，可以说是小巫见大巫了，但这次也非常不易，为什么呢？因为上次我们要跟些什么驴呀，牛呀，马呀的抢道，进入印度境内之后，就要跟一些大卡车，还有很多小摩托车拼命，可以说我们是在夹缝中求生存。除此之外，我们 6 辆车子还要互相掩护，才能够顺利地在 10 小时之内开完 500 公里。

印度的首都新德里是名副其实的历史名城，由于建城建得早，后来又在旧德里的基础上盖出了新德里，所以可以说是兼具古典与现代风情。这不仅可以从城中历代帝国的遗迹中看出，印度人的社会结构与生活方式也表现出新旧交织的独特风貌。

新德里素有"花园"之称，据说当年两位设计者鲁特百斯以及贝克在规划

---

1 位于印度西北部，印度的政治、经济和文化中心，1947 年印度独立后成为首都。德里本是一个古都，后来在古都旁边扩建了一座新的城市，称为新德里，以与旧德里区别。新德里和旧德里中间隔着一座德里门，并以著名的拉姆利拉广场为界，广场以南为新德里，广场以北为旧德里。

新城的时候，只有两大考虑：第一要符合殖民政府的行政需要，第二则是要为官员及其亲友提供舒适的生活环境，所以他们并没有考虑到预留空间，这给以后新德里的扩建带来极大的不便。

孟广美： 这就是印度的总统府了，大家可以看到，印度的总统府非常可爱，它是两边对称的，而从总统府一路延伸到印度门，这条路非常非常漂亮，叫作国王大道。听说印度总统是乘马车上班的，也就是6匹马一起拉着他，但是可能因为最近印巴关系比较紧张，所以为了安全起见，总统开车上班了。1月26日就是印度的国庆了，他们现在已经开始在做一些准备，开始种花了，也开始做一些看台。每年所有的重要庆典，都是在这里的广场上举行的。

一进入印度，马上可强烈地感受到人们对于宗教的热情和虔诚。印度教是印度的国教，在本土拥有6亿多的信徒，是由印度最古老的婆罗门教派逐渐发展而来。包容性十分强，在后期还吸收了部分佛教的理论。

孟广美： 在印度有80%以上的人，都是信奉印度教的。我们现在来到一座印度教堂前面，它整个规模跟锡克教的教堂相比，就显得大很多了。说到印度教，就我自己的理解和从书上了解，我真的觉得它是一个非常复杂，而且也是一个很矛盾的宗教。它既是一个非常讲究纵欲享乐的宗教，也是自我折磨的禁欲的宗教。就像马克思先生曾经说的，印度教既是和尚的宗教又是舞女的宗教。而且印度人特别相信生死轮回以及因果循环。这里的人基本上是非常善良的，他们不爱武力，也非常不愿意杀生，即使是一只蚊子在叮他，他也只是把它挥走，不会真的把它打死。

印度教教义最大的目的就在于探索大梵天的奥秘。由于唯一的真神婆罗门还会以各种不同的化身出现，所以印度教就认为天地间共有3000种以上不同的神。而且教徒对待神的方式跟对待人是一样的，会替他洗澡、穿衣、佩戴饰物。在寺庙里面，女神在傍晚时分还会被送到男神的居室里面与他共宿一夜。

孟广美：你认为你所信仰的宗教最吸引你的内容是什么？

印度教教徒：我为自己所信仰的宗教感到自豪。我认为它是一个非常宽容的宗教，它可以基于任何人、任何事。你不用怀疑，因为它是事实，如果没有它就谈不上满足感。

孟广美：你们经常去寺庙吗？

印度教教徒：经常。

孟广美：一个月去几次，

印度教教徒：一个月至少两次。事实上我们每天会在自己的家中祷告。

孟广美：和家人一起祷告，还是自己单独祷告？

印度教教徒：单独的。

在新德里城中，大大小小的锡克教堂随处可见。锡克教[1]教徒很好辨认，他们头上缠着色彩鲜艳的大头巾，一辈子都不理发也不剃胡须，从事的工作多半是警官或者是出租车司机。

孟广美：我们现在所处的位置是新德里的一个锡克教的教堂里面。在印度信奉锡克教的人数并不算太多，大约占人口总数的2%，虽然在整个新德里大概有12座像这样的教堂。锡克教本身是比较提倡平等、博爱的，但事实上也是一个崇尚武力的宗教。大家可以看到他们头上包的帽子，据说在古代打仗的时候，如果戴上那个头巾之后，就可以不用戴头盔了。此外锡克教很反对印度教的种姓制度，也不喜欢伊斯兰教。

1　锡克教是15世纪诞生于印度的一神教，尊崇十位师尊及其传授的《阿底·格兰特》，以公平正义、扶贫济弱和宗教自由为基本教义。从第六代师尊开始到第十代师尊，锡克教为了对抗莫卧儿王朝的压迫，逐渐发展成为一个带有军事化色彩的组织。

　　锡克教可以说是从印度教中分化出来的，创始人那纳克在目睹了印度教和伊斯兰教的激烈冲突后萌发了创立锡克教的念头，但后来锡克教的表现似乎和教主的宗旨背道而驰。现在的锡克教教徒崇尚武力，甚至当年的印度总理拉吉夫·甘地[1]也是被他们刺杀的。

　　孟广美： 你戴头巾需要多长时间？

　　锡克教教徒： 这要看动作快慢。

　　孟广美： 你呢？

　　锡克教教徒： 我用5分钟盘上去。

　　孟广美： 这看上去很复杂。

　　锡克教教徒： 是的，很复杂。已经习惯了这种方式，每天都要做这项工作。

　　孟广美： 你在家的时间头发是散落着的吗？

　　锡克教教徒： 是的，晚上我会取下头巾，放下我的头发。

　　孟广美： 长发会干扰你的生活吗？

　　锡克教教徒： 一点也不。

　　现在的印度除了印度教和锡克教外，还有耆那教、伊斯兰教、拜火教、犹太教，以及发源于这里的佛教。由于教派众多，形成现在印度特有的宗教文化，但也因为如此，常常发生教派之间的流血冲突事件，教派矛盾也成为影响今日社会稳定的一个因素。

1　英迪拉·甘地和费罗兹·甘地的长子，于1984年至1989年任印度总理。1991年5月21日遇刺身亡。

欢乐迎国庆

○

因为临近国庆，新德里的大街小巷到处都洋溢着欢乐的气氛，有不少传统的表演，让人眼花缭乱。

孟广美：现在我们带大家看的是印度非常传统的一种戏曲，叫"古丽亚"，其实也就是中国的木偶戏。现在表演的是一个魔术师，他还可以把自己的头拿起来，一场古丽亚可以两三个人一起表演，但是现在由于场地的关系，所以只有一个人，而他每表演一段，都代表一个不同的神话故事。

孟广美：他今年多少岁？

翻译：70岁。

孟广美：谁教他做这些东西的？

翻译：他的父母教他的。

孟广美：他的父母也是做这个的？

翻译：对呀。

孟广美：这些木偶是不是他自己做出来的？

翻译：全部是他自己做的。

孟广美：这些鼓手跟乐手是他的朋友还是家人呢？

翻译：家人啊，都是家人。他说他去过中国香港和日本表演。

木偶戏精彩万分，不过由于时间不多，我们只能接着观赏下一个节目，接下来的这一门印度传统艺术让女士们跃跃欲试。

孟广美：现在我们看到的又可以称得上是印度的另外一项传统艺术了，就是很多女人会在她们的手掌心、手背，或者脚掌上面画一些红色的图腾样的东西。据说在比较早的时候，新嫁娘还有她的姐妹们，陪嫁都会在手上、脚上画上这些东西，意思是说这些陪嫁跟这些姐妹一起把新娘送出去。此外还有一说，新娘子嫁出去之后，她的父母会很长时间看不到她，所以就在家里的墙上印下一个手印，给父母留作纪念。还有一点非常神奇，听说这是用一种蔬菜跟花做成的颜料，现在挤出来的是绿色，但是涂上去半小时之后它会变成红色的。哇，果然是非常厉害，15 分钟不到的时间就完成了，不晓得男人心目中觉得这个东西美不美，你认为怎么样？你认为它很美丽吗？

当地居民：当然。

孟广美：我现在要开始做我们的导演觉得世界第一丑的手上装饰，也是我到印度一游的一点纪念吧。你看手上脚上全部都可以涂，你自己可以在家里把自己涂成这个样子，蛮好的主意，我决定回去替所有的主持人都画一次。这个算很红的吗？我们导游说这样很红，表示我的先生一定会很帅。

今天实际上也是我们队伍再次迎来新面孔的日子，李辉将从这一站开始和我们一起走过下一段旅程。

孟广美：今天对广美来说是非常特别、也是非常重要的日子，你看我身后有这么大的仪仗队，还有马匹来庆祝这个日子。到底是为什么呢？因为今天有新朋友到来。进来吧。

李辉：大家好，我是李辉。我终于来到印度，在印度门这个地标性的地方跟广美交接，怎么样，你还好吗？

孟广美：这是我们进入新德里之后看到的最漂亮的一个地方了，也可以算是新德里的一个很大很大的地标，这个地方就叫印度门。你来介绍一下吧。

李辉：好。印度门是 1921 年时英国人为印度人建的，为什么要建这样一座巨大的印度门呢？是因为在一战时，英国人带了很多印度人去打仗，死伤无数，为了平复老百姓心中的愤懑，英国人就建了这样的一座纪念门——印度门，来抚慰老百姓。一直到现在，它仍然是新德里的地标性建筑。

也许是天公作美，现在印度门附近正在为迎接 1 月的国庆做演练，海陆空的队伍齐聚一堂；呈现在我们面前的印度门，也因为演练仪式而显得格外庄严雄伟。拱形门是 1921 年建的，风格很接近法国的凯旋门，门上刻着 9 万名阵亡将士的名字，他们战死于 1919 年英国人与阿富汗的冲突以及第一次世界大战中。

值得一提的是，这 9 万名士兵原来以为他们死心塌地地为英国人卖命，就

可以使印度在战后获得独立和自由，当时的英国军官也个个信誓旦旦，结果却是竹篮打水，英国人不但没让印度人独立，反而变本加厉地制造了闻名印度史的"阿姆利则惨案"[1]。

　　所以，在今天看来，眼前这座印度门与其说是纪念9万名将士的勇敢精神，倒不如说凝聚了一种受骗的愤恨与哀怨。我们眼前的印度士兵虽然穿的是英式军服，但他们再也不听别国的任意摆布了。

1　英国殖民者屠杀印度人民的事件。1919年4月13日，旁遮普的阿姆利则市2万多名群众举行抗议集会，遭到英国驻军血腥屠杀，数百名群众丧生，另有千余人受伤。这一惨案促使印度人民反英斗争迅速高涨，并成为甘地于1920年到1922年发动全国性非暴力不合作运动的直接原因之一。

多情遗世

○

李辉： 在我身后的就是德里非常著名的建筑——红堡。这座建筑是在 1638 年开始动工兴建的，到了 1648 年才完成，历经 10 年的时间。可以说整个建筑是莫卧儿王朝最兴旺时期的一个代表作品，当年这个城堡完工的时候，王朝的首领就骑着大象由城门进到里面，真是气派一时，表现了一种权势跟威望。现在这个地方已经成了旅游人士必到的一个参观点，而且我们现在仍可以感受到那种辉煌和壮丽。你看这墙高 33 米，而整个的围墙有 2400 米之长。

在红堡的广场上，有专为游客提供服务的大象，享受一下当王公贵族的感觉本是一件不错的事情，不过爬上去时那种软乎乎的感觉却不那么舒适。

李辉： 好高啊。踩着大象的时候蛮可怕的，它的身体软软的，不过还好，这个平台还是蛮稳当的。看来我要去转一圈了，坐在上面的感觉蛮好的，我想当年国王入城的时候也不过如此了。当然了，他的象可能有很多的装饰，而我们今天的简单一点。

眼前的红堡是用红色沙石搭建起来的，这个伊斯兰建筑可以说是德里城里最惹眼的地方了。它出自莫卧儿王朝一位叫沙·贾汗的国王之手，除了这里，这位多情的建筑狂还为他的爱妻建了闻名世界的泰姬陵。据记载，红堡过去是沙·贾汗的宫殿，但现在红堡里面已经是琳琅满目的小商品市场了。

　　李辉：红堡从前是统治者的城堡，现在却布满了各种各样的小商店。里面的物品大多是些手工艺品，如铜制的手工盘子，还有一些贝壳镶嵌的项链。这些商品很多都是常见的，甚至很多东西在国际市场上也相当流行。比如说，他们的铜艺啊，木雕啊，还有一些编织或者手绣的工艺品。但也有一些我们怎么也看不出用途的东西，不如去问问经营者它们到底是干什么的。（对商贩）这是什么？

　　经营者：巴拉（Balar）。

　　李辉：女人戴的，还是男人戴的？

　　经营者：女人男人都可以戴，反过来打开就是女人戴的。

　　李辉：这顶帽子有两种用途，垂下来的时候是给女士戴的，如果把它掉过来，就是给国王的了，非常好看。

　　很多旅游景点都有耍蛇人，那是我们在很多卡通电影甚至童话故事当中经常看到的，现在的景象跟当年似乎也没有什么变化。耍蛇人吹的乐器名叫"Bin"。蛇从篮子里面翘出头来，就会根据"Bin"的音乐声慢慢地起舞表演。在印度很多地方都能看到这样的表演，用来做表演的蛇，据说已经被拔掉了有毒的牙齿。在远古的印度，人们对蛇有一种崇拜之情，而今天耍蛇表演也成了吸引游客的项目。

　　李辉：现在看到的是新德里最高的建筑库特卜尖塔，这座塔从前有7层那么高，建于12世纪。什么时候变成现在的这几层的呢？那是在1923年，英国人的飞机飞过的时候把塔最上面的两层给撞了下来，现在的塔身左边有个像小亭子似的红色建筑，就是从前塔最上面的那一层了。这座塔现在的高度有72.5米，仍然是德里最高的建筑物，可以说它是一个摩天塔了。这塔是非常典型的伊斯兰式建筑，在塔身的下面三层也还可以看到《古兰经》的经文，下面的三

层是用红砖建的，而上面的几层是红沙配上大理石做成的。

　　其实，这座建于 12 世纪的高塔原本是一位印度国王为他的爱妻建的望夫台，后来的国王将它改成高塔。这么多年过去，当年的国王已经不为人知，这座塔却依然耸立在此，告诉前来游览的后人曾经有过的多情。

辉煌与温柔

○

　　在库特卜尖塔的旁边有一个断残的古门，同样是典型的伊斯兰式的建筑，据说是印度最古老的伊斯兰教清真寺的遗迹。12世纪，伊斯兰教进入印度之后，教徒们便在这儿建了历史上第一个清真寺。在清真寺的柱子上，我们看到了在一般清真寺里看不到的石像。

　　除了伊斯兰教的建筑之外，在院子里我们还清楚地看到了佛教的影子，那是拱形门前的阿育王柱。柱子是公元5世纪的时候笈多王朝[1]的一位国君立的，整个柱子是100%的铁铸成的，有8米那么高，时至今日，柱子依然非常地光亮，可见当年印度高超的铸造水平。据说，游客如果背着双臂环绕柱子，能够两手相接，便意味着日后有缘再度来到印度。

　　印度人提到阿育王[2]，就像中国人提及尧舜禹一样。他不但以仁政之心建

1　笈多王朝（约320—约550），公元3世纪以后，贵霜王国逐渐衰落，南亚次大陆的西北部和北部地区分裂成许多小国。这些小国一部分被摩揭陀国王旃陀罗·笈多一世建立的笈多王朝统一，是中世纪统一印度的第一个封建王朝，疆域包括印度北部、中部及西部部分地区。

2　阿育王（？—前232），古印度摩揭陀国孔雀王朝的第三代国王。他使孔雀王朝成为印度历史上第一个统一的大帝国，其统治时期成为古代印度历史上空前强盛的时代。他致力于推广佛教，把自己统治的业绩及对人民的教化要求，刻在岩壁及石柱上，即著名的阿育王摩崖法敕和石柱法敕。

立了世界上最早的医院，还建立了世界上最早的兽医院。除此之外，他还以个人杰出的才能设计了自己的宫殿，并且建立了一所叫作"那烂陀大学"的名校。阿育王后来成了释迦牟尼佛的信徒，将佛教定为印度的国教，并且要人把佛教的经律用当时非常流行的巴利文写下来，成了佛教最正式的经典。后来他还派了1000名僧人到国内外去传教，这些僧人东至缅甸，西至大夏，南到斯里兰卡，北及中亚，将佛教传播了出去。

余秋雨：阿育王柱现在算起来应该已经竖立了2000年了，但是非常奇怪的是，这个铁铸的建筑到现在为止还没有任何锈的痕迹，这是世界冶金史上好多人都觉得是奇迹的现象。阿育王柱使我们想起了阿育王时代，佛教自从公元前6世纪在印度创立以后，一直蓬勃地发展，直到繁荣期——大概是公元7世纪。印度出现过几十个非常推崇佛教的君王，其中最早一个就是阿育王，最后一个就是我们的玄奘遇到的戒日王[1]。这个阿育王他重要到什么程度呢？比如说，在我的家乡浙江宁波，都有一个阿育王寺，可见任何佛教信徒，都知道这个佛教的护法帝王非常重要。他本来应该是个暴君，后来皈依佛教以后，就成了一个虔诚的佛教徒，所以人们都非常怀念他。他弘扬佛教，在印度各地，只要是在他的势力范围内，都留下了许许多多的纪念物，但是当时并没有留在德里市。在伊斯兰势力进入印度之后，有一个伊斯兰的皇帝叫库特卜丁。他来了以后把这座阿育塔，从东部移到了德里，成为一个建都的象征。

在阿育王柱的正面是库特卜明纳陵，因为年代相当久远，如今的帝王陵墓已经不那么气派了，有了几分落寞的味道。

我们在新德里看到的第二个墓穴，位于亚穆纳河畔，是甘地的墓。墓园相当地开阔，但墓穴却显得非常矮小，让人不由得想到这位亚洲最瘦、最矮的男人，身披一块粗布，瘦骨嶙峋，坐在织布机旁，每天用4小时的时间织简易的

1　印度戒日王朝国王，606—647年在位，戒日王朝的建立者，印度古典文化的集大成者。他为中国人所熟悉主要是玄奘西游的缘故，也是印度历史上最具影响力的帝王之一。

布，以此来唤醒人们抵制摧毁印度纺织工业的英国织布机。他曾顺从地站在英国法官面前受审，因为他倡导不合作运动。他曾多次绝食，因为伊斯兰教徒跟印度教徒不理睬他的和平呼吁，并仍以宗教的狂热相互杀戮。

余秋雨：我们中国一般把他说成是圣雄甘地，我们很小的时候就读他的传记。这座墓前并没有"甘地"的名字，但是却有甘地被刺时最后叫的那个声音"嘿，罗摩"。罗摩是印度教的一个大神，它就像我们这些人碰到事情的时候叫"噢，天哪"一样。最后这个声音放在他的墓前，既表现出当时的情景，也表现出他和印度这块土地的关系。

西方人说，除了基督之外，历史上没有一个人像甘地这样温柔、淡泊、纯朴，对仇敌也如此宽恕。而圣雄甘地倡导的非暴力不合作的运动，一直到现在，仍然意义深远。

余秋雨：甘地给人们留下的最深的印象是，他以不抵抗主义领导了一次民族独立运动，获得了胜利。在他去世前一年，印度的独立运动获得了胜利。我们现在所说的独立的印度国家，就和那场运动直接有关。那种不抵抗的策略，当时确实使英国束手无策。但是今天，在 20 世纪末的时候，我想甘地的精神给我们最重要的启示已经不仅是策略意义上的了，而是一种非暴力主义精神。现在世界上问题非常非常多，但是如果非暴力主义的精神能够普及的话，我相信在以后，即使仍会有些麻烦的问题，但至少可以驱除火药味，保持世界某种程度的和平状态，那么其他问题都可以讨论。所以在这个意义上，尽管印度自己仍有许许多多的问题有待解决，但是甘地所提倡的非暴力主义却是全世界的愿望。

1948 年，甘地被印度教的极端教徒枪杀，这位一生倡导非暴力的圣人最终却死于暴力之下，这似乎是历史的悲剧，但他一生致力的印度统一事业，却因此实现了。

种姓制度

○

种姓制度是印度最特别的社会特征，也是我们来印度之后最感兴趣的话题。

李辉：这天上午，我们要去拜访一个婆罗门人家。种姓制度形成于远古印度，南下的雅利安人为了保持自己优越的种姓特征而拒绝与他族通婚。种姓的前三位分别是婆罗门、刹帝利、吠舍，他们都是雅利安人。第四位是首陀罗，便是当地的土著了，他们叫作达罗毗茶。最低级的种族是战俘跟被贬为奴隶的人，他们被称为不可接触的人抑或是贱民。在印度每一个种姓还派生出很多的副种姓，据说在印度副种姓有 3000 种之多。今天我们拜访的这位老人，他拥有婆罗门当中最高等级的姓氏。

翻译：他有 4 个儿子，1 个女儿，他们都结婚了，有小孩子。他说，在世界上没有什么天堂，天堂就在这里，我们所有人都住在一起。孩子们都住在一起，这是我们的天堂。

李辉：这是他跟他妻子的照片，与照片上比起来，他们显然老了几岁，老人的目光是相当和善的。

翻译：他结了两次婚。1932 年他第一次结婚，一年以后他的妻子去世了。1946 年他再次结婚，那时候他们花了差不多 5000 印度卢比，他妻子花了三四千印度卢比，他花了 2000 印度卢比，女方比较多。

李辉：一般是女方比较多吗？

翻译：女方比较多。

李辉：其实那个时候花 3000 卢比可能也是一个蛮大的数字了，是吗？

翻译：那是 1949 年的时候，是个很大的数字，很多的钱了。

老人告诉我们，城市当中没有种姓制度的差别，但在农村，种姓制度依然存在，很多种姓高的人家拒绝和种姓低的人喝同一口井里的水，而且拒绝住在同一个村落之中。

李辉：在老人家看来，他的姓氏给他一生带来的是些什么呢？他是婆罗门吗？

翻译：他说他现在的名字、姓表示他是一个婆罗门，但是他又说，不管是婆罗门，还是其他种姓，都是一个人。如果你们是说婆罗门的工作，每个工作他都知道。

翻译告诉我们，这位老人现在仍保持着虔诚的宗教习惯。每天早上起床后和晚上睡觉前，他都要做礼拜。

要饭有理

○

　　印度给我的外围印象实在不好。不仅因为杂乱的街道、爆炸的人口和行乞的人群，更缘于那随处可见的贫民窟。身处旧德里的一处贫民窟中，很难联想到新德里绿草如茵的国王大道，也很难把它跟电脑软件出口大国联系在一起。据说，这儿的大部分人来自附近的农村，类似我们所说的打工族，但这些打工族在这儿已经有几辈人了。

　　李辉：我们现在所在的地方是旧德里的一个贫民区，这里居住着大概有500人，现在我们周围有很多围观的当地人，他们很多人是没有工作的。白天男人们就去找一些像在建筑工地上的工作，妇女们都在家里面带孩子。这个小小的社区给人的感觉是相当贫穷，而且这里五口之家的收入是70美元，生活相当拮据。环境也是相当恶劣，卫生条件很差，孩子们在这里恐怕不会得到很好的成长，或者说他们的身心都不会有正常的发展。后面的那座楼，是他们当初建起来的，因为建这些楼，所以有了这些小房子，而这些人又是选民，他们可以自己决定留在这里。

　　在这些破旧的小楼房后面，就是当地政府官员居住的楼房，只有月收入在1万到1.5万卢比的中层领导级别的官员，政府才会分配这样的住宅。

李辉：前面就是贫民窟，这样的落差感觉也是蛮大的。在这个小小的社区中有他们自己的庙宇，印度教的庙宇，还有一个非常非常小的商店，样子很像一个修车的小房子，这就是他们日常所需品的购买地了。

李辉：可不可以请问这位先生，他对他的生活环境满意吗？

翻译：他说他现在不满意啊，因为他家一个月的收入是 1000 到 2500 印度卢比，有时候是 3000 到 3500，好的时候能到 4000，但他有时候找不到好工作，收入太少。

李辉：维持家庭生活是很困难的吗？

翻译：他说，他们已经习惯了，现在他家里面最大的男孩在工作，他已经老了，不能工作了，家里只有一个人工作，所以有一点困难。

我们被带往老人的家中，老人说，他们之所以可以在这里住这么久，没有被政府驱赶，那是因为他们每个人都有选举权，大选的时候，可以利用他们来增加选票，对竞争激烈的印度政客们来说，这是至关重要的。

李辉：我们已经到了老人的家。刚才看到他的小孙女在这儿，非常漂亮。看来老人在家里的主要工作都是带孙子辈的小孩子了。两个都是他的孙子吗？

翻译：对啊。

李辉：他们家里人都住在这个小房间里吗？

翻译：对啊。

李辉：6 口人？

翻译：他的妻子去世了，现在家里只有 6 口人，他、他儿子、儿媳妇，还有 3 个孩子。

李辉：都睡在这一张床上？

翻译：他儿子跟儿媳睡在外面，老人家跟 3 个孩子睡在里面。

李辉：房间里的摆设也非常简单，只有一面小小的镜子，还有一台非常简陋的电视。这是他的儿子，现在在外边工作，他是做设计的。这是他的儿媳。

这是冲凉的地方了，特别简单，只能用水罐。

　　导游告诉我们，在旧德里，像这样的贫民窟有十几处，聚集的人群有几十万之多，他们在这儿生活、劳作、繁衍后代。

　　也许是这样的穷困所迫，印度人养成了乞讨的习惯。在我们的采访中，随处都有老老小小、男男女女跑过来跟我们要一些东西作为小费。有的已经付过了，还过来反复要，倒显得是我们出手小气似的。经导游解释，我们才了解，印度人不以乞讨为耻，他们甚至认为，乞讨是穷人应有的权利。在印度，行乞与施舍是一种受到鼓励的社会行为。印度人认为，这让那些企望积德行善的富人有了可以施舍的对象，这是他们通往天堂的桥梁。

千里相聚

◎

大多数中国人对印度音乐的感受来自 20 世纪 70 年代后期引进的印度电影。其实，音乐在印度已经有 3000 多年的历史了，印度最古老的历史文献《吠陀经》[1] 当中有很多赞美诗，而这些赞美诗就是供人歌唱的。诗与歌、音乐和舞蹈在古代的仪式中常常是熔于一炉的。

为了充分欣赏印度的民间歌舞，我们要在印度举办一场大型晚会，所有队员也在这两天全身心地投入晚会的准备工作中。

孟广美：15 日晚上，我们要在印度做一个非常非常重要的晚会，时间已经越来越紧迫了，所以我们现在也在紧锣密鼓地准备。

穿上晚会的礼服，骑上被打扮得花枝招展的大象，两位主持人在古堡前迎接车队，而我们全体车队人员也穿上了统一的制服，驱车穿过这个具有 100 年历史的古堡大门。在那儿，我们深切地感受到了什么叫"千里迎嘉宾"。

孟广美：晚会开始的时间一分一秒地逼近了，虽然我们已经全部着装准备

1　婆罗门教和现代的印度教最重要和最根本的经典。"吠陀"又译为"韦达"，意为"知识""启示"。

好了，但是今天一天真的非常非常紧张，我想可能是因为印度人的工作速度、频率跟我们不太一样，你觉得呢？

　　李辉：我觉得其实今天我们等待的时间是蛮长的，到自己可以去化妆、换衣服，时间就变得很紧张，连中午吃饭的时间也没有，好不容易现在马上就可以开始晚会了。不如我们先让大家看一看晚会的环境。看到了吗？朴兰纳古堡是16世纪时盖的，这个地方大概有20年的时间没有开放了。

　　在晚会即将开始的时候，凤凰卫视的高层领导也不远万里地赶来了。

　　王纪言：在你们行走的过程中，我们以及泛亚地区一起关心这个行程的观众们，每天都在注视着大家的生活和旅途上的情况。我们走过了最不容易走的一条路。我想，有很多人为我们祈祷，所以我们是幸运的，我们一定会成功，顺利回到祖国的怀抱。

　　刘长乐（现任凤凰卫视控股有限公司董事局主席兼行政总裁）：在纽约的所有华人群众也通过报纸和其他媒体看到了我们的消息，我觉得走这样一个旅程，虽然是几个人，或者是几辆车，但是确实牵系着12亿中国人，也牵系着全世界懂华语的和不懂华语的观众，这是一个伟大的创举，我为你们的这种精神而感动。

　　孟广美：今天我们也非常高兴能来到四大文明古国之一的印度举办这个"印度印象之夜"。

　　李辉：由希腊走到印度，可以说其间遇到了千辛万苦，我们的勇士们经历了很多的不眠之夜。有时候为了赶路，大家十几小时都一直是在车上的，克服了一个个的险阻。今天终于可以来到印度，跟大家见个面，问声好了，有请我们的17位勇士。

　　一声"你们辛苦了！"，让这些深味一路走来的艰辛困苦的勇士，都禁不住感慨万千。感情充沛的队员，两眼含着辛酸且欣慰的泪花，一起静静享受着这远在祖国万里之外的欢乐歌舞与来之不易的短暂相聚。

梦断泰姬陵

○

一个风和日丽的早上，我们前往离新德里 200 多公里的阿格拉 [1]，拜访渴望已久的泰姬陵。

泰姬陵是莫卧儿王朝的沙·贾汗国王为自己相濡以沫 19 年的爱妻所建的，据说为了修建这座陵墓，他改变了亚穆纳河的位置。其实，泰姬只是王后的封号，王后真实的名字叫作阿尔珠曼德·巴努，据说她具有波斯血统，是一位绝代佳人。书中说她像百合一般高贵，而且性格温和、慧心独具，琴棋书画无所不通，她为沙·贾汗国王生了 8 男 6 女，最后因为难产死在布尔汉布的军帐之中。

李辉：在她临终的时候，丈夫说："你怎么可以就这样死去呢？我怎样对你表示我的爱呢？"于是这位妻子就跟丈夫说："如果你真的是爱我的话，就不要再娶了，另外呢，你要为我建一座世界上最美的坟墓，让世人都记得我。"于是痴情的国王就耗费巨资为王妃修建了这样一座壮丽的陵墓。

余秋雨：这位妻子跟丈夫一起受了很多苦，生了 14 个孩子，最后死于难产。那位妻子，最后给丈夫一个遗嘱，遗嘱有好几条，最重要的一条就是要有一座美丽的陵墓。国王居然用 22 年的时间，动用 2 万人，来满足妻子的遗愿。我总觉得作为一个男人的许诺，一诺重千金，很让人感动。

---

1 印度北方邦西南部城市，是印度最著名的旅游城市之一。

李辉：您觉得作为一个有知识、有权力的男人，他把所有的国力、精力都倾注在这样一个工程上面，这种做法正常或者恰当吗？

余秋雨：当然不恰当，从社会价值的角度来看的话，是非常不合适的。问题是历史一旦远去以后，一切都模糊了，价值都模糊了，剩下的就是那么一座白色的陵墓立在地平线上，剩下的就是它，这个时候你会忘记价值观说一句，值。现在在世界任何一本最简单的建筑史上也一定有泰姬陵，它已经成了印度的第一标志。皇帝那么多，如果一个皇帝做到了这一点，那是非常不简单的，具体评判跟历史评判有点不一样。

国王丧妻后陷入莫大的哀痛之中，整整两年他不出行，为亡妻设计世界上最美的陵墓，当他再次出现在人们面前的时候，当年年轻的国王已经满头白发，还驼着背。

李辉：皇帝为他的爱妻修好了美丽的白色陵墓之后，他有一个设想，为自己也盖一座同样美丽的陵墓，然后，在两座陵墓中间架一座虹桥。白色的陵墓在这边，黑色的陵墓是给自己的，同样是用大理石修建的，不过他这个计划，还没有实现就被他的儿子"咔"一下给停了，并且以这件事情为理由，让老皇帝提前退位，而且将老皇帝囚禁在红堡当中。当然这种囚禁并不像我们普通意义上的坐牢那么艰辛，老皇帝不能从窗口直接望到他爱妃的陵墓，每天他背着窗子拿一面镜子反射。

李辉：这里从前有一颗钻石，这是国王沙·贾汗的一个秘密，钻石可以反射泰姬陵的图形，而且每个角度都可以反射一个，一共有22个，他就借此怀念他的妻子。

余秋雨：他居然想到在河的对面为自己造一个陵墓，黑色的。妻子的陵墓是白色的，中间造一条彩虹桥，这完全是童话般的想象。

李辉：童话般的结合，像梦一般。

余秋雨：这个皇帝好像有点孩子气，当然，后来他自己的孩子中断了这个计划。他被他的儿子关了大概9年，9年中他会从窗口看这个泰姬陵，我想那时候他的心情一定很复杂。晚上他一定会跟妻子有某种内心对话。最粗糙的一句话就是"老婆，是老三关我的"。老三就是他的第三个儿子。

在旧德里的时候，我们看过一座令人眼前一亮的红堡，奇怪的是，阿格拉也有一座红堡。

李辉：为什么会有这么多的红堡呢？其实这儿是红堡的原版，而旧德里的那一座是复制品，或者说是仿制品，同样是莫卧儿王朝帝王的杰作。这座红堡，第五代国王沙·贾汗在这里除了增添了一些装备，比如花园、喷水池，还添加了一些他自己的气息。

阿格拉的红堡是沙·贾汗的爷爷阿克巴[1]开始兴建的，阿克巴被称为印度

---

1 印度莫卧儿帝国第三代皇帝，著名的政治和宗教改革家。在阿克巴统治下，印度达到了空前的统一和繁荣。

史上最伟大的皇帝，经过他几十年的苦心经营之后，当时的印度已经是世界上最繁荣的国家了。有着土耳其血统的阿克巴是个伊斯兰教徒，因此在这座宫殿当中，可以感受到中亚风格与印度文化的巧妙并存。

后来沙·贾汗的改造使得阿格拉的红堡充满了生命和绿意，据说他每晚都跟皇后坐在用凉水凉过的空气之中，享受浸过玫瑰花香水的锦扇的拂拭。但他万万没有想到，这个充满温馨的家居然成了他儿子囚禁他的地方。他在这儿被关了9年，直到他撒手人寰。

盛来琥珀光

○

　　从阿格拉前往斋浦尔[1]的路上,我们会暂时停下来休息一下。趁这样的机会,也可以静心欣赏下印度农村真实的状况。

　　很多人围过来向我们乞讨,包括老人和孩子,大多数人懒散闲逸、神情木讷,看起来他们的生活并不富裕。在田间的路旁,我们看到两口井,据说这是为种姓不同的人准备的。穿得花花绿绿的印度妇女在井边打水,动作相当娴熟优雅,颇有民间风情。

　　李辉:走过印度的农村,你会有一个特别的发现,在这里,种姓制度体现得特别明显。比如说,每个村落里都有两口井,高种姓的人用的是一口井,而低种姓的是另外一口井,这两口井绝对不可以合并,两种人也不会喝同一个井里面的水。

　　据说印度女子头顶的功夫相当了得,她们可以同时顶两三个罐子,走起路来还不需要手扶,还能谈笑自若。

　　李辉:我要学着打桶水,看看能不能把水打上来。哇,这个井好深啊,已

1　印度西北部的一座古城,在新德里西南 250 公里处,现为拉贾斯坦邦首府。

经打了好久了还没有见到水。好了，已经下去了。有点害怕，这个井好深好深的，还要把头探进去，可是井太深了，我实在不敢探下头去。

斎浦尔被称为"粉红色城市"，是印度最迷人的城市之一。这里的街道古庙林立，现在看起来有点拥挤，据说当年爱好艺术的斎星王二世[1]特意下令从各地运来大量的粉红色石头用来建筑各式建筑物。粉红色的风宫便是这里的代表作，风宫有 953 个小窗，因为设计巧妙，在屋里的任何一个角度都可以凉爽畅快。

李辉：我们 5 点钟从阿格拉出来，现在经过 5 小时路途终于到了斎浦尔。路程将近 500 公里，今天的路还算好走，比起昨天那么多的搓板路，今天已经算顺利多了。现在我们已经到了一个环境相当好的地方，昨天跟今天这两天是印度行程当中比较开心的两站，因为我觉得环境好像越来越好，旁边有一条河，山尖上面还有一个古堡，这个古堡可是大有来头，它叫琥珀堡，为什么叫琥珀，难道真的是由琥珀砌成的吗？不是，是黄色大理石。因为整个建筑呈黄褐色，而且在阳光下大理石又会闪闪发光，所以有了"琥珀堡"这个名字。琥珀堡在从前是国王用来休闲度假的地方。

观光客上山，通常坐在大象的背上一路摇晃而来，古堡之中多是柱式拱顶的建筑。精美的铁柱竖立在古老的庭院之中，四周配了很多煤气灯，每盏灯上都写着历代公主的名字。值得注意的是，宫殿窗户上格子图案的构图十分巧妙，这与印度其他的古堡有很大的区别。

李辉：以前琥珀堡是用黄金、白银装潢的，除此之外还有很多小块的彩色玻璃，在阳光的照射下熠熠生辉，真是豪华无比。到了晚上的时候点燃一支蜡

1　即贾伊·辛格，为了让妃嫔们观看下面的街道，下令修建了粉红色的风宫。

烛，那些小玻璃块上就反射出无数的蜡烛头，那种景象真是难以想象。

　　昨日胜景不再，今天的琥珀堡内，处处洋溢着印度的市井生活气息。有很多人在这儿做小生意了。闲步逛去，这个铺子锁着，那个铺子开着，周围都是一些贩卖饰品或者纪念品的小摊。

恒河晨浴

○

瓦拉纳西[1]是印度教的圣地，印度人叫作"迦尸"，抑或是"湿婆城"，台湾人则称它是"等死城"。

根据印度教的教义，恒河是最神圣的河。恒河河畔的瓦拉纳西就成了最神圣的城市。每天都会有数以万计的印度教徒来到恒河边晨浴，抑或是等待升入天堂。传说中这座城市是 6000 年前由印度教的湿婆神创造的。因此，印度教徒认为这儿的每块砖头都是湿婆神。大文豪马克·吐温说，"瓦拉纳西比历史还古老，比传统更悠久，甚至比传说还早"。

李辉：今天早上 4 点半钟起床，5 点半钟我们就出发了，来到恒河边，今天要拍的东西是印度教徒早上在恒河当中洗澡，还有他们火化尸体，以及非常漂亮的日出。当然了，要买一个小灯，它可以让幸运随之而来，不好的运气就随着小灯漂走了，大概到河中间的时候才可以把它放到河水里头。

李辉：秋雨老师小心啊。

1　位于印度北方邦东南部，坐落在恒河中游新月形曲流段左岸，为印度教圣地、著名历史古城。该市有各式庙宇 1000 多座，恒河浴场、印度金庙都位于此。印度教徒相信，能在瓦拉纳西死去就能够超脱生死轮回的厄运；而在瓦拉纳西的恒河畔沐浴后，即可洗涤污浊的灵魂；在瓦拉纳西的恒河畔火化并将骨灰撒入河中也能超脱生前的痛苦。

余秋雨：没事，我会游泳。

有人说，不到印度你无法体会宗教的狂热，而瓦拉纳西的恒河晨浴则将这种宗教狂热发挥到了极致。天刚亮的时候就可以看到成千上万的沐浴者，在浑浊的水中施浸礼，他们个个口中念念有词，双手合十泼送水花，施水祝福，有的两手空空在河中刷牙洗面，也有的将全身涂满了肥皂随时跃入水中。河面上载着游客的船只穿梭着，船夫们不时地将船上的垃圾抛到下面。事实上，印度教徒视为圣河的恒河已经被污染到了非常极端的程度。

李辉：好冷啊，秋雨老师，再看到他们这么洗澡就更冷了。

余秋雨：可能对他们来说，这种温度和我们所不能接受的肮脏都是通往神圣的路。

李辉：天哪，这水都快黄了，怎么洗澡啊？

余秋雨：跳下去那么冷，一哆嗦，他觉得这是上天对他的刺激，是神的安排，一定是这样的。他们没有我们自然知识上的坐标，连我们最敏感的干净不干净，他们的想法也都不一样。

李辉：听说恒河水里面有工厂排出来的污水，还有足以产生病菌的有害物质，他们怎么能够还这么坚持在里面洗澡呢？

余秋雨：我看到一个资料说，每天排到恒河的工业污水是9亿升。

李辉：9亿升！

余秋雨：那是太麻烦了，我们过去看的那几条母亲河，只是看到两岸的衰落，现在我们活生生地看到这条母亲河自己变质了，完全变成很肮脏的东西了。但是他们好像没有这个概念。

其实印度教徒从不认为这儿不卫生，他们固执地认为，这河水有医治百病的神效，于是每年从印度各地来到这儿的朝圣者、淋浴者、等死者竟然超过了百万。

李辉： 印度教的教徒认为，人只有被火化的那一刻才是真正死亡，而在那一刻湿婆神会说出让人开悟的真言或是会迎接他们走向极乐世界。所以不管家里有多穷，人们也会积攒金钱，把这位亲戚送上最后一程。而我们现在看到冒烟的地方是他们在进行火化的现场，因为他们不欢迎我们拍摄，所以我们只能远远地看一看。

这儿平均每个月要火葬 6000 人左右，烧掉 1500 吨木材，这些木材跟尸体的灰烬将被推入恒河之中，造成严重的污染。

余秋雨： 一个人要在这儿洗澡，要在这儿过日子，最后要在这儿死亡，这一切都是他的一种很大的人生理想，方式是次要的。他把它看成是母亲河，生病了，慢慢地朝它走去，好像在一位母亲巨大的躯体边来结束生命，这感觉还是可以的。生命太微小了，特别是在印度，人们总觉得个人的生命是不可置信的，所以就来到了恒河这样一个大生命的边上，依附着一种文明的大生命，他们找到了它。

佛法生辉

○

李辉：这里是距瓦拉纳西大概 10 公里的鹿野苑 [1]，在 1846 年之前，地平面上我们可以见到的只有后面非常庞大的黑色圆柱形建筑物，到底是干什么的呢？英国人当时非常好奇，于是他们就挖掘，除了发现了这塔之外，在 1910 年左右，发掘出整片的遗址，据史料记载，这是释迦牟尼佛初次传法的地方。

想象一下，在公元前 531 年的某天，菩提树下悟道的释迦牟尼从菩提伽耶 [2] 走 200 多公里来到这儿，他要寻找他最初的 5 个弟子，并且向他们布道讲法。或许当初这儿更加朴素冷寂，但是从那时候开始，佛教已经慢慢地传播出去了。和他同时代的执教者一样，佛陀通过对话、讲演和预言进行施教，他从不把教义写成文字，只是概括成一种短句，以便人们记忆。

余秋雨：在这个讲坛上我想象释迦牟尼当时还是一位教师，他想用自己悟得的道来说服其他人，他把其他人首先看成学生，他首先选中的学生是自己的 5 个

1　佛教在古印度的四大圣地之一，位于印度北方邦瓦拉纳西以北约 10 公里处，是释迦牟尼成佛后初转法轮的地方，佛教最初的僧团也在此成立。

2　印度佛教四大圣地之一。位于今印度比哈尔邦格雅县菩提伽耶村，是释迦牟尼的悟道成佛处。

随从，这5个随从本来是跟着他去接受另外一种宗教训练的，那就是苦行的宗教训练，苦行得简直成了皮包骨头，但是释迦牟尼觉得用这种方式好像没悟道成功，所以就改变了生活方式。他从一个牧羊女那儿喝了乳粥，体力就恢复了。

这5个跟随他的人其实也是很虔诚的宗教信徒，看到他的变化后，心里开始起疑。

余秋雨：他们觉得我们跟随你，你又不领受艰苦了，我们要不要跟随你，对他就已经有一点不像往日那么尊敬了。那么释迦牟尼自己悟了以后，在这儿说服了这5个跟随者。这个说服对释迦牟尼来说是信心大增，他觉得自己有可能把这5个随从扩大成为一个僧侣团体，然后慢慢地对整个天下进行一种宗教说服。所以，这个地方我觉得在佛教发展史上极为重要，是佛教初次闪现出最智慧的光辉的地方。

当年释迦牟尼就在这个讲法坛上讲经说法，而他最初的5个弟子分坐在旁边的小坛上听他讲法，于是就有了最早的佛跟法。渐渐佛教的信徒多了，出家人有很多在这里一起修行，就形成了佛教当中佛法僧三宝。据史学家说，在阿育王时期佛教最为兴盛，而且还传到了亚洲很多地方，如中国就有很多的高僧，像法显、唐三藏也曾被邀请在这个地方讲经。到了后来，佛教衰落了，这里形成了一片古迹，不过我们到现在仍然可以感受到当时佛教的信徒之多。

余秋雨：作为影响深远的兴盛宗教，此时的佛教徒们不知道在世界多少国家的寺庙当中隆重礼拜，而作为这个宗教的发源地，这儿没有一尊佛像、一个香炉，甚至是一个蒲团，这儿的洁净令人感动。

经过了一段旅途之后，我们来到了另一个佛教圣地菩提伽耶，一座镀金的释迦牟尼佛像安坐在大菩提寺中央，寺前的拱门上刻有狮、鹿、牛等动物图案，形象非常逼真。寺内宏大、峻拔的方塔形建筑是在 1800 多年以前完成的，相传是皈依佛教的阿育王所建。在这儿可以看到来自世界各地的朝圣者顶礼膜拜。

余秋雨： 这个菩提树就是释迦牟尼成道的地方了。当然这不是原来的那棵树，据说这是原树的第四代子孙，但世界上恐怕再难找出一棵像这样备受尊重的树了。无数的佛教徒在树下顶礼膜拜，想象佛陀在这儿静坐并痛下决心的场面。经过 7 年的深思熟虑，这位已了悟人间疾苦根源的大觉悟者，去到鹿野苑，把他的学说传给了那里的人。我们见到的那座小山，释迦牟尼一定也看到了，因为山不会有什么变化。西南方向的群山也不会变化，他就这么一路走过去，决定要把在这儿思考的结果变成一种学说讲出来。

李辉： 告诉世人。

余秋雨： 对，但是我们这一路走过来就发现，苦难还是那么苦难，还是没什么变化，所以我就想到，再好的宗教都只是对苦难的直接反应，不一定能够直接改变苦难本身，只是改变人的心智。

李辉： 它是一种改变人的心态、思维和行为的方法。

余秋雨： 对，所以如果从它似乎没有改变这片土地来看它的能量，那是不行的，是不公平的。它的思维方式传播出去以后，成为一种比较高层次的东西，更广大的领域的人都能受到感染，它就是一种好的宗教。在宗教领域里，名目太多太多，但现在被全世界接受、成为世界宗教的也只有 3 个了，佛教就是其中之一。

在释迦牟尼佛死后的两个世纪里，他的教义被分裂为 18 个派[1]，公元 13 世纪的时候佛教在印度最终被印度教所湮没。但同基督教一样，佛教在其他的地方却取得了光辉的胜利，并且这种征服没有流一滴血。

1　此为南传分派说，另有北传分派说（20 个派）。

行走尼泊尔

世界各国的文明人都喜欢来尼泊尔，不是来寻访古迹，而是来沉浸自然。这里的自然，无论是喜马拉雅山还是原始森林，都比任何一种人类文明早得多，没想到人类苦苦折腾了几千年，最喜欢的并不是自己的创造物。

——余秋雨

得道不易

○

12 月 24 日，我们前往境外行走路线的最后一站——尼泊尔。在离尼泊尔边境线大概有 100 公里的地方，印度导游突然告诉我们那里有一处山洞，是释迦牟尼当年苦修的地方，于是大伙儿驱车前往。

穿过青纱帐，走过两旁满是乞丐人群的石梯，我们来到了释迦牟尼受难的地方。据说，他在这儿以植物的果实与青草为食，有时候甚至以动物的粪便来度日。他拔去头发跟胡须，接受痛苦的磨砺。他长时间坐于荆棘之上，任肮脏的灰尘寄于自己的身体。

李辉：请问这是释迦牟尼佛吗？

僧人：是的，是释迦牟尼佛。

李辉：我们平时看到的像都是比较丰满的，这个为什么会这样呢？是因为他在这里有 7 年的时间，不吃也不喝。

僧人：有 7 年。

李辉：就在这里打坐，所以变成这样瘦。

释迦牟尼在这儿苦修时，每天进食很少，所以身体变得憔悴不堪。用手拍打身体的时候，全身的毛发会纷纷脱落，因为身体虚弱，他常常会无故地瘫倒在地上。突然有一天，他觉得这样的苦修没有给他新的觉悟，也没有给他超人的智慧和洞察力，相反，苦修中的某种骄傲，恰恰毒害了自己。于是，他放弃了7年的苦修，前往菩提伽耶了。

余秋雨：我们这几天其实一直是逆着释迦牟尼的路线在走，沿着他讲法的地方，回到他悟道的地方，今天又回到了他开悟前的那个苦修的山洞。我相信这儿一切都变化了，但是山没变，他从洞门出来以后扶着这座山看大千世界，觉得坐在山洞里苦修那么多年，并不能够解释这大千世界，并不能够解释万象人生，他就从这儿开始一步步下山，下山的路是通向真理的道路，所以他实际上是对山洞里面的生活进行了否定，否定以后走向大地，走向真理，走向菩提伽耶。

看过了那山洞，就要前往印、尼边境了。在一座大桥上我们停了下来，有人说边境到了，可是朝四周望去，没有士兵也没有关卡，也没有什么紧锁的门。大家颇为意外，但负责办理出入境的队员已经拿着全体人的护照开始忙碌了。

李辉：早上起来我们走了220公里路，来到了一个叫"若森"的小镇。这个镇子其实就是跟尼泊尔接壤的边境城镇了。车子到了这儿突然都停了下来，大家都觉得莫名其妙，为什么好不容易有一条路可以走了，却停下来呢？原来这里已经是海关了。我的同事们现在正在下面，那里就是海关办理过境手续的地方。我们办好了手续之后，就可以过前面叫作"友谊桥"的关口，到达尼泊尔。我们在印度一路的感觉，就是这儿的人真是相当多，而且似乎每个人都不在家里待着，都愿意站在街上看一看风光，看一看景致，非常好奇地睁着大眼睛看着我们。我们以前在印度歌舞片当中，看到的是印度浪漫爱情，如诗如画的一面，但是这次来到印度，我们感受到的是印度人真实生活的一面。

2小时之后，我们顺利地通过了印度的边境，完成了13天的印度之行，来到山城小国尼泊尔。它给我们的初印象跟印度似乎相差无几，街道有点凌乱，交通无序，稍微有区别的是街上的人已经渐渐开始稀少了。这个国家古迹众多，但首先映入我们眼帘的便是一顶颇有特色的国门。

李辉：这一建筑，是尼泊尔非常有特色的建筑，据说在加德满都市内，所有的庙宇都是这样的建筑。这便是他们海关的大门了。我们现在已经来到了尼泊尔境内，并且被告知可以大大方方地在这里进行拍摄。因为我们刚才在印度拍摄的时候，被当局严令制止过，所以似乎还处于一种非常戒备的状态，现在我们可以放心大胆地进行拍摄了。

原以为可以顺顺利利地进入尼泊尔，因为之前有消息说这里是落地签证，但因为当地繁杂的手续，这个边境竟成了我们等待最长的一个关口。从下午 2 点直到晚上 9 点，整整 7 小时的时间，我们没吃没喝，苦苦等待。最后还是找来了尼泊尔的行政官员，才得到了通行的许可。

现在我们要前往尼泊尔边境城市比尔根杰，在那儿住宿一晚之后，就要前往它的首都加德满都了。

三国鼎立

O

李辉：经过 5 个多小时的行程，我们已经从边境城市比尔根杰来到了加德满都。一路上，因为看到了很多绿树，空气也好，道路也宽阔，每个人的心情都很好，觉得在尼泊尔我们会有很多的收获。到了加德满都之后，我们很多同事的感冒也慢慢地好起来了，因为空气真的比在印度的时候好了很多。现在介绍一些加德满都的特色。身后的这座建筑非常有代表性，是加德满都的一个旧皇宫，在 13 世纪的时候，加德满都谷地有一个马拉王朝，老皇帝把他的领地分成了三份给他的儿子们，于是在每个地方都有一个皇宫，而这一座就是在加德满都的那一座了。我们的尼泊尔特辑就从这儿开始，大家去看看尼泊尔吧。

从 12 世纪起，加德满都[1]就是尼泊尔的首都了。这个时期，印度对尼泊尔有很大的影响，13 世纪因为德里苏丹国的建立，印度由印度教国家变成了伊斯兰教国家。当时，印度北部的王族因为虔诚地信奉印度教，不接受伊斯兰教，于是纷纷迁入了尼泊尔。因此，13 到 15 世纪，统治加德满都的马拉王朝实际上是印度王族的后裔。后来马拉王朝的一个国王，将他的

1　尼泊尔最大的城市。位于加德满都谷地，四周群山环抱，气候宜人，素有"山中天堂"之美誉。

领地一分为三，于是，形成了后来的加德满都、帕坦[1]跟巴德岗[2]三国鼎立的局面。

　　李辉：马拉王朝统治者把加德满都谷地分成了三个小王国，分配给他的孩子们，于是这些小王国的统治者就希望在建筑跟艺术上超越其他王国，以显示自己国家的兴盛。这里叫作巴德岗，这个地方有很多在那个时期非常杰出的建筑，不过你可能觉得奇怪，这个广场怎么那么空旷，那是因为在1934年的时候，发生了一场非常大的地震，很多的建筑都因为那场地震倒塌了，所以现在我们可以感受到有一些古旧的建筑仍然存在，但是旁边平整的路面和一些墙壁都是后来才建的。

　　巴德岗是尼泊尔国王阿南达·马拉主持兴建的，王朝的历史相当辉煌，这里环境优雅、古迹众多，区内到处显得古色古香。中心地段是杜巴广场，是过去马拉王朝王宫的所在地，有"混合了建筑学幻象与尼泊尔艺术的大宝库"的称号。这里有著名的金门和尼泊尔最古老的木头建筑，四周建的金庙让我们这些文明古国的到访者也发出了惊叹。

　　李辉：这是以前用人走的门，这门太小了。这是当年国王洗澡的地方，这澡池子很深，这里面的水，据说是当年从山上引下来的泉水，非常特别的水。跟用人走的门比起来，池子显得十分巨大。但是，里边的水质现在绝对不能洗澡。

　　金门在很多旅游杂志上面都有介绍，大名鼎鼎，但它并不是真金做的。

1　意为"艺术之城"，尼泊尔第二大城，与加德满都仅一河之隔。这里古迹如云，1980年被联合国教科文组织列为亚洲重点保护的18座古城之一。
2　在尼泊尔语中意为"稻米之城"或"虔诚者之城"，是加德满都谷地内的第三大城市。

李辉：我们可以感受一下它的材料到底是什么？其实那是铜的。这个庭院里面有些什么可看的呢？就是号称有55个窗的建筑物，从这些窗户可以感受到当时工匠师们的工艺水平，不管是窗棂、窗框，还是上面的装饰品，都相当复杂，而且工艺水平也是相当高的。你能想象吗，不是机械做的，全部都是用手敲的。

跟金门一样，被当地人称作"孔雀窗"的部分也是用"黄金"铸成的。

李辉：在14到16世纪的时候，马拉王朝有一位特别有名的工匠，这个石狮子就是他的代表作品，可以看出，他们的工艺水准在那个年代已经是相当高超了。这位国王看到工匠做出如此活灵活现的狮子，真的是非常地喜欢，于是把它摆在了自己王宫的门口。可是，他又害怕这位工匠被其他两个王国的国君请去做出同样的作品，于是就狠心地把工匠的双手砍了下来。现在这面墙壁后已经是座学校了，但是两只狮子依然站在门口。

活女神

○

　　有人对尼泊尔的评价，是说这里"庙比房多、神比人多"。的确，这个说法非常形象。

　　李辉：这么小的一个广场上，已经有 50 多座庙宇了，是不是很惊人呢？后面有一座 3 层的建筑，顶部是白色的，是用一根木头做成的，可以说是加德满都的一个地标性的建筑，关于它还有一段故事。说从前这个地方是来往的西藏商人歇脚的一个驿站，后来里面供了一个小佛龛，就成了一座"独木庙"。在这座地标建筑的后面，有一个非常非常小的庙宇，里面供奉的是湿婆神的儿子，据说这位神是集智慧、幸运与财富于一身的神灵。国王登基的时候，就会先到那个庙宇去祭拜；有人要出远门或者是开新店铺的时候，也会去请求那位神灵降福于他们。

　　尼泊尔是众神的国度，进入加德满都会有这样的感觉，就是三步一神龛，五步一庙宇。据说，光是在加德满都就已经有 2000 多座佛教跟印度教的庙宇了。因此，庙宇成了它最主要的景观。每天一大早，就会响起参神的钟声，一路上随处可见的便是三五信徒走向庙宇。市民们总是三日一祭、五日一拜，衣衫褴褛的僧侣们在城中络绎不绝。在寺庙的屋檐下通常挂的是一串串的铜铃，让祭拜的人一边祈祷一边碰撞，以表示心诚之至。

李辉：这座庙的确非常小，好像一个红亭子。拿那些有颜色的花瓣在小孩的头上画一下，然后用小孩的头去碰一下要拜的神像，这样可能就可以跟神灵沟通，神灵的那些福泽和光辉就会笼罩住这个孩子了。

印度教当中有成千上万的神灵，而拜神的仪式也是非常个人化的。

李辉：刚才我们看到这路边有涂红色或者撒花的都是印度教里的神灵，每个人供奉的神灵不一样，供奉的时间也不尽相同，非常个人化，也非常自由。所以在这种地方时，我们看到地上如果有涂着红色或者撒着花的东西，千万不要轻易地去践踏，那可是神灵。对神灵不敬，轻则被打翻在地，重则脑袋开花了。

在加德满都的活女神庙前，我们向当地的导游以及政府的新闻官提出了拍摄活女神的申请，但是遭到了严厉的拒绝。幸运的是，我们得到允许可以拍摄这个两层的白木制造的神庙。庙中的气氛相当神秘，木房子因为年久失修，落于陈旧，但这儿每一个角落的雕刻都极为精致而且复杂。据介绍，现在的活女神，已经不完全是信徒膜拜的神灵了。

李辉：进了女神庙，看到墙上有一个很明显的标志——"禁止任何拍摄"，这里还有一个用尼泊尔文写的提示牌，是说12点之后，3点之前，我们是见不到这位活女神的。今天时间不巧，我们见不到她，不过即使见到了，我们也一样不能拍摄，只是我们自己可以看看而已。活女神是一个很小的孩子，听说她今年9岁。

活女神是尼泊尔的一个独特宗教习俗，它与尼泊尔的一个古老传说有关。

李辉：在尼泊尔有这样一个传统，国王要供奉活女神，这位女神受国王一个人的供奉，她每年也很少出去，哪怕是仅有的几次出巡，也是脚不能沾地，是被人家抱出去给大家参拜的。听说从前流传着这样一个故事，尼泊尔的国王，很久很久以前的一位老国王了，他的守护神名叫库玛丽。这个女神下凡来跟国王一起游戏，结果有一晚游戏之后呢，国王对这个女神起了邪念，于是女神就生气了，国王怎么办呢？说你不要生气，千万不要不再保护我，不再庇护我的国家了，请你还留在人间，我答应以后专门供奉你，并且用一个完美无瑕的处子之身作为你的化身。于是，这个活女神就出现在尼泊尔了，而且每年国王都会来到活女神的面前跟她忏悔说"请原谅我祖先犯下的错误"。

其实不光是加德满都有活女神，帕坦跟巴德岗也有各自的库玛丽。

李辉：这里是一户人家的二楼，我已经到了屋子门口，照惯例我需要脱鞋子。不过一会儿我们要去看的不是一个普通的人家，这个屋里面我们要访问的这个人，只在重大场合的时候才露一下脸，并且双脚不沾地的。据说法国跟日本的电视台访问过她，而我们是第三家对她进行专访的电视台。

今天我们有幸拍摄的便是巴德岗的活女神了。活女神的父亲是一家金店的老板，据说按照传统，活女神必须出身金店世家，我们到达之后，这个父亲用了1小时为女神穿戴整齐，然后跪在女儿面前喃喃祈祷。女儿神情自若，觉得理所应当。父亲介绍说，活女神的衣服是政府专门定做的，但所坐的椅子是上一任活女神留下来的，所以看上去有些旧。

李辉：今天十分幸运，我们可以对库玛丽做一个访问。来到这儿，我们首先感到的就是这个房间很冷，窗户大开着，我们每说一句话都有一股雾气喷出来。那小女孩光着脚，身上穿的衣服其实也不厚，我们摄影队的同事说："哎呀，这恐怕是世界上最可怜的孩子了。"这孩子8岁半，她1岁半的时候就已经成为活女神了，刚才我们访问她的时候，她要升座，升上她的女神宝座，升座之后，她的父亲就在她对面做一个很漫长的仪式。我们在这边等待得真是心急如焚。好不容易可以访问活女神了，我问她说，穿你这样的衣服要多长时间啊？她说大概要1小时。一个小孩子每天早上起来要穿这样的衣服也是蛮重的负担。她身上的这些装饰品也有蛮重的分量，站在窗户边的小女孩呢，一边流着鼻涕一边等待着可以升上这个宝座，女神的日子恐怕也不是那么幸福的。

做活女神除了要符合一些身体特征的要求之外，还要经过堆满骷髅的黑暗房子，如果一夜不哭不怕才可过关，她的任期到第一次月经来潮结束。

李辉：她当了女神之后，就不能像其他的小孩子一样出去玩耍了，我问她心里有什么感觉，会不会羡慕其他的孩子可以出去玩呢。她说她已经习惯了这样的生活。她说的话很少，可是你会觉得其实她也跟其他的孩子一样，可能想出去玩。但是碍于自己是一个女神，所以是不可以出去的。我们还得知，这个活女神每年只可以出巡13次，出去见人的时候，双脚是不能沾地的，她被人抱着在街上被人家膜拜。古王室成员每年会在五六月来到库玛丽女神这里，向她忏悔他们祖先犯下的一些错误，除此之外，这个女神只有在节庆的时候才穿上一些这样的衣服去被人朝拜。

从翻译那里我们得知，女神平时在家里也就是看看电视，看看书，或者是跟她的兄弟玩耍，她不能像其他的孩子一样去上学，只是有一个老师每天下午5点钟左右到这儿来给她上课，每天1小时。

市井闲步

○

李辉：60 年代的时候，一群嬉皮士来到了加德满都，他们发现这个地方是他们理想的天堂，于是就在这条街上住了下来。嬉皮士的样子非常古怪，留着长长的头发，有的时候裹着印度教的白袍子，有的时候像喇嘛一样穿着红色或者黄色的袍子，个个目光呆滞。他们奇怪的行为和生活方式对当时封闭的尼泊尔社会来说，是一个不小的冲击。但是包容的尼泊尔人，可以说是接受了他们，也助长了这种嬉皮士文化的滋生。

但是，后来这些嬉皮士越来越放纵，他们开始吸毒、吸大麻，这样的方式也影响了当地的青年人，于是后来尼泊尔政府就驱逐了这些嬉皮士。他们曾经群居的这条街上已经不再充满那种颓废的气氛了。但街两边的小旅馆、酒吧和餐厅，却吸引了很多的外国游人。

李辉：嬉皮士走后，这条街现在变成了一条商业街，售卖的东西全是很有特色的尼泊尔手工艺品。这些工艺品，都是非常受政府保护的特色手工艺制品，有水晶，还有手链之类的东西。这些都是很多游客争相购买的对象，而且尼泊尔的木雕、织物、皮革制品，以及一些藏族风格的画作也是非常受欢迎的。看看这个雕刻，跟我们在云南或者是中国其他一些地方店里见到的有些相似，看得出来它是木头做的。上面有 5 个骷髅。

李辉：这是什么？

店主：这是贝勒。

李辉：挂在这儿吗？

店主：是的。

李辉：他的意思是说，这好像是一个，用我们习惯的表述方式是一个门神，是挂在门口的，真吓人……妖魔鬼怪不要进到家里来。

店主：这是班提克喇嘛，西藏的神。

李辉：他们特别可爱，他们说这些是一些出家人，是一些喇嘛。其实明明是我们中国的寿星，这是禄星，这是福星，这是福禄寿三星。还有菩萨，他说全部都是一些出家人。

店主：500 卢比。

李辉：500 卢比其实还是相当便宜的，因为这儿是 600 多卢比才合 10 美元，一件手织的、纯毛的、稍微硬一点的毛衣，价格还是相当便宜的。

尼泊尔是手工艺品的天堂，无论是宫前的广场，还是街边的商店，到处都在兜售各种手工艺品。首饰、佛像、廓尔喀刀、古董、西藏地毯或是面具，都是吸引外国游客的特产。

李辉：这里是加德满都最有名的一条商业街，这里一早就已经出现了车水马龙的景象。街的名字叫作汤米，在这里可以算是一个最大的市场，地面这一层全部都是店铺，售卖的全部都是非常有特色的尼泊尔手工艺品，像雕塑、木雕、地毯、编织品，还有非常著名的茶叶。这条街有一个非常大的特色，就是街的二楼以上是小型酒店，价钱也非常便宜，大概住一晚是 10 到 15 美元，所以旅游的人是非常喜欢在这里居住和购物的。

游客甲：是的，我认为这里有很多东西可以购买，可以选择。我虽然还没买什么，但我肯定在离开前会买很多的。

游客乙：我没去过很多其他的国家，但我非常喜欢这里，这个地方、这里的人都很富有异国情调。

李辉：在加德满都主要的街道上，有很多这样的珠宝店，这里边所有的饰物都显得比较夸张。其实呢，这是来自中国和印度两种文化的特点。你看看这边的这些，这些是很印度的，这些是比较有藏族或者说是有游牧民族特点的装饰品。而下面那些精雕细刻、把所有红色的石头跟白色的宝石镶在一起的是比较有印度特点的一种镶嵌方式。所有饰品都有两个国家的民族特色，当然了，其中有一些是比较中性、比较有尼泊尔本身特点的。这是一块很大的黄色水晶，还有很大的一个心形绿松石装饰品。这里售卖的商品在国际上恐怕也是比较受欢迎的，尤其是一些欧美的游客，他们来到这儿总要挑选一两件带回去。想在这里选一点东西的话，你要注意一个小小的问题，因为尼泊尔这个地方有很多红色的水晶看似是红宝石，买的时候可要注意，最好知道那是什么再买。

在尼泊尔的工艺品店，还经常可以看到唐卡，这些唐卡多半是为游客而画的。有的还经过了烟熏的处理，乍看上去非常像古画。唐卡的内容以歌颂神明、庆祝节庆为主，画工相当精细，即使不是宗教徒，拿它作为艺术品收藏也相当不错。

李辉：这里的唐卡跟在西藏的有一点点区别，就是这儿所有的唐卡都是用手绘的。在西藏我们看过一种非常精细的工艺品唐卡，是用堆绣的方式，用彩色的布帐绣上去的，这是区别之一。另外呢，手绘的过程当中，所有的题材都是表现佛教的故事，比如说，这个是人的一生的运转方式，在一个神的监视之下，我们的一生就这样子轮回度过了。我听一个对佛教很有研究的朋友讲，买唐卡是非常非常有学问的，比如说对背景的颜色、供养的花果，还有旁边的菩萨、神佛都有一定的要求，如果一个颜色不对，或者花摆放的位置不对，这幅唐卡就很有可能是不合法的。所以要购买唐卡，最好是有专门的人士给你提供一些很专业的意见。

尼泊尔的廓尔喀刀也相当有名。据说，直到现在还有廓尔喀人在英国的皇家部队里面服役。1814 年尼泊尔人跟英国人发生了战争，在那场战争中英国人没有得到利益，却发现尼泊尔的士兵相当地强悍、忠心耿耿，即使受了伤还会带着笑。之后，英国人组建了廓尔喀兵团，这个兵团为大英帝国立下了汗马功劳。

李辉：这是一个皮套子，刀的形状是传统的样式。我听说廓尔喀兵军队里面用的刀，在这边有一个两刀交叉的廓尔喀兵的标记，有点像胸前交叉的样子。当然了，这是一个比较小型的纪念品，但是做工是非常正宗的，因为传统的、最正宗的是这个尖的地方是铜的，刀套是皮的，刀柄是木头的。握刀的时候，对着敌人就砍过去了。

据说，廓尔喀兵团每年都举行一个大型军刀比赛，以一刀切下牛头的刀为最上品。廓尔喀刀跟廓尔喀兵一样出名，刀上面有一个小小的 V 字形凹痕，它是用来将血液导流开，以免玷污刀柄的。而刀叉上还有两把小刀，用来削一些普通的东西。在一间祖孙三代制作廓尔喀军刀的传统店里，我们看到了不少制作优良、形态各异的廓尔喀军刀。据说，每一个兵种会有不同样式的刀，每一种样式的刀都有不同的制作方法。

尼泊尔这个国家几乎全民皆商，因为"旅游"这两个字已经贯穿了这个国家。在这里有不少高档商店、大型超市，里面清一色都是进口货色，价格相当昂贵，专门针对外国游客售卖，当地的尼泊尔人对它们却是可望而不可即。

美丽大脚

○

在一个夜晚，我们来到了一个非常特别的酒吧，这个酒吧的名字是朗灯（Rumdndn），尼泊尔北方话的意思是"四万又二分之一英尺"。

李辉：这是一个什么样的高度，我们知道珠峰的高度是 4 万英尺[1]，而这 1/2 便是作者幻想出来的一座山的高度。这酒吧也是这位作者开的，酒吧的气氛相当特别，也是我们这 3 个月以来头一次大家晚上坐在一起休息一下，快乐一下。

这温馨可爱的酒吧，成了我们这些出门在外的人欢度圣诞节的地方，里面灯光柔和、人情温暖，四周贴满了大大小小的脚印以及登山者的鞋印，每个脚印上都有登山者的亲笔签名。在这儿我们发现了很多中国人的名字跟照片，马上倍感亲切。这时候酒吧的老板交给我们一个早已准备好的礼物，希望我们把名字也留在店中。

酒吧老板：这个是为凤凰卫视准备的，我们为送你们这个大脚印深感荣幸。

李辉：谢谢，非常感谢！我们今天晚上也得到了一份特殊的礼物，有一

1　珠穆朗玛峰海拔 8844.43 米，约合 2.9 万英尺，此处疑作者误。

个大脚印给我们，我们要在签满所有参加此次征程的工作人员的名字之后将它留在这里。

酒吧老板：在这里签上名字，然后拍下来。

余秋雨：今天是 12 月 24 日平安夜。

李辉：秋雨老师，您的名字还没写呢，写在大脚趾上。凤凰卫视在这里留下脚印……

李辉：行了，我们可以钉上去了，全部都已经齐了，遗憾的是，上面只有我们几个人的名字，还有一些已经回去了的主持人和伙伴，他们不能够在上面留名了。不过不要紧，我们可以代表他们把我们的印记留在上面。

高层访谈

○

李辉：今天是 12 月 29 日，这在尼泊尔是一个非常值得纪念的日子，今天是比兰德拉国王 55 岁的生日，这位国王自登基到现在已经执掌这个王国 28 年了，可以想象他在这个王国的威信。看看我们身后，酒店的大堂里面一进门，就可以看到国王和王后的挂像。不仅如此，我们去的每个地方，稍微有一点规模的店都会把他们的挂像放在正门口。报纸的头版头条今天早上全部都是关于国王的一些事迹，这是他穿军装的照片，他跟王后在一起，这里面所有的内容都是跟国王有关的，比如国王的日常活动、国王的儿子等王室成员相关的内容。还有很多各个地方发表的祝贺广告，今天的报纸差不多都已经被这个最大的主题占据了。

因为过生日的国王今天出访在外，所以我们在尼泊尔没有拍摄到任何庆祝的活动。尼泊尔现任国王比兰德拉，是已故国王马亨德拉的儿子。虽然尼泊尔是一个君主立宪制的国家，但国王在这里拥有无上的权力，国王拥有一切，包括行政权、立法权和司法权。同时，国王的任何行为国会不得讨论。

虽然不能采访到国王，不过在中国驻尼泊尔大使馆的鼎力协助之下，我们得以前往首相官邸采访尼泊尔的现任首相巴特拉伊。他向我们介绍了尼泊尔目前的发展状况以及同中国的关系。

李辉：进入尼泊尔之后，我们感觉这个国家非常美丽，有大山，有非常多的树木，还有美丽的湖泊。可是我们的行程非常短暂，所以我们总是觉得自己了解得非常有限。今天能够访问到首相阁下，我们觉得会有很多的收获。

巴特拉伊（尼泊尔首相）：尼泊尔是一个非常小的国家，跟中国比非常小，跟印度比也是非常小，我们跟中国和印度都保持着非常友好的关系。我们为了自己的生存，必须跟印度和中国保持好平衡的关系。我认为，我们与中国的关系应该在经济、政治方面有所加强，当然，我们的国家现在还没有发展，还不富裕，等我们富裕以后，还可以更进一步地加强经济方面的关系。

李辉：我们进入尼泊尔几天的时间，发觉尼泊尔有很多商店，卖的都是非常有尼泊尔特色的手工艺品。在我们的感觉中，购买者应该是一些外国的游客。我们是不是可以这样说，在尼泊尔经济当中，旅游业占一个比较重要的位置。

巴特拉伊：你刚才说得非常正确，我们的主要产业就是旅游业。当然，我们的手工艺品会内销一部分，但是，主要购买者是外国游客。

李辉：在加德满都，我们也听人家说，这个地方是庙比房多、神比人多，我们想请首相先生跟我们讲一下宗教对这个国家的影响。

巴特拉伊：最大的影响就是教人们善良，不要做坏事。宗教嘛，就是让人们向善，给人们一种力量，一种约束力，时刻想着神在关心着他，就必然不做坏事了。

山水博克拉[1]

O

博克拉可以说是我们在尼泊尔沿途所见到的最美丽的一个地方了。

李辉：博克拉其实是一个谷地，三面都是山，一条水从中间流过，因为山势的关系把这条水隔成了 6 个大小不同的湖泊。从前，这里只是一个小村落，不过现在已经发展成一个旅游非常兴旺的地区了。我们今天要好好享受一下。这里就是美丽的陪瓦湖了，没想到尼泊尔博克拉这个地方还真是人间仙境呢。游客来到博克拉，第一个项目便是泛舟湖上，观赏周围的湖光山色。在日出跟日落的时候可以在这个湖面上映出雪峰的倒影，而这样的景象也是博克拉旅游宣传画册上的一个最具号召力的因素。

博克拉在 20 世纪 70 年代的时候才有了第一部汽车，那时候因为没有公路，汽车是被抬进这个地方的。到了 80 年代，当地政府发现这个地方有很大的吸引力，于是，慢慢地从加德满都修了一条旅游专用线路通到这儿，从那时开始，旅游人士也就络绎不绝了。

---

1 博克拉，尼泊尔山城，位于加德满都以西的博克拉河谷，是风景秀丽的旅游胜地，也是尼泊尔境内第二人口密集的城市。

李辉：在这个湖心岛的中心有一个 19 世纪盖的庙，这是印度教的一位神灵的庙宇，叫作"喜神庙"。当地的小孩子都要经常来拜神，因为这位喜神会带给他们一生的平安和幸运。而在这个庙的门口，看到有一个很不寻常的装饰品——三面镜子。我们当时觉得很好奇，问了当地的导游，导游告诉我们说，其实没有什么特别，你进了印度教的庙宇会有一个人帮你点一个朱砂，每个人出来之后可以对着镜子看看那个朱砂点得漂不漂亮。

在湖边的路旁我们看到很多的小亭子，各地的游客在这里小憩吃饭，神情格外地悠闲，据说这儿自古以来便是商人聚会的旧集市。

下午，我们开车去对面的山上，要拍摄连绵不断的喜马拉雅山山峰景象。

李辉：我们现在上的这座山叫作萨亚格特（Sayagot），是一座海拔 4000

米的山，现在我觉得我们也蛮厉害的，站到 4000 米的高度没什么反应。从这儿如果再往上爬大概 10 分钟的路程，我们就可以看到 7 座雪峰了，其中还有我们日思夜想的鱼尾峰[1]。这些雪峰的海拔平均都在 7000 米左右，今天非常遗憾，雾很大，云层非常厚，太阳被遮起来了，所有的雪峰都见不到了，连我们日思夜想的、很像一幅雕刻作品的、闪着宝石般蓝色光芒的鱼尾峰也藏在云层的后面了。

到博克拉游览，看不到任何人为的痕迹，最让游客们期待的是陪瓦湖后方的喜马拉雅山连绵的山峰。天气晴朗的日子，游客们可以看到纯洁挺拔的山峰，也必定会被这大自然的景象所打动。

1　即尼泊尔境内的马查普查雷峰，海拔 6993 米，由于峰顶形状有如鱼尾而得名，被视为尼泊尔的圣山和标志。

谓我何求

○

在加德满都的街头，我们经常可以看到背负沉重行囊来自世界各地的登山爱好者，因为尼泊尔地处喜马拉雅山的南麓，因此便成为登山爱好者的一个好去处。尼泊尔的夏尔巴人 [1] 以登山见长，他们不但居住在世界上最高的地方，也是世界一流的登山向导。我们就碰到了一位先生，名字叫作帕拉巴梅尔巴，他是地道的夏尔巴人，曾经 5 次成功地登上了珠穆朗玛峰。

帕拉巴梅尔巴： 第一次登上山峰后，我们遇到很坏的天气，没看到很美的景。第二次登上塞米特峰后，风景很美，最美的是，透过阳光我们看到马卡鲁峰，它在山的另一面，真是不可想象的美。

他说自从 1988 年成功地爬上 7000 米高的曼拉索高峰之后，他已不再将攀登作为一种挑战了，他现在已经不再攀越，只是帮助和支持一些年轻人，让他们享受其中的乐趣。在他攀越成功的同时，他也赢得了很多的荣誉。

帕拉巴梅尔巴： 对我来说，最大的挑战是从喜马拉雅山南麓攀登，我对自

1　族名在藏语中表示"来自东方的人"，相传其先祖来自中国甘孜地区。散居在中国、尼泊尔、印度和不丹等国边境喜马拉雅山脉两侧的民族山地，以"喜马拉雅山上的挑夫"著称。

己的表现很满意，因为我成功了。现在在尼泊尔，我已算是一个著名的运动员，我得过两项大奖，另外我还得过其他大大小小的奖项。

在 20 多年的攀山经历之中，他失去了 8 位与他朝夕相处的患难朋友。此后，他每次战胜险峰的时候，都会自然而然地想到他们并且为他们流泪。

帕拉巴梅尔巴： 1975 年，有一次天气很差，我们不得不在 7 号营地待两天两夜，有雪崩，我的一个朋友在这次雪崩中丧生。那天没有食物，没有氧气，什么也看不见，所以我只能在帐篷里睡 24 小时，那次真的很艰难。

在驻地，我们吃到了日夜思念的刀削面。自希腊以来，我们经常受到中国人的款待，但吃到这样地道的刀削面可还是头一回。每个人都狼吞虎咽，好像很多年没吃饭似的。

李辉： 师傅，谢谢您！你的饭做得真好吃！您是山西人吗，怎么会做刀削面呢？

厨师： 不是，我是尼泊尔人。

李辉： 啊，尼泊尔人。您怎么会说中国话呢？

厨师： 和中国人一起干活，就学会了。

李辉： 给我们做面的师傅有非常朴实的笑容，他今天给我们做了一顿非常丰盛的晚餐，这可能是我们出国以来吃到的最好吃的中国菜了，不能再跟你讲了，我得再去吃一点刀削面。

吃刀削面的这一会儿，正是播放我们节目的时间，一路以来大家风尘颠簸，从没顾上看自己的节目，现在看到自己的面容，听到自己的声音，反倒都有点不好意思，相互揶揄打趣起来。不过大家心里都十分欣慰，这一路的坎坷艰辛，终究是值得的。

走吧，回家！

○

今天是从香港启程以来，一个非常特别和值得纪念的日子。

李辉： 车队早已经准备就绪了，今天是一个非常非常特别的日子，我们大家盼望已久的可以回到中国的时刻终于来临了，我们的车今天特别漂亮，一路上风尘仆仆的国旗已经换成新的了，那么现在我可以督促大家上车了。

众： 我们走了，出发了，上车！

李辉： 头一次跟大部队分开，心里还真是有点怪怪的，去坐飞机吧！这就是今天我们要去边境的交通工具了。没错，我们这一行有五个人，将乘坐直升机在加德满都的上空盘旋一圈，之后走那条非常著名的中尼友好公路，到达我们的樟木口岸。

坐上飞机，升上蓝天，想到马上就可以看到祖国的土地，每个人的心似乎跳得更快了。起飞不久，我们看到了在公路上奔驰的车队。

经过将近 3 个小时的车程，远远地，我们终于看到了国门之上飘扬着的五星红旗，终于来到了中尼边境。正如秋雨老师所说，这不是普通的回国，我们是从西奈沙漠、戈兰高地、伊朗山脉一步步地量回来的，我们是循着尼罗河、底格里斯河、印度河的河水一口一口地喝回来的。

李辉：我们现在马上就要到中国的国界了，那条红线就是我们中国的国界。这辆车跑了20068公里，当然了，我们在中国还有很大的一圈行程，但是到这儿，我们觉得已经回到家了。

国境线内我们的同胞跟士兵已经等待了很久，但因为要履行正常的出入关手续，所以不得不按捺急不可耐的心情。

李辉：3个月零3天的旅程，我们走过了希腊、埃及，还有很多文明古国，我现在走的这座桥叫作中尼友谊桥，这就是中国和尼泊尔的国界了。我的脚跨过这条国境线，我就回到中国了！

2000年1月31日上午11点40分，我们终于回到了久别的祖国，世界的门槛，地理的门槛，一起到了我们的眼前。

李辉：现在我们终于办完了所有的手续，可以大大方方地走过这条红线，进入我们的中国了。我们总算回家了！我不知道现在该说些什么好，今天我们一早从加德满都的酒店出发，经过很多小时的跋涉，我们的车队来到这儿。我们在空中看到车队，看到我们的国门，已经是激动不已，双眼已经噙满了泪水。现在我们真正来到了我们的祖国，这里就是我们的国门了，五星红旗在迎风飘扬，经过几小时的报关手续，现在我们可以大大方方地、非常合法地走进我们的国家了。

余秋雨：我在直升机上看到你掉眼泪就很感动，但是我一看到这个国门自己也忍不住了，真是走了那么远的路，更了解祖国是什么。

喜马拉雅山南麓的夜晚相当清冷，篝火旁，我们跟自己的同胞一起共度这个十分迷人的夜晚。

李辉：我们现在是在樟木口岸，这是当地的藏民为我们举行的一个联欢仪式。篝火旁边他们唱起了非常传统的歌，唱的是我们祝福所有的朋友健康、幸福、吉祥如意。回到祖国的那份感觉是完全不同的，同在异乡有很大的区别。我们在1999年9月21日出发，行程2万多公里，到现在为止，我们走过了欧洲、非洲和大部分的亚洲地区，看到了尼罗河、约旦河、底格里斯河、幼发拉底河、印度河，还有恒河。终于，我们可以回到祖国，今天在日出的时候，我们在祖国的聂拉木口岸庄严地升起国旗。

升国旗！

威武的士兵的铿锵脚步把我们带回了过去的旅程，漫漫长路，九国之行，我们从欧洲走到了亚洲。离别之后，我们才真正读懂了祖国，这一场3个月后的重新相见，又赋予了我们这些远行者更多的内容。伴随着熟悉的国歌声，我们的心已经踏上了接下来在祖国境内的旅途。

中国·雪域佛颜

我们是从西奈沙漠、戈兰高地、伊朗山脉一步步量回来的，我们是循着尼罗河、底格里斯河、印度河的水一口口喝回来的，我们是抹着千年的泪滴、揣着废墟的叹息一截截摸回来的，我们是背负着远古的疑问和现实的惊吓一站站驮回来的。

——余秋雨

涌莲初地

○

　　洗尽满身风尘，大家又精神抖擞起来，兴奋地踏进了祖国境内的第一站，高原上的瑰宝——布达拉宫。

　　布达拉宫被誉为"世界屋脊明珠"，是拉萨乃至青藏高原的标志。它始建于 7 世纪吐蕃王朝松赞干布时期，相传是他为迎接文成公主而建。17 世纪由五世达赖喇嘛重建后，成为历代达赖喇嘛的冬宫居所，也是西藏政教合一的统治中心。20 世纪 30 年代十三世达赖喇嘛圆寂后完成全部重建和增扩工程。布达拉宫前后共经过 1300 多年的修建历史，最终形成现在的由宫殿、佛堂和灵塔殿等组成的多层建筑群。

　　曾瀞漪：很多人知道布达拉宫，却很少人了解它的神秘。举个例子来说，有人说这里的房间有 1000 间，但是布达拉宫管理处告诉我们，这里的房间可能有 2700 间，但是他们也说这可能不是最后的数字。布达拉宫是西藏的历史、文化、艺术宝库。我们的西藏行就从这里开始，我们将揭开它的神秘。我们现在所在的就是世袭殿，也是从后山进入布达拉宫见到的第一个殿堂。

　　众人皆知，喇嘛教是藏传佛教，因此佛教中的菩萨理所当然的就是喇嘛教的菩萨。所不同的是，喇嘛教相信菩萨是会转世的。比如观世音菩萨就转世为达赖喇嘛。

布达拉宫管理员：这就是松赞干布，也是观世音的化身，是吐蕃的第三十三代赞普。观世音有很多化身，他后来是以仲敦巴的形式出现的，他是个居士。然后再过来就是一世达赖喇嘛，你看这个，这是一世达赖喇嘛，二世达赖喇嘛，三世达赖喇嘛，四世达赖喇嘛……

五世达赖喇嘛的佛像被单独供奉，因为他开创了西藏政教合一的体制。他首先在地方武装的支持下建立了政权。在顺治皇帝的恩准下，他作为西藏地方政权首领的地位获得了中央政府的正式承认。布达拉宫不叫寺而叫宫，是为了表示这是兼有宗教和政务活动功能的场所。

布达拉宫按外表的色彩分为白宫和红宫，白宫原来共有999间房，后来遭雷击损毁，正是在五世达赖的亲自主持下才得以重新修建。而红宫则是在五世达赖圆寂8年之后由总理西藏事务的大管家主持，跟五世达赖的灵塔同时修建的。五世达赖的灵塔是布达拉宫最大的灵塔，耗费的黄金宝石也最多。如果把修建这座灵塔的银两折合成青稞，可以供 1200 万人吃上 5 年。

黄晓燕：看来要保存这些东西，包括管理，是不是很复杂？

布达拉宫管理员：对，很复杂的。比如说这个灵塔，布达拉宫有 8 座。为了保护这些灵塔，工作量是非常大的。一个是工作量大，一个就是很复杂，再一个就是，没有足够的经费是办不到的。像这么大的灵塔，比如现在我们底层全部用玻璃罩上，一是直接保护这座灵塔，因为殿堂老鼠特别多，不把这些用玻璃罩上的话，老鼠多了以后……

黄晓燕：老鼠都会吃这些金子。

布达拉宫管理员：它吃是不会吃，但是会全部抠掉。金皮被抠掉以后不知道运到什么地方，留下的缺漏是很大的。比如说五世达赖喇嘛灵塔的这块金皮，今年上半年我们用了 10 多万块钱修补。这 10 多万块钱都是人家朝奉、旅游参观捐赠的，把所有的钱集中以后，就只补了一个这么大的金皮。保护这个灵塔，没有一定的资金是很难实现的。

参观过程中我们碰到一个上来烧香的游客，也是我们碰到的唯一一个，她一个人从北京过来，因为爬上来阶梯又陡又多，喘了半天才能正常说话。

朝圣者：太高了，我一个人从下面爬上来。

黄晓燕：为什么会选择这么恶劣的天气来呢？

朝圣者：他们说很多当地的牧民统统是在这个时候朝圣的，我想，在这个阶段，宗教气息会浓一点，因为夏天的时候都是游客。

黄晓燕：刚才我们一说我们是北京来的，你都知道，就是知道我们的节目。

朝圣者：对，知道啊。真高兴能够在这儿遇到你们，不然我没有这么好的福气，好多地方我都不能去拜。

黄晓燕：那么今天我们会带着你一块儿走。

朝圣者：谢谢你们。

大家跟着布达拉宫的管理者进入了六世达赖喇嘛[1]坐床的地方，叫西大殿。

曾瀞漪：我们现在进入的是红宫内最大的一个殿堂，原本是六世达赖喇嘛讲经的地方。我们现在往前看一下，这就是达赖喇嘛的宝座。六世达赖喇嘛是一个传奇的人物，他不仅是宗教领袖，还是一个天才诗人。他所写的很多诗歌，到目前为止还流传在藏族的民间。

如果我们把对藏传佛教贡献最大的五世达赖看作是最杰出的达赖，那么他的继任人六世达赖可能是最奇异的达赖。在西藏历史上，六世达赖备受争议，他的寝宫内并没有保存他的塑像，关于他的下落有两种传说：一说他死在青海湖畔；一说他到五台山生活，直到圆寂。

殿中央有个牌匾，是乾隆皇帝给布达拉宫的题词"涌莲初地"，这个充满禅意的题词其实跟六世达赖毫无关系，而六世达赖这位浪漫多情的天才诗人，一生写了大量情歌，像草原上的格桑花一样艳丽多彩，形成了一个无形的塑像，永久伫立在藏族人的心里。

1　即六世达赖仓央嘉措，生于 1683 年，关于其卒年有多种说法，一生遭际迷离，是西藏历史上颇有争议的著名人物。

响铜佛殿

○

"布达拉"实际上是"普陀罗"的藏语音译，意思是"光明山"。

布达拉宫管理员：一共有 2000 多幅壁画。

曾瀞漪：是，经过西大殿之后，我们再上两层，就会到布达拉宫最珍贵的一个保存佛像的地方，叫响铜佛殿，这个地方保存的钥匙非常多，至少要 3 个人才能够开启这个佛殿的大门。

响铜佛殿是圣地里的禁地，布达拉宫管理处的工作人员平时也不能够单独进入，门锁要 3 个人同时在场才能打开。这里面保存的佛像价值极高，来自印度、尼泊尔，以及明代中国各处的佛教圣地，还有来自藏区本地的。

布达拉宫之所以被联合国教科文组织列为世界文化遗产，这些稀世珍宝的存在是一个重要因素。

达瓦次仁（布达拉宫管理处教授）：这里边供奉的有 3000 多尊用合金做的佛像、佛塔，这一部分历史很长。这些佛教佛塔，有的是公元以前的，也就是 2000 多年以前的。合金佛是用珍贵的黄金、白金、赤金、白银，还有黄铜冶炼以后做成的，这个工艺是个很独特的工艺，是从古印度传过来的，到现在为止，这个工艺基本上已经失传了。

从 1989 年开始，中国政府投资 5300 万元，大举维修布达拉宫，历时 6 年。设计和施工都达到了世界先进水平，得到举世公认。但是布达拉宫的继续维护，特别是其中的文物保护，仍然是一项需要小心翼翼和大量资金投入的长期工作。在这一点上中华民族肩负重任，为了使它辉煌永存，中国人一直做着实实在在的工作。

本着对世界文化遗产的珍惜，这些工匠日复一日、年复一年地辛勤修复佛像。他们工作的场所相当阴冷潮湿。平时，除了我们见到的 20 多位工匠，闲杂人等概莫能入，因为这里满地都是稀世珍宝。

曾瀞漪：我手上的这尊就是响铜佛，它的价值非常高，比等重的金子价值更高。我目前在东大殿看到这些喇嘛正在维修一些佛像。这一些佛像其实经历过很长一段时间的颠沛流离，在几十年前的"文化大革命"中，它们流落在外。后来，在 3 年多前，经过中央政府搜集之后再送回到布达拉宫来。布达拉宫管理处就正式对它们开展维修工作，首先进行清洗，再描金，然后再进行登记造册。这里共有 4688 尊佛像，等这些佛像全部登记完毕之后，就会举行一个开光仪式，而这些曾经流落在外几十年的佛像，就会获得一个安顿的地方了。

清朝同治皇帝赐给布达拉宫的匾额写着四个字"振锡绥疆"，意思是"振兴佛教，安定边疆"，已经没有当年乾隆爷题写"涌莲初地"的那份飘逸和安闲。其实，在同治王朝那个风雨飘摇的时代，想要"振锡绥疆"又谈何容易？这些失而复得的文物正在被精心修复，这似乎象征着西藏的命运跟整个大中华的命运休戚与共。

达瓦次仁：佛像头顶要装这个，这个代表脑浆，这部分里边有一点佛的灵物、器物。

曾瀞漪：真的是活佛的头发？历代活佛的头发？

达瓦次仁：是的。还有一些是佛衣袈裟的碎片。

曾瀚漪：所以每一尊佛像都要放这一些东西进来。

达瓦次仁：空着不行，光放这个也不行，几样东西都放进来，佛才有灵气。

曾瀚漪：也就是说，他吸收过活佛的灵气。

达瓦次仁：对，对。

曾瀚漪：我觉得自己平常就比较诚心向佛，昨天来的时候觉得脑筋还没开通，今天算是从心到头都已经开了。

活佛是藏传佛教信徒们信仰的神，具有大智慧。平时藏族同胞们很难见到活佛，而在重大的宗教节日里，他们则千方百计地靠近活佛，哪怕仅仅抚摸到活佛的衣袖，也感到无上光荣和幸福。

而今天，布达拉宫的僧人竟把活佛的一缕头发赠送给我们，这应该算作一种难能可贵的缘分。

大昭寺

○

　　从响铜佛殿出来，我们就要走进布达拉宫最古老的部分。布达拉宫建于公元 7 世纪，其间曾经屡遭毁损，屡次修复。而它 1300 多年的历史上幸存的两个房间之一，就是松赞干布跟文成公主住过的寝室。平时这里外人不能接近，就连工人在殿内劳动时也要锁着房门。

　　曾瀞漪：出了这个响铜佛殿之后，我们可以看到，正好有一群人，有男有女，他们正在这儿夯地，其实配着他们歌舞的节奏，可以感觉他们工作是非常轻松愉快的。

　　工人们夯地用的是阿嘎土 [1]，这是 7 世纪修建布达拉宫时所用的材料，据说比水泥还结实。每修整 1 平方米地，需要 15 个工人工作 20 多天。

　　曾瀞漪：这个动作叫夯地，这个地方是布达拉宫里面最古老的建筑之一，叫作法王洞。当时是文成公主和松赞干布住的一个地方。

1　西藏藏式古建筑屋顶和地面采用的传统材料或制作方法，先将碎石、泥土和水混合后铺于地面或屋顶，再以人工反复夯打。在夯打过程中，工人往往排成一排，边唱边夯，场面颇为壮观。

在松赞干布寝室门外，浮动着悠远的空气。

曾瀞漪：相信经过愉快的歌舞之后，不仅地面非常扎实，还让这里洋溢着愉快的气氛。

巍峨挺拔的布达拉宫建筑群由各类大小经堂、灵塔殿、佛堂和僧舍等组成，层层叠叠，相当壮观。它和保存的文物是西藏历史文化发展的浓缩，以及中华各民族友好交往的历史见证。

达瓦次仁：布达拉宫不是一个单学科的产物，是多学科造就了这么一个辉煌的建筑。

旺堆（中央人民广播电台高级记者）：布达拉宫既是藏民族文化的摇篮，又可以说是藏民族的一个金库。

达瓦次仁：尤其是现在，当我们也采取了新的科技手段来保护这些文物的时候，我们需要学习的东西很多。

旺堆：藏族人把这个布达拉宫当作一个圣殿，这里面蕴藏着一种凝聚力，这是一个民族的凝聚力。

曾瀞漪：很多人说，没到过布达拉宫不算来过西藏。但是，没来过大昭寺，更不算来过拉萨。大昭寺建于公元7世纪，是第三十三代藏王，也就是最伟大的藏王松赞干布娶了尼泊尔公主之后所建的。大昭寺是一个坐东朝西的建筑物，西方面向的就是尼泊尔。之后，他娶了唐朝的文成公主，又建立一个小昭寺，是一个坐西朝东的建筑物，东方就是面向唐朝。之后，整个拉萨的发展就是从大昭寺这里向外延伸出去的。

布达拉宫位于拉萨的红山上，而大昭寺则在大撒城里。松赞干布统一吐蕃之后，为了统一人们的思想、建设自己的文化，决定引进佛教。来自尼泊尔的尺尊公主，和来自大唐的文成公主，分别主持大昭寺和小昭寺的建设工程。

尼玛（大昭寺民族管理委员会副主任）： 这个经幡代表蓝天，中间那个代表白云，还有一个红色的代表火，绿的代表水。最底下是黄色的，代表大地。是整个自然的颜色。有很多意义在里面。

曾瀞漪： 是。多久更换一次这个经幡呢？

尼玛： 每年过年的时候，就是藏历初三，所有的藏民房顶上的经幡都要换一次。但是，山顶上，一些路口，或者其他一些地方，可以说，你什么时候都可以换，都是一种祝福。

大昭寺后来成为西藏佛教发展的基地，在松赞干布之后的 1300 多年里，大昭寺不断扩建，并且带动了周边民舍的建设发展，形成了如今的拉萨城。

文成公主是大小昭寺的风水顾问，她推算西藏地理，选址并设计，还提出制伏附近地煞的方法。更重要的是，文成公主从大唐带来了释迦牟尼的十二岁等身像供奉在大昭寺里，这就体现了大昭寺在佛界的地位。

尼玛： 藏文典故史书上记载，唐朝以前这尊佛像在印度。为什么藏民这么崇拜呢？举个例子，虽然我们很多地区都有佛教徒，有寺院，有的供有佛，也就是释迦牟尼，但是为什么藏民最崇拜这一尊呢？因为这一尊是释迦牟尼生前做的其中的一个十二岁等身像。就是说，这尊佛像是由他自己开光加持的。所以在藏民心目中，这尊佛像跟 2000 年的佛祖一样灵验。我们没有幸运去见到真正的佛祖，因为他已经涅槃了嘛，而这个等身像就等于是他。

释迦牟尼佛祖涅槃之后，由他自己开过光的这尊佛像被人从印度请到唐朝。

尼玛： 然后……从 7 世纪，文成公主再次将它从长安带到拉萨。就是这尊，刚才很多信徒都拜过的。从长安到拉萨，路上用了 3 年时间，进藏 3 年。所以我刚才讲的，他们藏民认为，如果你到了这个城市，没有进这个大昭寺的话，就等于没有到拉萨，如果进了大昭寺没有见到这尊佛像，就等于没有进大昭寺，最终的目的就是它。

　　虔诚的藏族同胞常常会背来青稞酒和糌粑，供奉给藏王松赞干布。而更多的人会背着酥油来寺庙添油。酥油是中国古老的食用油和燃料油，用牛羊乳煎熬而成，在大唐时期曾经广泛使用，如今在西藏等地，还是人们基本的日常生活油料，也是藏族同胞奉献给寺庙的基本供品。

　　转经筒是藏传佛教中相当重要的法器，转经筒的外表金碧辉煌，内部藏有无数经卷，藏胞们认为，转动转经筒的作用比念经的作用更大，所以一有时间，他们就到寺庙里去推一推转经筒。

　　曾瀞漪：来到大昭寺，还要告诉你一个鲜为人知的地方，也就是说，平常信徒来到这里，除了膜拜、许愿和虔诚的祷告之外，信徒更可以将自己请来的佛像带到这个地方来，在这里的僧众们就会为佛像装藏、描金和开光。我们现在看到的就是一群僧众用业余时间义务帮信徒装藏的过程。而这个装藏其实还有几道工序的。

　　尼玛：是这样，每一个佛像，比如，佛祖释迦牟尼有他自己的咒语，观世音菩萨又有他另外的咒语。那些师父将把纸上印的不同佛像的咒语卷在一起，弄成很小很小的，或者说容量大的话就弄成稍微大一点的卷，小的话就小卷，然后就开始装。

　　给佛像装藏是藏传佛教习俗中不可或缺的一环。在藏传佛教看来，佛像如果是空心的就不能算是圆满的佛。所以，他们要在佛像的头部、胸部、莲花宝座里分别塞规定的经文咒语，各个部分的经文咒语都不能混淆。这份工作十分神圣，需要专业的喇嘛才能完成。除了装入经文和咒语，还要装入其他宝物。

　　尼玛：不仅仅要装这些经文和咒语，旁边还装了很多的藏香，还有五谷种子，比如青稞、米。还有我们平时说，我们可以从有些佛教圣地，包括印度，或者五台山，捡来一些土或者木头，把它作为一种圣地的礼物，装在这个佛像里面。

曾瀞漪：这位师父，可不可以拿过来让我们看一下？谢谢。这里就是装了青稞。

尼玛：已经装完了嘛。这不是青稞，这是藏香，五谷种子在这儿。

曾瀞漪：这个待会儿还要再装进来吗？

尼玛：已经装好了。这个是把好多珊瑚、钻石、玛瑙粉碎，叫作五宝粉，也可以装在里面，一点点，不是很多。

精心装藏之后，佛像还要经过描金、开光等一系列程序才能成为圆满的佛像，再由信徒请回家供奉。佛像的制作精美考究，不但是宗教用器，而且是精致的工艺品。所以许多并不信佛的游客也会请回家作为纪念。

曾瀞漪：大昭寺已经有1300多年的历史了，现在你们有什么新计划吗？

尼玛：我觉得这样的，一个是因为我们祖先好不容易给我们留下了这么辉煌的一个文化遗产，因为现在可以说，不仅包括藏族在内的中国，甚至整个世界都认为拉萨是世界上精神旅程上的最后一个终点，也就是世界上仅剩下还没有被污染的净土。所以如果好好地保护的话，不用说对我们一个藏民族，对整个人类都是一个很大的贡献。

曾瀞漪：也就是说，你们希望在今后，至少能够为宗教留下更完美的净土。

尼玛：对。

大昭寺占地共2.51万平方米，建筑宏伟壮丽，在教派纷繁的藏传佛教里，它却始终是各教派共同崇奉的圣地。

拥抱神圣

○

　　人们习惯上把以拉萨为中心的西藏东南部称为前藏，把以日喀则为中心的西南部称为后藏。现在，队员们辞别前藏，往后藏进发了。

　　曾瀚漪： 这个地方叫涅唐，我们看到后面这个佛像就叫涅唐佛像。这是我们出拉萨之后，看到的第一座在山边的大佛。到达这个地方，大家都觉得很兴奋。我们同事说，前方其实还有更好的景色，所以我们现在稍待一会儿，更多更好的景色还在后面呢。

　　从拉萨到后藏的首府日喀则有一条沥青路，汽车行驶只需要 4 小时，但我们却选择了崎岖的老路前往日喀则，为的是沿途拍摄圣湖和雪山。我们要拍摄的圣湖是西藏三大圣湖之一，叫羊卓雍措，长数百千米，水面面积 638 平方千米，藏胞们说羊卓雍措是天上的一位仙女下凡变成的。

　　曾瀚漪： 西藏探险之行现在来到海拔 4000 米的羊卓雍措，是西藏三大圣湖之一。这里景色非常地分明，距离这里有 80 千米远的雪山叫作念青唐古拉雪山。据说，去年日本的登山队伍曾经登过这座雪山。现在我感到非常地寒冷，而我的头也觉得非常地痛。我们从拉萨带来的这个温度计都已经失效了。待会儿我们还会经过雪山的山脚，想必那时候更冷了。

　　站在岗巴拉山顶上，只觉得空气稀薄，经过这里一定得戴手套，否则指头都会冻僵。远方有一个圆圆的建筑，是全中国海拔最高的一个雷达站，也就是岗巴拉雷达站。所有到达西藏的飞机都得靠这个雷达站来导航。每个经过岗巴拉山上的人，都会堆几个小石子，希望能保一路平安，因为这条路非常地惊险。

　　往石堆上垒石祈求平安，这个做法来自玛尼堆[1]习俗。藏胞将一段经文或者是六字真言[2]，又或者是佛像刻在石头上，放在路旁，日积月累就成为一堆堆不动的经文。后来人们经过玛尼堆，只要往上面垒石头就等于念了经文。按照当地的习俗，我们工作人员利用集体的劳动力，垒起来一个小石堆，希望这一次的西藏探险之行能够非常地平安。

　　曾瀞漪：现在终于到了羊卓雍措的湖边了。非常好玩的是，我们现在碰到一群绵羊在那儿，它们可能在喝水，不过我们可以看到水面都已经有点结冰了。

　　藏胞对羊卓雍措充满了感情，当地民歌唱道"天上的仙境，人间的羊卓，天上的繁星，湖畔的牛羊"。虔诚的信徒每年都耗费一个月左右的时间骑马绕湖一圈，这等于他们到拉萨朝圣一次。

　　在这样的季节里，没想到还能遇见可爱的羊群，还跟老羊倌合演了一出鸭子听雷[3]的小戏。可惜，我们到这里的时候是一年里最寒冷的季节，没有福气见到禽鸟戏水的美景。据说，羊卓雍措还是野生禽鸟的乐园呢。

1　在藏传佛教地区，人们把石头视为有生命、有灵性的东西。玛尼石是藏族的传统民间艺术，即在石头上刻有六字真言、慧眼、神像造像、各种吉祥图案，以期祛邪求福。玛尼石并没有统一的规格和形状，可组成为有灵气的玛尼堆或玛尼墙，在西藏各地的山间、路口、湖边、江畔，几乎都可以看到。

2　即六字大明咒"唵嘛呢叭咪吽"，源于梵文，藏传佛教把这六字看作经典的根源，主张信徒要循环往复吟诵，才能广积功德，功德圆满，方得解脱。

3　俗语，和早年的台湾农村的生活习惯有很大的关联。养鸭人将鸭子赶到刚收成后的田地吃剩下的稻米谷粒，由台湾南部慢慢吃到北部，当鸭群抵达桃竹地区时差不多是春雷响起时节。当整群的鸭子被雷吓着时会抬头静止一动不动，这种景象便是"鸭子听雷"的由来。

曾瀞漪：目前这里海拔已经有 5000 米了，这儿就是我们刚刚提过的念青唐古拉雪山的山脚下。

念青唐古拉雪山的海拔非常高，比我们刚刚到过的岗巴拉山顶还要再高一些。山风凌厉，呼啸而过，我们不由得气喘，不要说是我们这些第一次到这里来的人了，生活在这个地方的人呼吸都是非常辛苦的。这个地方是万年冰川，因为是冬季，所以视野所及只有我们的车队。

导游告诉我们，平常在夏天的时候，这里是旅游旺季，游牧民族还会带着他们的牦牛在附近供游客们拍照。而这万年冰川相当难得，若仔细地看，还可以看到它的丝丝纹路，相当地精彩。站在山前甚至让人有了想拥它入怀的感觉，不过不知道拥抱它，到底是会跟它粘成一块儿，还是跟它融成一体？

虽然辛苦，但我们心头都有震撼，原来接近神圣的感觉居然这么美好。

扎什伦布寺 [1]

车辚辚，风萧萧，告别了雪山，我们向扎什伦布寺进发了。半路遇到一个居民区停下来休息的时候，当地很多居民因为好奇围了过来。

曾瀚漪：这是不是你们的衣服？是不是你们平常穿的？
当地居民：就是。
曾瀚漪：那像这样的衣服，你们什么时候才穿呢？
当地居民：衣服？常穿。

藏族同胞的服饰缤纷多样，地区之间有差异，牧民的跟农民的也不一样。我们的女主持人入乡随俗，穿上了后藏女性的典型盛装，但不是牧区女性的服饰，而是当地文工团的舞蹈服，所以它比普通后藏女性的服饰更华美富丽一点，就连当地的女藏胞看着也觉得稀奇。

扎什伦布寺藏语的意思是"吉祥山寺"，位于日喀则近郊山路，是藏传佛教格鲁派 [2] 在后藏的第一大寺庙，也是历代班禅额尔德尼的驻锡地。

1　扎什伦布寺是西藏最大的寺庙之一，与拉萨的哲蚌寺、色拉寺和甘丹寺以及青海的塔尔寺和甘肃南部的拉卜楞寺并列为藏传佛教格鲁派的六大寺庙。
2　格鲁派是中国藏传佛教宗派。格鲁，藏语意即善律，该派强调严守戒律。又因该派僧人戴黄色僧帽，所以又被称为黄教。

曾瀞漪：我们现在看到的大殿，就是安放五世到九世班禅额尔德尼合葬的灵塔殿。另外在我的右手边，还会看到一个大殿，就是一世达赖喇嘛的一个殿堂。由于扎什伦布寺是由一世达赖喇嘛兴建的，因此，在他圆寂之后，寺方就将他的头盖骨供奉在这个地方。

一世达赖喇嘛是扎什伦布寺的创始人。达赖和班禅都是藏传佛教格鲁派的大活佛。"达赖"的意思是"超凡入圣、学问渊博的大师"，1653 年经顺治皇帝正式册封之后确定下来。"班禅"的意思是"大智大慧的大学者"，1713 年由康熙皇帝按达赖喇嘛历正式册封之后确定下来。

曾瀞漪：你们是从什么地方过来的？

朝圣者：从青海过来的。

曾瀞漪：从青海到日喀则扎什伦布寺你们花了多少时间啊？

朝圣者：1 个月。

曾瀞漪：你们是走路来的，还是坐车来的？

朝圣者：坐汽车来的。

曾瀞漪：好像你们老老少少一群人都过来了。你们为什么要花这么长的时间，大老远地过来呢？

朝圣者：我们全心全意、真心真意为宗教来的。我已经48岁了，这是第一次，以前都没有来过。

曾瀞漪：所以您是 48 年来第一次来到这里。也就是一生当中，至少得完成这样的一次心愿是不是？

朝圣者：是。

像这位来自青海的藏胞，48 年来第一次来到日喀则朝圣，这种现象在西藏以外的藏胞中普遍存在。他们把平生的积蓄都攒着，耗费几个月，甚至几年时间，不远千里，一路磕头而来。

曾瀞漪：扎什伦布寺还有一个世界之最，位于寺的西侧，叫作强巴殿，或者叫作弥勒佛大殿，有世界上最大的镀金铜佛像。

弥勒佛在藏区又叫强巴佛，扎什伦布寺里的这一尊强巴佛像是世界上最大、最高的弥勒佛室内铜像，身高 26.2 米。修建这尊铜像花费了 270 多千克黄金，11.5 万多千克铜，由 110 位工匠在 2 年内完成。

普次仁（日喀则地委宣传部部长）： 袈裟花了 3300 多米缎子，是世界上最长、最大的一件袈裟了。

曾瀞漪： 也就是说，强巴佛是由九世班禅在 1914 年铸造完的。

普次仁： 对，大家看一看，这就是莲花宝座。

曾瀞漪： 哦，也就是说，强巴佛就是坐在像这样的莲花座上面。

普次仁： 3.8 米的莲花座。

曾瀞漪： 身后好像刚好有一群信徒跟着过来。也就是说，信徒到扎什伦布寺来一定会到强巴殿来看一看。

普次仁： 对。

曾瀞漪： 先来看一下强巴佛的鼻孔，他的鼻孔的宽度，一个普通身材的成年人都可以爬进去。

西藏的文化从 7 世纪到今天，一直没有断层，各寺院里的财宝文物极少遗失，寺院的殿堂大都保留着几个世纪前的原貌。是全体藏胞始终不渝的宗教信仰呵护了西藏的文化。

曾瀞漪： 这里是十世班禅的灵塔，也是扎什伦布寺最大的一个灵塔。扎什伦布寺十世班禅的灵塔一般都没有用金子打造，只有这个地方是唯一一处用金子打造的。

十世班禅的灵塔也是无价之宝。为了修建这座灵塔，仅是中央政府就拨款 6000 多万元，黄金 600 多千克，白银 200 多千克，而西藏寺院里的灵塔和佛像也多用珍贵的玛瑙、钻石等镶嵌。其中，有许多是来自民间的供奉。

曾瀞漪：在十世班禅灵塔殿堂的周围，我们还可以看到很多的纪念品，像这个呢，就是信徒们自己皮带上的银饰。除了这些纪念品之外，还有一个很特别的地方。我们看到有很多支笔插在这个地方，据说很多小学生特地将平常自己用的笔带到这个地方来，插在这里，祈求班禅让他们能够安然通过考试。

西藏的财富可以说都集中在各个寺院里，不仅包括了各类文物财宝，还有年轻的劳动力。

曾瀞漪：措钦大殿是扎什伦布寺最早的建筑，是由一世达赖喇嘛亲手创建的，已经有 500 多年的历史。其间经历过第一任住持到第十五任住持，之后，四世班禅额尔德尼回到这个地方，主持政教工作，从此扎什伦布寺就变成历代班禅额尔德尼的驻锡地了。我们先看看他这儿的宝座，也就是历代班禅大师讲经弘法的地方。

普次仁：这座宝座平时是根本不打开的，昨天是藏历 11 月 21 日，是十世班禅圆寂 11 周年纪念日，所以打开瞻仰班禅大师的遗容。人们用宗教的形式来悼记、朝拜、供奉。

曾瀞漪：今天我们很难得可以看到这个宝座，上面显示的是扎什伦布寺要纪念十世班禅大师圆寂的日子。

普次仁：对。

每一片土地都有自己独特的文化，西藏的寺院蕴积着雪域佛教的内涵，凝聚了藏民族文明的精华。此次独特的西藏之行，让我们听到了这个古老民族深沉的历史回声。

一路向北

○

　　青藏高原是世界上最高的高原，号称"世界屋脊"，它由喜马拉雅山、昆仑山、祁连山以及横断山脉环绕，面积约 250 万平方千米，平均海拔 4000 米以上，是东亚、东南亚以及南亚各大河流的发源地。顺青藏公路一路北行，唐古拉山就横在了车队前面。

　　曾瀞漪：我们看到这个是唐古拉山口的标志，海拔有 5231 米。唐古拉山口这个路口是我们在经过西藏的旅程当中最大的一个关口，不仅海拔有 5231 米高，这里的温度目前在太阳底下也只有零下 25 摄氏度。车队抵达之后，很多同事或多或少都感到非常不舒服，很多人有高原反应，有人呕吐，有人是天天打点滴，也就是所谓的输液。而我们在穿越唐古拉山口之后，就即将进入青海，也可以说，西藏探险的平安之旅将告一段落。虽然我刚刚差点滑一跤，不过相信我们待会儿的行程还是会相当地平安。

　　在唐古拉山口上面，车队的同人一起升起了凤凰卫视的标志。

　　曾瀞漪：我们大家一块儿过来留个纪念吧，这个历史性的时刻一定要留个纪念。

　　众：马到成功！

车队走过青藏公路，离开青海，接着要穿越祁连山脉前往甘肃。没想到在短短 15 分钟内两次遇险。第一次是 1 号车急转弯不成冲上了斜坡。第二次也是一路上的经典镜头之一，4 号车不小心来了个冰上芭蕾，360 度大回旋。

不过，最后总算是有惊无险地到达了目的地——甘肃西北的阿克塞哈萨克族自治县。

曾濒漪：我们现在正式进入了阿克塞自治县的一个县城里面了，这个县城是在 1996 年才兴建的，目前这整个县城只有 7000 多人，而这个县城看起来非常漂亮，在我们沿路走过了青藏公路、青藏高原，还有阿尔金山、祁连山脉之后，这个城市给我们的感觉是焕然一新，多彩多姿，有点像漫画上面的颜色。不管是这里的民族服装，还是这里人们的笑容，都让人觉得非常温暖。我们现在再继续往前看，是哈萨克族人目前正在跳欢迎舞。我们看看他们的舞姿，非常有意思。

阿克塞与新疆交界，是甘肃省唯一的哈萨克族自治县，全县面积 3.3 万平方千米。居民们 1998 年起搬迁至此，迁居的居民 100% 住上了新楼房，并通上了天然气。阿克塞自治县共有人口约 7800 人，而这天出来欢迎我们车队的民众就达到 3000 人，并以民族的最高礼节相待，相当好客。

曾濒漪：我们来到了阿克塞自治县的政府大楼前，穿着他们亲自做的手工艺服装。我们充分感受到，这里是一个现代与传统交汇而且非常融合的地方。阿克塞自治县内的人口有将近 7800 人，而 42% 都是哈萨克族。在 1998 年的时候，他们搬迁到这个新县城。当我们来到这个地方的时候，这里的人民很高兴地告诉我们说，他们现在过的日子比以前好多了，因为在这里他们可以使用天然气，而且这里的生活环境比以前他们在当金山上的博罗转井镇的时候，情况要好很多了。

由阿克塞北上，我们的下一站是闻名遐迩的敦煌。

莫高窟

○

敦煌之所以迷人，令人向往，是因为在这寸草不生的祁连山下，在千里戈壁、浩海风沙之中，矗立着闻名于世的莫高窟。

曾瀞漪：我们现在进去的就是 16 洞跟 17 洞，这个地方就是揭开莫高窟神秘面纱的一个起始点。

樊锦诗（中国敦煌研究院院长）：我们现在进来的这个洞是 16 洞，我们现在进的是大洞，这 16 洞的旁边，我们现在看到的这个小门是藏经洞，这个地方的壁画画了很多菩萨。画师画的时候，都把整个墙用土坯封住，用壁画一路画过来。所以人们往往看到的是这么一个画，谁会料到这里头有什么洞呢？1900 年，阳历的 6 月 22 日，阴历的 5 月 26 日，偶然的一个机会，当时这个地方的一个道士叫王圆箓，他在清沙的过程中，偶然把沙清掉，清掉以后就发现这个地方有一个缝，用东西捅进去好像深不见底，敲一敲是空的，于是乎把这个壁画打开，打开以后见里头是一个门，再把门一打开，这里面是个洞，这个洞堆满了文献、艺术品和其他文物。

藏经洞里藏有公元 4 世纪到 11 世纪各个朝代的各种文书、文物近 6 万件。藏经洞的发现使敦煌的艺术瑰宝、历史档案得以重见天日，但也给它们造成了灭顶之灾。1900 年，中国发生了义和团运动、八国联军入侵等重大事件，清王朝的无能，造成五分之四的文物横遭掠夺，流失国外。

樊锦诗： 在藏经洞里头发现的这批 4 世纪到 11 世纪的资料，都是第一手资料，在中国的历史、地理、思想、文化等各个领域里起了补充甚至是重写某一个专史的重要作用。应该说，敦煌学是 20 世纪学术上取得的重大成就。而且不仅是我们中国自己取得成就，国外也在研究，成为一个世界性的课题。

敦煌莫高窟是中国现存规模最大、内容最丰富的古代文化艺术石窟，是古代建筑、雕塑、壁画三位一体的艺术宫殿，也是举世闻名的人类文化遗产和佛教艺术中心。莫高窟开凿于公元 366 年，已经开凿的洞窟有 492 个，展示了公元 4 世纪到 11 世纪中国的社会、历史图景。

曾瀞漪： 敦煌最出名的古代艺术就是莫高窟，但是在 21 世纪的现在也将出现一个敦煌现代石窟工程，地点就在敦煌市的十几公里之外，和敦煌市以及莫高窟形成一个三角鼎足之势，我现在就在这个地方。这里就是党河，而在沿岸连绵 1000 米的地方就会建立一个现代石窟工程。远方我们可以看到的是卧佛山，可以说在地理位置上面跟佛有很大的缘分。但是，这个现代石窟工程的构想究竟如何？是要创作一个完全与佛有关的艺术，或者是把现在五花八门的艺术都放在这个地方，还是会跟整个敦煌市的经济发展连接在一块儿，譬如说成为未来敦煌在莫高窟之外的一个旅游景点？

敦煌现代石窟艺术工程，是由中国敦煌研究院第一任院长常书鸿的儿子常嘉煌所构思的。常嘉煌就出生在莫高窟，他子承父志，潜心于敦煌学，并且独具匠心地在莫高窟附近开发敦煌现代石窟艺术工程，想创造现代人的艺术辉煌。

常嘉煌（敦煌现代石窟艺术工程策划人）： 在没有价值的地方创造价值，这是我的概念。我在敦煌，我对敦煌的一草一木、一山一水都有感情。另外现

在盖房用马赛克瓷砖、大理石等各种材料，但是我这些全部都用土质材料，用艺术家的作品来体现它的价值。所以比方说这个地方画一块画，我画1平方米，就抹1平方米的墙，只留下一个作品。这个东西它没有办法实现商品价值，它不能移动，这是我的想法。但是我母亲的想法就是复原201窟，完成他们一辈子的心愿。201窟他们搞了一辈子，也就是从我父亲到法国看到那批绢画之后就开始。现在我接下来了，我就要把它做下去，所以几十年一直这么做下去。

余秋雨： 你母亲的目标是非常明确的，就是做了那么多年的守护和保护工作以后，要在一个新的地方发表自己的研究成果，把它复原。而且好多游客也愿意来看一看。就是当年鲜活时期的唐窟是什么样子，大家来看看，这也很有意思。而且凿造的人也不是一般的画家，是半个多世纪以来把自己的生命和敦煌紧紧连在一起的人物，那么大家本身是愿意来看的，这个是很明确的。但也有一个问题，你的现代艺术的操作工厂，可能会受到一点点质疑。尽管在不毛之地做是可以的，问题就是，当年的敦煌是和很多人的聚集连在一起，聚集需要有很多的理由，比如说自然环境是理由，丝绸之路的一个点是理由，西域的东大门是一个理由，还有非常重要的理由是宗教热忱。就是世世代代的人都愿意在那儿开凿洞窟，在那儿表达自己的信仰，把自己的全部的精神寄托在这个洞窟里边，要有这个理由他们才锲而不舍，哪怕是一盏油灯，哪怕是再冷的天，他们也还是凿啊凿的。而现代的艺术馆有可能面临基本的精神理由已经失落的问题，所以我担忧：第一，人员的聚集程度；第二，聚集以后，他们投入的深度；第三，延续的长度，能够延续多久。这就是你会面对的一个考验。

敦煌现代石窟艺术工程的基本宗旨是让天下优秀的画家在延绵1000米的石窟里留下自己的艺术精品，光耀千秋，这是常嘉煌的梦想，无论人们怎么评说，他至今痴心不改，依然坚持着。

大漠丝路

○

车行大漠，风沙漫漫，我们正走在当年的丝绸之路上。现在驱车前往的是万里长城西端的终点嘉峪关，也就是说，我们正接近中华汉民族文明的象征。嘉峪关关城独立于大戈壁之上，墙垣挺立、楼阁高耸、飞檐凌空，雄视古代丝绸之路。在荒凉的戈壁滩上，修造如此规模的建筑，艰难程度是当今的人们很难想象的。

曾瀞漪：我们的车队来到了嘉峪关的门口，这是一个很重要的标志，因为嘉峪关是长城西部的起点，而车队在走过了几万公里之后，真的可以说已经是从奥林匹亚走到了万里长城。

在长城的关城中，嘉峪关是保存最完整的一处，这座关城始建于明朝洪武年间，在明朝，它是重要的关防，到了清末变成关卡，而今天，它张开双臂，拥抱了远方的来客。

曾瀞漪：入关了，我们真的进入了嘉峪关，这个天下第一雄关，在开平鼓队的欢迎声中我们充分感受到古代进入嘉峪关那种隆重的欢迎气氛。我们的车队获得一个金钥匙，每一个成员都获得了一个关照，所谓"关照"，就是进入嘉峪关之后要获得多多的照顾，关照关照，也就是由此而来了。确实，车队在经过的每一段途中，都获得了当地政府很多很多的关照，真的要谢谢他们这么关照了。

我们的祖先当年又为什么要在河西走廊的尽头，茫茫戈壁滩之中，丝绸古道之上，嘉峪山麓之下建关设卡呢？

余秋雨：这一圈走下来以后，就觉得过去我们身在中华文化中，并没有感觉到它有多么了不起，我们看到它的毛病很多，这 20 年来我们老是在寻找它的毛病，批评它的缺点，期待有没有可能寻找出一种更好的道路。在这儿看了以后，觉得我们的祖先其实还是很不容易的，他们这个文化选择避免了很多很多愚蠢的选择，寻找到了现在我们走了 6000 年的这个选择，真是要有点感激，感激我们的祖先，作为后代，不能那么轻狂地认为本来可以走另外一条道路，没那么简单，另外一条道路人家都走了，好像不如我们吧，这些都不如中华文明，中华文明的和平，中华文明的有序，中国儒学的那种弹性结构。但是我必须要讲一句话，时间越长，包袱越重，所以中华文明也带来了一个不好的结果，就是几千年的包袱压在我们身上，就有可能走得太累了。

曾瀞漪：是，另外一个方面，我们可以做一个总结，就是说，必须注意的是，历史不能割裂，但是也不能带着所有的包袱往前走。

余秋雨：对，一个远行者，哪怕包袱里边都是金银财宝，如果它已经压得我们喘不过气来了，它就已经成为一个非人性化的存在，我们还得清理它，不能因为它的珍贵就一直背在身上，没法走路，那怎么行呢？所以，我们还要以新的文明要求来面对 21 世纪。回想一下我们的路程，想到希腊是蓝色；后来我们进入埃及，是黄色；然后到了耶路撒冷、以色列，我们想到的是象牙色；在伊拉克，我们想到的是灰色；在伊朗大家都穿黑的，就想到了黑色；到了巴基斯坦，那真叫五花八门，什么颜色都有；印度呢，是棕黑色，而尼泊尔是绿色。我们看到绿色的时候，真是狂喜。

曾瀞漪：舒服极了。

余秋雨：舒服极了。我们其实没有看到任何文化的遗迹，我们就趴在车窗上看了几小时，看什么，看绿色，看人们在绿色下那么平和地过日子，小孩背着书包去读书，老人衣履整齐地去扫街。这使我们很感动，因为他们回到了人类最简单、最平和的生活状态。这对文明的创造是一种警示，就是我们不要没完没了地创造我们自以为非常重要的东西，改变了文明的自然状态。所以我想，对 21 世纪的文明，走下来我有一个结论性的感觉：可能文明的内涵要改，不是摆脱自然，而是走向自然。

曾瀞漪：跟自然完全融合在一块。

余秋雨：完全融合在一起，对。这其实和中国先秦诸子的哲学有点靠近，像老庄哲学。文明和自然要我选择的话，我一定选自然。

　　在距离嘉峪关 200 公里的地方，在巴丹吉林沙漠的深处，有一个中国航天科技中心，这就是酒泉卫星发射中心。沙漠深处本来荒无人烟，但是中国的航天人用了几代人的努力，在这里建立起沙漠里的绿洲。

曾瀞漪：我现在来到酒泉卫星发射中心的 2 号发射场塔下，这个地方可以说是中国航天史的一个起步，这么多年来，为中国的航天事业创下了赫赫的战功。到目前为止，它已经创下了 8 个第一，同时在这里已经将 33 颗卫星送上了太空，可以说发射成功率是 100%。而现在我所站的高度，离地面有 37 米。目前全部车队成员已经来到这个地方，我们把队旗放在这个发射塔上架的勤务塔上面。这样往下看，还看到我们的队员在下面，嘿，你们好！

　　在这里，视野非常地宽阔，可以看到附近的戈壁和沙漠的情况。而远方起伏的一片山峦是北山，也就是马鬃山。

曾瀞漪：当地的专家告诉我们说，这个新建发射塔必须建在风口上面，而今天来到这里天气非常好，虽然站在 37 米的高度，我们还没有感受到那种朔风野大的情况，2号发射场塔下可以说是中国第一代科学家智慧的结晶，他们在当时相当苦的环境之下，设立了这样的一个基地。

酒泉卫星发射中心不断创造了中国航天史上的第一：成功发射第一颗返回式卫星，成功发射第一枚导弹，成功发射了第一艘载人宇宙实验飞船"神舟号"。就在这里，中国人用"两弹一星"确定了自己在国际上核武器和航天史上的地位。

曾瀞漪：这里就是载人航天工程的发射场，俗称90号发射场。这里就是中国第一艘载人航天工程"神舟号"实验飞船升上太空的地方。其实，中国是世界上最早有飞天神话的国家，从嫦娥奔月到敦煌壁画——里面有很多飞天女神像的壁画——我们都可以看出，中国人对于飞天的幻想。而经过千百年之后，这种想法终于逐渐实现了。

Journey
of
Civilization

文 明 之 旅

中国·锦绣巴蜀

中华文明的开端，可能比我们知道
的要复杂得多，要宏大得多，永远会挖
掘出来各种各样的新的材料，使我们一
直处于惊喜之中。

——余秋雨

冬临九寨

○

　　郭滢：我们今天不着急赶路，咱们注意行车安全就行了。海拔在不断地上升，路面又比较复杂，所以咱们速度稍微慢点，没事。

　　马大立（香港四轮驱动车协会主席）：30 到 50 千米，停车的时候用 1 挡。

　　说这话时，我们所在的地方海拔在 3900 米左右。

　　看过了青藏高原的茫茫戈壁和皑皑白雪，没有想到出来后，依然是千山万壑、白雪皑皑。从甘肃去四川的路上，满眼是山，遍地是雪。峰托着岭，岭推着峰，车行其间仿若航行于海。群山重叠，就像巨浪腾空、海涛奔腾。

　　想象到这样的画面时，也许会有一种欣赏中国山水画的意境，但我们的车队在这样的山路上蜿蜒而行的时候，更多的是行路安全方面的担惊受怕。不过，刚刚从青藏高原出来，相比之下走在这样的路上还是轻松多了。

　　曾瀞漪：我第一次看到这么大的牦牛队伍跟马队，在我们的身边等着我们。我们首先看到的是他们沿路站在旁边撒着龙达[1]，然后他们就围着我们的队伍

1　藏语音译，又称"风马旗"。多印在布和纸上。其图形为：中间为飞马，马背驮有火焰宝瓶，四角印有龙、虎、狮、大鹏或以上四种动物的名字等。藏语中，"龙"即"风"，"达"即"马"的意思。藏族群众认为，龙达随风飘起与天神相见，代表人们向神灵表达自己的心愿。

行进。在这么冷的天气下，我们看到的不仅有中年男子，还有很多小朋友在附近，我问他们说冷不冷，他们说不冷。可以看出他们非常热情，非常感谢他们！

四川的西北部与甘肃、青海、西藏接壤，聚居着藏族、羌族同胞，我们进入四川的第一站是阿坝藏族羌族自治州北部的若尔盖县，为了欢迎远道而来的车队，当地的官员走了三天三夜，把分散在各处休牧的人马召集在一起，一共有400多匹牧马和牦牛前来欢迎。

自若尔盖向东南而行，就是著名的九寨沟。九寨沟因为里面坐落着9个藏族村寨而得名。实际上，这里还有羌族同胞，羌族跟藏族、汉族的关系密切，羌族语言属于汉藏语系藏缅语族，而文字又通用汉文。

盛情难却，曾瀞漪为主人清唱了一首老歌《绿岛小夜曲》，热情的主人向她献上哈达，表示赞赏。哈达是一种生丝制品，藏族同胞认为白色象征纯洁吉利，所以哈达一般是白色的，但也有五彩的。献哈达是藏族同胞最普遍的一种礼节，婚丧节庆、迎来送往、拜会酋长、进见佛像等，都要献哈达。

关于献哈达的由来有许多说法，我们听到的一种说法是，汉朝的张骞出使西域，路过西藏，向当地部落首领献上丝帛，当时的汉族地方以丝帛象征纯洁的友谊，但并不存在献丝帛的礼仪。而藏族部落首领认为，这是一种很大的礼节，就把它固定下来，沿用至今。

九寨沟是旅游胜地，接纳了众多从四面八方赶来的游客，经验丰富的主人特别安排了联欢晚会，来欢迎我们的车队。四川有线电视台派出摄影队专程从成都赶来，与凤凰卫视共襄盛举。双方玩起了"大象拔河"的游戏，凤凰卫视与四川有线各派一名代表上场。

主持人：开始准备进行比赛，请两位选手入场。听我的口令好不好？

裁判：预备，转身。

主持人：好，现在请两位选手稍等一会儿，看一下你们的目标，你们要发现你们的目标，这样拉起来才有劲儿，请你们抬起头朝前看，你们前面的目标就是两位新娘。你们一定要跪倒在姑娘的石榴裙下，然后要牵住她的裙边这样子才算获胜，请两位听清楚了。好，听裁判的口令。

裁判：一、二、三，加油！

最后是凤凰卫视出场拔河的"大象"张瑞杰胜出，赢得了大家的祝贺，而输掉的四川有线的"大象"也得到同伴的安慰。

曾瀞漪：小张告诉我们说，一路上他希望能够碰上一个姑娘讨来做媳妇，今天晚上终于成真了。

原来"大象拔河"只是一个序幕，好戏还在后头，胜出的"大象"居然还赢得了一个媳妇，真有点让人喜出望外，没有上场拔河的小伙子们未免都悔不当初。

曾瀞漪：在这个花开时节，我们的司机张瑞杰最幸运了，因为他今天晚上终于完成了讨媳妇的心愿了，我们看看小张怎么跟他媳妇见面。请他揭开姑娘的红盖头。一、二、三……

祝福两位相亲相爱，现在就到了入洞房的时间了，朋友们，请我们的新郎背上他的新娘入洞房。

幸运的"大象"张瑞杰到了关键时刻，竟然还有点腼腆，本来只是为旅游添乐的即兴节目，因为他的害羞反而变得像真的一样。

把"新郎"和"新娘"送进了"洞房"，接下来就是大家欢庆，跳锅庄是最流行的一种欢庆舞蹈，这种舞蹈在西藏的昌都以及四川、云南的藏区叫"锅庄"，在拉萨、日喀则一带叫"果谐"。"锅庄"最早是因为围着火塘转圈而得名的，跳锅庄的人数不限，不要伴奏，也不要化妆，大家排列成行，手拉着手，臂连着臂，围成圆圈，且歌且舞，节奏轻快。藏族同胞跳锅庄可以从日落跳到午夜再到日出，他们用这种集体欢乐的方式消除劳动的疲劳，也是一种社交活动。

曾瀞漪：各位乘客大家好，欢迎乘坐九寨沟的环保观光车，本区使用环保观光车，最大的好处就是可以保护这里的生态环境，因为每年进入这个风景区的车辆架次如果不控制的话，可能会高达 2 万多，如此一来，他们的喇叭噪声会吓跑这里的动物，同时也会影响这里的空气。环保观光车使用的是液化石油气，它可以有效降低 56% 的二氧化硫排放量，也可以降低 92% 的一氧化碳排放量。至于它环保到什么样的程度呢，相信各位待会儿下车之后就可以从空气的品质中闻出来了。

告别喧嚣，我们进入了一个空灵、宁静的世界。九寨沟本是岷山山脉万山丛中一条普通的山沟，纵横 660 余千米，海拔 2000 米以上，周围群峰耸峙，雪峰数十座。

曾瀞漪：黄山归来不看山，九寨归来不看水。水是九寨沟最重要的组成元素，也是最重要的观光资源。来到这里，不管是春夏秋冬，都可以看到这里的湖泊，也就是所谓的"海子"，有不同的色彩。这里的动物、植物也都是靠这么纯净的水成长的，当然居住在沟区的人们也就是靠这么纯净的水而长久地延绵下去。

九寨之水将100多个高山湖泊像珍珠般地串联起九寨沟，九寨沟的沟势逐渐下降，形成台阶式河谷，飞瀑倾泻、滩流纵横，绝世无双的景色成为全世界同类景观中最美丽的一处仙境，也因此，九寨沟有了"童话世界"这样名副其实的美誉。

泽仁珠（九寨沟管理局局长）：主要是里面这条沟比较深，有50千米，通过高山的水和泉水连在一起，又通过100多个"海子"把它沉积下来。更重要的是，它的植被覆盖率很高，像我们初步统计有85%的覆盖率，加上其他的植物，都达到了90%以上了，所以这个地方的水保持了它的纯净。

这个享誉中外的人间仙境曾经有过生死劫难，近千名伐木工人在这里挥动利斧，把森林变成原木运往沟外，造成了山洪和泥石流倾泻。湖面也越来越小，湖水越来越浅，当地的百姓呼吁抢救，而千里之外北京的官员也是心急如焚、卧不安席，经过志士仁人多年的奔走呼号，人们终于开始认识到了保护九寨沟的紧迫性。

泽仁珠：没有治理以前危害还是比较大的，一个，它危害湖泊，使湖泊慢慢地被填充。从这个地方可以看到，这里以前有一些被填了下去，这一部分就属于冲积的。

曾瀞漪：所以，原本这些湖面应该是更宽的。结果经过泥石流冲刷以后湖泊面积缩小了。

泽仁珠：对。所以现在治住了以后，地面都已经看得到了。再一个，以前游客来到这个地方都怕下雨，下雨了以后我们走的这条道路就不通车，我们的游客也没有安全感，所以后来我们开了一个700平方千米的范围。这15条沟有泥石流的迹象，我们进行了治理。

20多年来，九寨沟的生态环境治理始终未曾松懈，共有50项8种不同的治理工程，特别是九寨沟独创的缝隙坝、栅栏坝、拦沙滤水坝，不但消除了泥石流对九寨沟的威胁，同时还增加了与自然环境协调一致的人文景观。

泽仁珠：泥石流治理工程由两个部分组成：一个部分是工程治理，我们做了各种各样的坝；另外一个就是恢复植被，这个地方做了坝以后，树很快地长起来了。假设以后少量地来一点水，水土保持也比较好。所以我们从两方面来保护九寨沟的景观、道路，还有游客的安全。

九寨沟里生存着国宝大熊猫和金丝猴。有人说，这正是九寨沟如今得以全力保护治理的原因之一，也有人说并非如此，但无论是什么原因，保护和治理九寨沟都是中国人对世界的一个重要贡献，也是今天的中国人对后代的无量功德。

曾瀞漪：像离我们很近的这个树林，高度差不多几米呢？

泽仁珠：长得比较快一点的都3米了。

曾瀞漪：3米需要多长的时间才能够长起来？

泽仁珠：现在都有10年了。

曾瀞漪：10年才能长3米。现在我们看到远处比较稀疏的那一块也都是栽种了差不多10年的树林。

泽仁珠：远看好像矮小一点，如果走近看，还是有1米多高，现在长得还可以。我想再过两年，所有的九寨沟的空地，包括以前的农耕地，都会栽上树，所以我们现在植被的覆盖率每年都会提高。最初采伐的时候植被没有达到一半，现在已经达到 85% 了。我们自己感觉，这几年第一是把护林防火放在第一位，我们已经 21 年没有森林火灾了。第二，我们大大地提高了景区的植被覆盖率。第三，我们现在还得继续做的就是保护九寨沟比较稀有的濒危植物，准备建立植物园。

九寨沟山势峥嵘，阳光下层层叠叠的树林在白雪的背景中呈现为黑褐色的泼墨画。正是冬天，九寨沟森林里万籁俱寂，在一片静谧之中，路边和树上的积雪均匀清白，令人感到宇宙的清寒、壮阔与纯洁。

曾瀞漪：目前在九寨沟这个地方驻有 1000 多名居民，他们多是藏族，还有些羌族，在 1000 多个居民当中，有一半的劳动力是做保护森林的工作，而另一半是做旅游服务业的工作的，我们的车队正在跟当地的居民联欢，我们再一起跳跳舞。

其实历史上 1000 多年或者更长的时间里，九寨沟就犹如养在深山人不识的美人，不被外界人士所发现。自 1984 年正式对外开放以来，这里就成了世界瞩目的旅游热点。

高低水影无尘，上下天光有色，九寨沟之美很难用语言文字来形容，它兼有雪山之美、森林之美和湖泊之美，真是天生丽质、水秀山明。面对如斯美景，我们作为中国人也深切感到保护九寨沟责无旁贷。

泽仁珠：当然我们搞旅游还有很多的规定，比如说，在核心区不能投资建饭店，再一个，不能把易燃易爆物品带到保护区来。当然，我们这个地方有一个最大的特点，就是说一开始开展旅游的时候，我们就知道会有一定的污染，所以我们发动了以当地的居民为主的环卫队伍，这样可以保证对它进行一些动态保洁，能够使游客也感觉比较干净。

曾瀞漪：来到九寨沟，最大的感受就是空气非常地清新，很舒服。当地导游告诉我们说，由于这里的含氧量非常高，可以到这里来洗肺。可以看出，广大的森林植被对人体健康有多么大的帮助。从前有人说自然生态保护区不能够让游人进入，但是九寨沟用它的实践证明了发展旅游与环境保护并不矛盾。

"春来江水绿如蓝"，我们到访的季节虽不是春天，而是深冬，但这里的湖水却像江南春季的江水那样绿莹莹。1978年，国务院发布文件，把九寨沟列为以保护自然生态环境为主的国家级自然保护区；1982年，九寨沟成为国家首批重点风景名胜区；1984年，九寨沟正式对外开放；1992年，联合国教科文组织将九寨沟作为自然遗产列入《世界遗产名录》；1997年，九寨沟又被纳入世界人与生物圈计划。迄今为止，世界上只有九寨沟同时获得这两项世界级殊荣。

千秋天府

○

　　夜幕低垂，车队进入了都江堰市，这里的城市夜景，不像别处那样五彩缤纷、耀眼喧闹，而是一片静谧的绿色，散发出世界水利名都独特的幽光。

　　都江堰坐落在成都平原西部的岷江上，位于四川省都江堰市城西。它是中国建设于古代并使用至今的大型水利工程，被誉为"世界水利文化的鼻祖"，通常认为，都江堰是由秦国蜀郡太守李冰及其子率众于公元前 256 年左右修建。

　　曾瀞漪：现在我就在都江堰市里面，在都江堰大街上的都江桥附近，这条大街是都江堰主要的大街，全长 5000 米，而宽度有 80 米。对都江堰来说，这条街道的布置非常美丽，当车队进入都江堰的时候，我们马上感觉到焕然一新，觉得好像进入一个文明城市。

　　2000 多年前的战国末年，在蜀郡太守李冰父子的组织指挥之下，当地人在距离成都约 60 公里的地方，开山凿石，将岷江分成内外两江，外江是岷江主流，顺原路经灌县[1]、乐山，到宜宾，进入长江。内江是人工渠道，经宝瓶口流入成都平原。都江堰既保证灌溉，又避免水患，造福农桑。

1　旧县名。

曾瀞漪：我们的车队到了四川之后阵容就变得非常庞大，而我个人的报道工作到四川这个地方也暂时告一段落，所以我现在就要把主持棒交给下一位主持人吴小莉。

吴小莉：我很想念大家，而且我知道大家好辛苦，你们到了很多冰天雪地的地方，即使到现在都还是很寒冷。我很高兴接下这一棒。之后我就要带大家去四川之外的地方，比如陕西、山西，最后要到万里长城，我们就要回家了。

曾瀞漪：我们香港再见！

吴小莉：我现在所在的位置是都江堰。都江堰所分的水是岷江水，我们这儿可以远远看到一个雪山的山头，一个白白的雪山山头。岷江水从那个山头上流下来，流到前面的分水的鱼嘴形区域就分为内江和外江，外江就成为岷江的主流，内江就是我身后看到的这个滚滚的河流。

2200多年以来，内江的水一直灌溉着成都平原，一个非常富饶的天府之国得以形成。事实上在岷江都江堰建成以前，成都有很多水患，有的时候还会有很多旱灾，直到都江堰建成，才把水患变成水利。

吴小莉：这个小小的、窄窄的水的入口就叫"宝瓶口"。李冰父子在凿建都江堰的时候，因为这里有一座山，为了让岷江的内江流向成都平原，所以特别在这里凿了一个宝瓶口，但是凿的时候非常地辛苦，因为那个时候既没有炸药，也没有火药，就只能用火烧山的方式。用热火烧了山之后就浇醋或者冷水，使得山有所松动，之后慢慢地凿，经过好几次这样反复的过程，使得山能够慢慢地被凿穿，最后才能够有这样的都江堰，这整个过程就用了8年。

站立在此，我们明白了，都江堰不仅是富饶了这个天府之国的水利设施，还是2000多年来活的古迹。它从过去只能灌溉100万亩，到现在可以灌溉到1000万亩，并且工程还在继续扩展当中，很多的当代李冰也在为成都平原而奋斗着。

都江堰治理者： 现在这个地方是整个都江堰水利工程的渠首部位，在这里，我们人为地就把这个江分成了内外两江。我们看到内江的河床比岷江外江的河床要低一些，按照水往低处流的原理，那么在水量小的时候内江进水就要多一些，占六成。而在夏天，岷江外江的河床比岷江内江的河床要宽一些，这个时候进水受河床宽窄的影响要比受河床深浅的影响大，于是在水流量大的时候，为了避免过多的水进入内江，对灌溉区造成水灾，所以外江进水六成，而岷江内江的进水只占四成。

吴小莉： 我印象最深刻的是你跟我提到的，都江堰很好的一点就是它有疏浚的功能，也就是排沙的功能，一般的时候有80%的沙已经往外江走了，使得内江非常干净，你可不可以告诉我们它是怎么个排沙法？

都江堰治理者： 是这样的，因为李冰选址的时候，选得非常地巧妙，整个都江堰水利工程处在一个大型的自然弯道上，处于一个反S型口，分水鱼嘴堤处于S型的第一个弯道口，飞沙堰是S型的第二个弯道口。两次利用弯道的目的是利用水流处在弯道的时候的特点。由于受离心力的作用，沙就被卷到了水的表层，这样一来就进入了河床比较高的岸。岷江外江的河床要比岷江内江的河床岸高一些，所以说受弯道流体力学制约，岷江外江排沙就占了整个岷江含沙总量的80%。再通过飞沙堰时，又排走了剩余部分的75%，也就是总量的15%，所以通过这两部分就排走了整个岷江含沙总量的95%。通过宝瓶口引流灌溉，整个川西平原的水流含沙量就仅仅占了整个岷江含沙总量的5%。

都江堰虽经千秋风雨，至今仍然造福于民。它设计科学、布局巧妙，能够无坝引水、自控流量、自动排沙、自流灌溉。它显示了我们祖先的智慧和勤劳，成为世界水利工程史上不朽的力作。

吴小莉： 来到都江堰我非常高兴，除了我在地理课本上看到的故事之外，更重要的是，我看到它现在仍然是一个活的工程，因为它仍然在滋润着成都平原。而对中国很多学水利工程的朋友来说，这里正是一个水利工程的圣地，大家都来这里朝圣。当然印象很深刻的就是开创这项工程的李冰，我去看了二王庙，李冰是一个古时候的人物，对四川的朋友来说，这是一个神话人物，这在中国历史中是非常特殊的一点。相信这也是因为李冰在这里治水有 40 多年的历史，同时他从来不愿意离开这里，即使他有升官的机会。我看到了二王庙李冰像之后，感触很深的是，当一个人对他自己喜欢的事情、对自己的专业非常执着的时候，不但可以造福自己，也可以造福后代万世。

都江堰市地处四川盆地边缘，是青藏高原向盆地跌落的"第二台阶"，不仅自然风光秀美，文物古迹也星罗棋布，是岷江文化和中原文化交融汇聚之地。浓郁的藏族、羌族文化，厚重的水文化和道教文化，丰富了这座全国历史文化名城的内涵。

侯雄飞（都江堰市市委书记）： 都江堰市以都江堰水利工程而闻名，都江堰市的建设又有助于都江堰水利工程。21 世纪的都江堰市——我们正在谋划它发展的方向——应该是建成全国一流的生态文化旅游城市，这和我们申报世界文化与自然遗产是非常吻合的。这个城市有它非常独到的特色，就是山、水、城、林、堰融合在一起。我们要充分发挥这个城市的特色，尽量把这个城市建得更漂亮，具体说来，就是希望我们这个城市"城在山中，水在城中，路在绿中，人在花中"。

这是一座古老的城市，闪烁着古代文明的光芒；这也是一座年轻的城市，飘散着现代文明的芬芳。

峨眉金顶

○

都江堰城南 17 公里的地方，坐落着道教名山青城山 [1]。相传在东汉末年，汉初名将张良的第九代孙张道陵弃官到此传教布道，自称天师。四川人认为张道陵创造了道教，青城山是道教的发源地。

吴小莉：这是青城山的滑竿，有一首歌唱道"青城山的滑竿颤悠悠，挑滑竿的人雄赳赳"。青城山是中国道教的发源地之一，事实上也是最早的发源地，因为中国道教是传统的宗教，他的创始人叫作张道陵。他首先是在青城山这里传教的，所以我要上去朝圣一下。

青城山与江西的龙虎山、湖北的武当山、山东的崂山并列为道教四大名山，在道教体系中具有举足轻重的地位。这里山峰俊美、云雾环绕、名贵嘉木岁寒不凋，正合了道教清静无为、回归自然的主张。不过道教供奉的神并不是四川人所说的道教创始人张道陵，而是太清道德天尊、玉清元始天尊和上清灵宝天尊三位。他们是道教最高层的神团，形成"神光普照"之势。

1　古称"丈人山"，为中国道教发源地之一，属道教名山。位于四川省都江堰市西南，东距成都市约 70 公里，东北距都江堰水利工程约 10 公里，有"青城天下幽"之美誉。

吴小莉： 我们从都江堰所在的岷江上游现在来到了乐山大佛[1] 所在的岷江中游。事实上，这里是岷江和大渡河对冲的地方，所以在交汇处，即现在大佛的脚下有一个漩涡处，常常造成一些渔民经过这里的时候，船翻人亡。在盛唐时期，有一位高僧，叫作海通，他经过这儿的时候就大发慈悲心，为了减弱水势，立誓要建一个大佛。但是大佛兴建的过程也是相当艰辛的，一共经历了 4 个皇帝 3 代人 90 年的时间。而这整个大佛就是在崖壁上就着崖形开凿出来的，它高 71 米，是现今保存最完整也是最高、最大的一个户外的石雕，弥勒的坐佛。

峨眉山就位于四川省峨眉山市西南约 7 公里的地方。

吴小莉： 我现在所在的位置是峨眉山，目前只是在有 3099 米高的峨眉山的 2000 多米处而已，但是已经是冰天雪地了，难怪有人很形象地说，峨眉山的山顶是冰清玉洁的，我第一次看到这么多的雪和漂亮的山，我们队员里面很多人在这里很兴奋地要下来拍照留念。这是我们从深圳来的朋友，他是从很暖和的地方来的，你冷不冷？你忍受得住吗？

深圳的朋友： 行，但是我觉得在这里吃"冰棍"不用钱，大家一起吃啊。在那里要一毛钱一根，这里不用钱。

吴小莉： 这里的"冰棍"能吃，峨眉山的雪是很干净的。

在四川，与乐山大佛同时被联合国评定为世界文化与自然遗产的，还有峨眉山。一方面因为峨眉山是中国的四大佛教名山之一，另一方面它的风光也十分秀丽。

吴小莉： 就像秋雨老师所说的，在佛教传入中国之后，它除了被中国化、

1　位于四川省乐山市，岷江、青衣江、大渡河三江汇流处，依山临江雕凿而成，与乐山城隔江相望。乐山大佛是唐代摩崖石刻造像的艺术精品之一，是中国最大的石刻弥勒佛坐像。

艺术化之外，还被景观化了。比如说，释迦牟尼的 4 个弟子[1]——文殊菩萨、普贤菩萨、观世音菩萨以及地藏王菩萨——选择传经布道的地方都是这种风景秀丽的地点，像我身后所在的地点就是普贤菩萨传经布道的地方，相传他到峨眉山的第一个地点就是这里了，这儿叫作金顶。天气好的时候，金顶的上空就可以看到金光万丈，但是现在因为下了瑞雪，所以比较模糊。而且弟子为了纪念，就在这里建了一个华藏寺，我们一起来参拜一下。

山顶上的金顶佛殿是汉传佛教海拔最高的寺庙，从唐宋到明清时代，千余年来，佛教在这里繁盛不衰，大小寺庙达到百余座，成为中国著名的普贤道场。保存到今天的名刹也还有 20 余座。

峨眉山跟其他佛教名山一样，除了是佛教圣地之外，更是旅游名山。在好天气里登上金顶，可以看到云海、日出和佛光三大奇观，对普通人士来说，观赏这三大奇观才是他们登金顶的目的。

吴小莉：我们来到了金顶的华藏寺，里面供奉的是普贤菩萨，相传普贤菩萨在东汉的时候，有人看到他从西方的极乐世界骑着一匹白象来到了金顶，从此就在峨眉山讲经布道。而在四大菩萨当中，普贤菩萨被称为"行愿王"，因为他讲的，凡是你有了信仰和信念之后要靠着实践去完善它。当我们一行来到这个海拔最高的汉传的佛教寺庙之后，我们的心平静了下来。

这种平静，除了源自秀丽的自然风光和庄重的佛教氛围外，或许更多是因为我们所做的事是一种实践，是为了实践大家的梦想，所以我们的心里才能够如此踏实。

1　释迦牟尼有十大主要门徒，此处应为"汉传佛教四大菩萨"。

人河两相顾

○

　　我们的这趟旅程，走过很多宗教的圣地，也做过很多历史的追溯，而除此之外，一个重要的课题就是对于环境保护的思考。

　　吴小莉： 我们来到横跨了整个成都市的府南河边。六七年前的府南河，并不是我现在所看到的这个样子。那个时候府南河的沿岸可以说是棚户区，也就是贫民区，河道因为淤塞，只有20米宽，经过了拓宽工程和改造的工程之后，这条河道已经变成40到80米宽，而棚户区的居民已经迁到新的居所了，河道两岸现在是一片绿地和美化工程。

　　府河与南河合称府南河，是岷江流经成都市区的两条主要河流，已经有2300多年的历史。它在历史上曾经发挥过重大作用，被成都人看作"母亲河"，但后来被严重污染，蜕变成为藏污纳垢的"臭水沟"，成都市当局因此痛下决心治理府南河。

　　吴小莉： 我们现在看到的就是府河，刚才我们看到的是南河，这两条河是成都的母亲河，曾经有一段时间是非常污浊的，而且河道越来越狭小。
　　王荣轩（成都市市长）：是的。
　　吴小莉： 那么我们经过了什么样的整治工程，把它治理到如今这样的面貌呢？

王荣轩（成都市市长）：这两条河在以前是非常狭小的，污染非常严重，关键难题就是河两岸在棚户区里居住的 10 万多人，我们要实施这个工程，就要把这 10 万多人搬走，为此我们花了 1 年半的时间，修建了 24 个居民小区，搬走这 10 万人，大概是 3 万多户。再有，我们修建了很好的河堤，用水利部长的话讲，叫作"防洪的铜墙铁壁"。原来每年洪水都要上岸，现在这个河堤修好以后可以抵御 200 年一遇的洪水，就是防洪没有问题了。还有，这里边走汽车的是内环路，内环路下边铺了 7 个管网，就是雨水、污水、自来水管道，还有就是电力隧道，光纤光缆的通信隧道，天然气管道，这样基础设施也改善了，两岸进行了规范的房地产开发，有了可靠的基础、可靠的保证。

治理府南河共投资 27 亿元，工程目标指向 6 方面：防洪、治理污染、安居、绿化、文化建设和道路管网建设。府南河的治理向世人昭示了这样一个道理，在现代城市的建设中，人类应该而且能够做到经济、社会和环境的协调发展。

吴小莉：可能 21 世纪的时候，人类要求的不只是有地方居住，而且是要有居住的品质，环境要非常优美，我们那个时候是解决了多少困难，才营造出这样一个环境优美的地方，也因此得到人类居住奖 [1]，您自己那时候的感触是什么？

王荣轩（成都市市长）：刚才我说过，首先要把这 10 万多人搬迁走，他们新的居住环境又要比以前大大改善，不要半途而废，弄个半拉子工程，这是一种担心。另外一种担心就是，干这么大的工程要花钱。钱从哪里来，能不能筹措得到，不要搞成"胡子工程"。这两个方面是最担心的，走着看嘛。作为政府，要为老百姓着想，要为老百姓办实事，当然办实事这么多年还是遇到了很多的困难，遇到了很多的坎坷，尽管有很多难处，把它干完了也是我们分内的事情，应该干的事情。干好了心里就感到比较欣慰，比较开心了。

1　即联合国人居奖。

吴小莉：初到府南河，我本以为它原就是这样一条美丽的市河，但是比照了六七年前的旧照片之后，我才发觉这之间的天壤之别，相信很多成都人都有同样的感受。在治理之初原本以为只是单纯地解决问题，比如洁净水资源，但是治理到现在，才发觉它还有环保、防洪、绿化、安居以及文化古迹保存等作用，治理府南河成为改造整个成都市生态和环境的大工程。

我是大明星

〇

从成都市区往北，一条达 10 公里长的熊猫大道，把车队引到了成都大熊猫繁育研究基地[1]，这个基地的研究方向是增加人工饲养大熊猫种群数量，通过野生训练和适应性过渡，最终将大熊猫放归大自然，去补充和重建大熊猫的野生种群。现在我们就要出发去看望其中一位明星。

吴小莉：这只熊猫几岁了？

陪同人员：8 岁。

吴小莉：摸它的背没问题吧？

陪同人员：不要摸耳朵就行了。

吴小莉：珠珠，你好！刚刚听说它的耳朵不能乱碰，因为它的耳朵比较敏感。

陪同人员：一般它的视力比较差，听力比较好。

吴小莉：难怪刚刚它听到我们的讲话，会转过头来看我们。但是它侧过头来看我们的时候，我们靠近，它是不是害怕了？

陪同人员：不会，人跟它比较亲近了。认生的就不行了，一般来说，熊猫还是比较憨厚温驯的，它不主动进攻，除了个别以外。

---

1   位于成都市北郊斧头山，距市中心 10 多公里，是中国大熊猫迁地保护的重要场所。

吴小莉：现在它转过来了，好可爱啊，但我不敢靠近它。我坐你旁边可以吗？我不会抢你的食物，我可以坐上去吗？

没有见过熊猫的人也许有一种观念，认为熊猫比较难饲养，因为它的食欲比较差，繁殖欲也比较差，不过我们却看到好几只熊猫都在津津有味地吃东西。

陪同人员：现在应该是早餐。今天因为有客人来，时间有点调整。它只喜欢苹果，其他的水果它不喜欢吃。

吴小莉：我可以喂它吃东西吗？

陪同人员：你可以拿一个苹果递给它。

吴小莉：它食量大不大？

陪同人员：一般吃竹子的话，它要吃10多千克到20多千克。

吴小莉：10多千克的竹子，一天是吧？没有分几餐？

陪同人员：最多的可以吃30多千克的竹子。个体不一样，食量大小也不一样。

吴小莉：我们现在看望的是珠珠，它有8岁了，经过很长时间的训练之后，珠珠已经非常温驯，愿意跟人亲近，因为它的消化系统在两岁多的时候并不是太好，所以造成了它的身体比较弱，虽然8岁了，但是只有66千克。珠珠非常可爱，它还会转过头来跟你撒娇，我觉得大熊猫真的是一种很值得保护的动物。

车队在成都期间，凤凰卫视控股有限公司在成都大熊猫繁育研究基地认养了一对孪生大熊猫姐弟，并将弟弟命名为"凤凤"，将姐姐命名为"凰凰"，合起来就是"凤凰"。这对孪生大熊猫姐弟可不像刚才跟小莉玩耍的珠珠，它们不是明星，平时很少跟人玩，野性很大，这也正是基地培育它们的目标。在将来的某一天，它们得回到大自然去，靠在基地学会的野地生存的本领自己谋生。

吴小莉：在这个成都熊猫繁殖和研究基地当中，有一个非常有名的母亲，它非常伟大，叫作"美美"，它一共生了几胎？

陪同人员：9胎，11只。

吴小莉：另外两位很伟大的母亲，一个叫辰辰，一个叫庆庆。现在我们看到的这两只是我们要认养的凤凤和凰凰，是凤凰卫视的干儿子、干女儿，我也希望它们成为我的干儿子和干女儿，它们是庆庆生的一对孪生的双胞胎，庆庆很伟大，它生了6胎，10只，而且全部存活。我们看到这只正在吃箭竹的就是凤凤，它是雄性。它正在吃它的早餐，所以不太理我。它已经有2岁半了，有92千克。另外一个跑得很快的就是凰凰，它是一只雌性熊猫，比较胖，有103千克。它乳名叫大双，为什么呢？

陪同人员：双胞胎中比较大的一个。

吴小莉：事实上凰凰是大一点点的，凤凤是小一点点的。"大双，过来"，它只会听四川话，是不是？小朋友你过来帮我一起叫。你几岁了？你8岁，你比它们大，不对，不对，熊猫平均寿命是30岁，它们现在已经算很大的了。

小孩：大双过来。

吴小莉：大双，过来……

小孩：小双，快点过来……

吴小莉：它不理咱们俩怎么办？它走了。

众：它觉得你太吵了。

吴小莉：双双，过来。越跑越远了。它们俩有什么特性没有？

陪同人员：好动，还好玩。

吴小莉：睡觉时间长吗？

陪同人员：反正一天要睡好几小时。一般是9小时。

大熊猫是中国的国宝，也是大自然赋予全人类的共同财富，200多万年前它们曾经十分兴盛，后来因为地球气候多次巨变，冰川来回扩张、收缩，北半球反复降温，使许多野生动物遭到灭顶之灾，而大熊猫却十分聪明地迁徙到四川、甘肃、陕西三省交界处的山谷里，利用秦岭和大巴山阻隔寒流，十分顽强地活到今天，为地球保存了 200 万年前动物的活化石。

中国政府和人民对中国特有的奇珍异宝采取了积极保护、竭力抢救的措施。全国先后建立起 14 个以大熊猫为主要保护对象的自然保护区，并在地理分布上把点状的保护区连成了岛状，又把岛状连成了片状，使大熊猫出入自由、悠然自得，种群逐步稳定并有所发展。据统计，目前我国的野生大熊猫已经有 1000 只。

吴小莉：我很高兴有机会来到成都大熊猫的基地，这一直是我的心愿。1973 年的时候，中国送给法国的一对大熊猫当中，有一只存活得比较久，遗憾的是，它在我们到达成都大熊猫基地的前一天去世了，享年 28 岁。大熊猫的寿命平均是 30 岁，目前存活最长、还在武汉活着的大熊猫有 38 岁。当凤凰卫视推出了保护濒危动物活动的时候，我选择做大熊猫的爱心大使，原因无他，就是大熊猫存活在这个地球上已经有 200 多万年的历史，但现在全国也只有 1000 只大熊猫。

大熊猫的生存状况不只代表了这种生物的生存权，更重要的是，它也让人类反思，人类和地球到底给它们提供了什么样的生态环境。

无字三星堆 [1]

○

　　据文字记载，古巴蜀文化是从西周才开始的，而且是从中原文化分支出来的，一直到 1929 年，一位广汉的农民在自家的田里头挖掘出了第一块玉器，随后展开了长达数十年的三星堆考古发掘和研究，而这项发掘和研究也使得古巴蜀的文化渊源向前推进了 2000 年。

　　三星堆遗址位于成都平原东北部的广汉市，1929 年被当地月亮湾的农民燕道诚发现。后来考古学家葛维汉在他的发掘报告中描述这里的地形时写道：有三个小圆丘，把它们视作星座，称这些土墩为三星堆，这就有了三星堆的名字。20 世纪 80 年代，专家先后两次对三星堆进行了大规模发掘，发现了房屋基址、灰坑和墓葬，以及数十万件陶器残片和玉石器。

　　吴小莉：这是一座青铜的人像，有 3300 年的历史，是属于商代晚期的作品。我们从它身上的造型可以看出，人像穿的是一件类似现今燕尾服的礼服，所以一般的考古的猜测和研究，觉得其可能是一个王，也可能是一位巫，也可能是一位王、巫和祭祀三位一体的角色。在其头部我们看到一个类似眼睛的造型，

1　三星堆遗址位于四川省广汉市南兴镇，是中国西南地区的青铜时代遗址，因有三座在成都平原上起伏相连的黄土堆而得名。三星堆文明上承古蜀宝墩文化，下启金沙文化、古巴国，前后历时约 2000 年，是我国长江流域早期文明的代表。

事实上就是跟巴蜀人非常有关系的太阳神的标志。太阳跟巴蜀人的关系也可以从其身上的雕刻中看出来，身上有很多类似眼睛的造型，事实上就是现在巴蜀的"蜀"这个字上头的"目"字，而其手上拿的这个东西，到底是什么东西呢？至今仍然是一个谜。

三星堆最令人兴奋的发现是坑中出土了多件形式各异的青铜人头像，以及其他各种铜器。2 号坑还出土了一件高达 2.6 米的青铜立人像。青铜是红铜与锡的合金。历史学家认为，哪个地方出现青铜制品，就证明那里的文明发展较早，他们还认定，世界上最早进入青铜时代的是美索不达米亚和埃及，开始于公元前 3000 年，而三星堆青铜器的发展证实川西平原在西周以前存在着古老的地方文化，在距今天三四千年以前就已经进入文明社会了。

陪同人员：在商代后出现了青铜文明，出现了国家，有宫殿。在这个时期，在这个政治中心的宫殿附近又修了一个城墙，主要是为了保卫政治中心。城墙的外侧可以分为四到五个部分，每一个部分都有一定的功能。我们看这个地方，下面这个黑色的土就是城外壕沟里面的淤泥。青色的土就说明这个壕沟那时经常灌满了水，后来这个壕沟被废弃了，不使用了，人们又在上面堆了土。

三星堆已经发掘的两座器物坑的年代有了定论，1号坑略早，大致是殷墟文化早期，2号坑较晚，大致是殷墟文化晚期，而最近发现的新坑和墓葬则相当独特，专家希望下一步能够发现宫殿和王陵。

吴小莉：这是真的骨骸吗？

陪同人员：这是真的。这个墓是很短的，人刚好能放进去。如果是一个活人下去的话，就会挤得相当紧的，要硬压下去。

吴小莉：这个样子的骨骸是成人吗？

陪同人员：是一个十三四岁的人。

吴小莉：是一个小孩。

陪同人员：这边是一个少女，骨盆要宽一些。我们看看这边，当时修房子，要在地面上挖一个沟槽，然后在沟槽里面立柱、做墙壁，这块土是后来填进去的，我们把它先清出来。这边是最近四五千年的陶片。

吴小莉：四五千年历史了，您说它是磨光陶？

陪同人员：这个是磨光黑皮陶。

吴小莉：三星堆的考古发现当中，有很多重要部分，包括城墙在内。我身后就是宫墙，顾名思义，它就是在宫殿附近的围墙。在宫墙下方，是一个房屋的奠基坑，我们发现在四五千年前，作为房屋奠基的牺牲品是十四五岁的一些少男少女。三星堆的考古研究的下一个重要目标就是要发掘宫殿的所在地。

根据最新发现的奠基坑，约略可以推算出宫殿的所在地是位于西方。

吴小莉：三星堆的考古发掘让我们发现了很多，但是同时也留下了很多的疑问。在我们行走的路程当中，我们发现很多文化上的疑问和谜，秋雨老师对于中国的文化和谜就特别有兴趣了。

余秋雨：中华文明的母亲河是黄河，但大概从晋朝开始，慢慢向南挪移，向长江挪移，挪移的原因是北方打仗和自然环境的变化。挪移到大概宋朝的时候，经济中心基本上就在长江了，但是有一个很大的疑问，长江流域原来应该是一个蛮荒地带，为什么挪过来以后，长江文明会发展得那么快呢？因为它有底座，但是这个底座到底是什么，文字记载不太清楚。所以我的家乡长江下游的河姆渡文化的发掘，让大家有些惊喜。

而河姆渡还只是在长江的下游，上游就是三星堆的挖掘。

余秋雨：挖掘出来以后，我们就看到了这个底座确实很古老，而且很扎实。但是这个底座，看了以后我们又觉得有好多好多问号，问号太多了，它的冶金技术怎么会是这个样子，它的整体工艺水平怎么会是这个样子，它的面具怎么会和我们中原地带的面具区别那么大，甚至有的像外星人，有的人还怀疑它是不是一个假的文物展示地。我来了以后基本上只有一个感觉，我觉得这是真的，作假不会到这个程度，比如说像这个地方都是假的，怎么可能呢？另外我感觉到，其实我们对巫文化了解不多，我们了解到的过去往往是比较可解读的、直接的。

中国历史上一直比较重视文字记载，也因此中华文明的历史是可以通过读史书了解的，什么东西都可以找到答案，什么东西都可以找到依据。但关于三星堆，却并没有什么记载下来的文字材料，因此对它的挖掘，反而又带出更多的谜。

余秋雨：关于这里，我们在历史书上找不到很多的依据，就像李白在《蜀道难》里讲的，"蚕丛及鱼凫，开国何茫然！尔来四万八千岁，不与秦塞通人烟"。我小的时候读觉得太神秘了，现在就知道神秘的原因就在于没有文字记载。我们在发掘现场时可以看到，文字是初级的象形文字，我们无法解读它的含义，古人也无法把他们的工艺技术告诉我们。可以想象，在秦始皇统一文字之前，中国很多文明大概就处于这种状态，很多文明由于它没有文字，埋到地下谁也不知道。所以从这个地方，我就想象，其实中华文明的起点，中华文明的开端，可能比我们知道的要复杂得多，宏大得多，永远会挖掘出各种各样的新材料，使我们一直处于惊喜之中。

这样的未知，让作为中华文明继承者的我们，对自身文明的起点和开端，始终保持着一种期待和惊喜。

Journey
of
Civilization

文 明 之 旅

Journey
of
Civilization

中国·长安荣华

黄河滔滔，秦岭苍苍，中华文明，山高水长。创始之初，尚有远邻，历数千年，逐一败亡。铁蹄废墟，衰草斜阳，此行考察，满目沧桑。唯我中华，巍然自立，历尽灾劫，多难兴邦。终逢盛世，百业俱兴，炎黄子孙，重铸辉煌。千载雄魂，再翔东方，告慰始祖，伏唯尚飨。

——余秋雨

明月栈道

○

走上了古蜀道[1]，仿佛就走过了一段段的历史。

吴小莉：我现在所在的位置叫作"朝天"，它的故事是这样的：在唐明皇躲避安史之乱的时候，他逃到了蜀地，所以中国的文武百官就到这里来朝拜天子，所以名为"朝天"。我现在走的这个栈道叫作"明月峡古栈道"，它建于先秦，在战国发展起来。明月峡古栈道可以说是历经沧桑而且几经修复。在西汉的时候，西汉的刘邦屈居汉王，他当时听了张良大将的意见，火烧栈道，向项羽表示，我不再跟你争天下了。之后，他又听了韩信之计，以明修栈道、暗度陈仓而一统天下。另外，在蜀汉时期，诸葛亮维修了这个栈道，在他北伐中原的时候，他的千万大军以及粮草都曾经经过这条栈道。

"蜀道之难，难于上青天"，李白的著名诗篇吟唱的就是这里。古栈道位

1　春秋战国时期，关中和蜀郡同称"天府之国"，两地人民相互交往的路线，统称"蜀道"或"秦蜀栈道"。此后经过 3000 多年开凿，现在广义上的古蜀道南起成都，过广汉、德阳、梓潼，越大小剑山，经广元而出川，在陕西褒城附近向左拐，之后沿褒河过石门，穿越秦岭，出斜谷，直通八百里秦川，全长约 1000 余千米。狭义上的古蜀道仅包括四川境内的路段，南起成都，北止于广元七盘关，全长约 450 千米，清风峡、明月峡、七盘关、翠云廊和剑门关等关口都在这一段。

于四川省广元市朝天区的嘉陵江明月峡和清风峡中，开凿于春秋末期，战国时有"栈道千里，无所不通"的说法。栈道是四川与陕西之间通行的必经之路，为秦统一中国打下了坚实的基础。

向导：古代人首先在这上面凿上孔眼，然后拴上木棒，上面再铺上木板，这样人马就可以通行。这样的孔眼历代都可以修复，逐渐形成了这样的栈道，而且它有多层，特别是越往下横梁就越短一点。越到下边，它就越靠近岩石，这样就起到分解力的作用。

吴小莉：那它是不是真的很牢固呢？我们发觉，实际上有几个像支撑点的地方，几经修复。在这个过程当中，是不是真的是一个非常牢固的栈道？

向导：在整个栈道里面，这个栈道算是比较牢固的，特别是它的孔眼里面还有小孔，就起到防止木棒往外滑脱的作用。

一眼看去，这个古栈道只有 2 米左右宽，蜀汉的千军万马当时又是如何从这里经过的呢？

向导：当时有一种特殊的工具，叫作"木牛流马"，那种工具特别适合在川北这一带的地形上行进，所以当时粮草和车马都可以在上面走。

吴小莉：最宽的时候多宽？

向导：最宽的时候有 2 米宽，可以并行。我们为了旅游开放，有些地方进行了修复，经过修复以后，大概是这种宽度。

吴小莉：当时这样的宽度就可以让千军万马经过了吗？

向导：就可以经过了。

吴小莉：我们来走走看，感受一下千军万马经过时的感觉。两匹马可以在这儿同时经过。

向导：对，两匹马。

吴小莉：诸葛亮可以骑在马上，看着嘉陵江。他们北伐是往那个方向去的。

向导：对，到汉中。

吴小莉：诸葛亮数次经过这里？

向导：北伐中原有 5 次，反正是有多次。

"古今多少事，都付笑谈中。"从三国到北宋，古栈道多次遭到破坏，又多次被修复使用。到了南宋末期，栈道废行，元朝初年，漕运代替了栈道的运输，陆路沿明月峡山顶朝天关通过。如今，108 国道和宝成铁路从峡中穿过，是现在的主要交通线，栈道的交通作用不复存在。现在的栈道是当地政府为开发文物旅游于 1989 年和 1999 年先后两次修复的，长约 450 米。

当年比"上青天"还难的蜀道，如今已经天堑变通途。嘉陵江航道、宝成铁路，还有天上的曾经只有飞鸟才能飞过的空中航道，使蜀道之难成为历史的记忆。

古人有诗说，朝天峡"不因天设险，何以控三巴"。意思是，如果没有这里的天险，巴蜀就难以控制。而今天的施政理念恰恰相反，是要打通一切通道，让里里外外的人们可以随意进进出出。

朝天区在川陕甘三省结合部，北倚秦岭，南俯巴蜀，东枕米仓，西接陇地，扼秦陇入蜀咽喉，素有"秦蜀重镇""川北门户"之称。朝天区的七盘关，从外省人的角度看，是入川的第一站。反过来看，它又是出川的最后一站。

吴小莉：我们已经来到了四川和陕西的省界交界处，我们现在要结束的是四川的行程。

车队要离开四川，前往陕西，朝天是必经之路。"朝天"这个地名的由来始于唐朝天宝年间，三国的时候叫"邵欢"。古代道路崎岖、地形险峻的朝天，如今已经变成蜀道上的一颗明珠。得天独厚的旅游资源，正在被开发出来，造福今人。自然景观和人文景观交相辉映，这个只有 20 万人口的古镇，就有来自大陆和台湾地区的 50 多家企业来落户，投资上亿元。

一边是朝天区的居民十里相送，一边是西安的朋友千里相迎，西安铁马越野俱乐部的吉普车发烧友们，专程赶到七盘关，来迎接我们的吉普车队。

向导：蜀道走了一部分，接着走的还是蜀道。今天有一个不太好的消息，或者说是一个具有挑战性的消息：昨天晚上西安和宝鸡都下了雪，有关人员正在勘查秦岭上的雪情，我们应该在明天晚上到达宝鸡，开始在陕西的活动。

马大立：开车尽量靠中间行驶，路边，尤其是右边，冰洞很大，下面这个弯一定要用低挡，路会很滑。

山上断断续续的积雪证明着秦岭的冬季，而路上却看不到雪，又见证了古代的蜀道如今车流畅通。

关中傲骨

○

按照三国时代的行政区划，如今陕西的汉中[1]在当时也属于蜀国。

吴小莉：汉中是张骞的故乡，他的墓也在这里。张骞被称为是中国，也是全世界最早的探险家、旅游家和外交家。他曾经两次出使西域，两次都是饱经艰辛。而第一次出使西域的时候，还曾经在匈奴被拘禁了 11 年之久，最远都到达了当时的月氏国，也就是现今的阿富汗。而第二次出使西域的时候，他的使节团更是远赴现今的伊朗、伊拉克，以及南亚的印度。

张骞是西汉著名的外交家和探险家，汉武帝派他出使西域说服西域人与汉朝合作，夹攻匈奴。虽然联合作战的目的没有达到，但张骞西行却沟通了汉朝与西域各国的联系，开辟了著名的丝绸之路。

张骞是汉中城固人，他的封地和墓地都在城固。城固是陕西汉中市下辖的一个县，秦朝就有了县治，而汉中在战国时代就设立了高于县级的汉中郡。由于这个地方夹在汉水和汉山之间，所以名叫汉中。汉中是陕西南部最大的城市，被誉为"陕西的鱼米之乡"。

吴小莉：有意思的是，就好像我们这一程，在国外很多的商场看到了"中

---

1 位于陕西省西南部，汉江上游，北倚秦岭、南屏大巴山，地势南北高，中间低，中部是中国著名的粮仓汉中盆地。

国制造"的东西一样，远在西汉的时候，张骞在现今的阿富汗的北部，也发现了来自四川的产品，于是产生了"开通西南夷"的梦想。张骞出使西域，是为了保卫家园的和平，比哥伦布探索新大陆早了1600多年，看来中国人探索世界的梦想从来没有间断过。

吴小莉： 我们来到陕西的第一站，就是汉中。汉中是一个盆地，后有巴山，前有秦岭。我们昨天已经穿过了巴山，车队穿越汉中之后，要前往秦岭，到达宝鸡。汉中当地有很多的朋友已经列队欢迎我们。宝鸡昨天已经下了场大雪，可想而知，秦岭现在也一定是冰天雪地，而山路非常地蜿蜒，非常危险。我们已经全副武装准备上秦岭。

汉中在陆地地理上介于秦岭山地和巴山山地之间，地势险要，自古是兵家必争之地。这种地理位置和优越的农业资源使汉中成为陕南政治、军事和文化的重镇，历史上这里经历了许多风云变幻，发生了许多可歌可泣的故事，最值得一提的就是汉王朝的建立。当年汉高祖刘邦在项羽手下当汉中王，就是在这里结交了韩信、萧何、张良等名将良士，成其大业。汉王朝共经历27帝，统治中国406年，它的策源地就是汉中。

吴小莉： 我们今天早上去探访了张骞的墓。张骞是汉中人，而张骞这么早就能够出使西域，这么早就能够带领中国人去探索这个世界，我相信，每一个汉中人都能够有像张骞一样的精神，勇于奋发，勇于走到外面的世界去探索。如果人们再来问我说我对汉中的印象，我要用一句不太地道的汉中话说：哎呀，汉中真是太好了！

汉中的自然与人文地理跟关中的差异很大，古代建筑风格南北兼备，生活习俗很有江南特色。这里的人端午节时会像江南一样玩赛龙舟，这在陕北和关中是看不到的。汉中人的饮食习惯也跟四川人相近，巴山的锣鼓草，汉中的瑞公戏，西乡的刺绣、挑花都具有浓厚的南方乡土气息。

青铜之乡

○

陕西地形复杂，山丘并连、坂道崎岖，素有"山高水低峡谷深"的说法。秦岭山脉有如一条巨龙，横卧在关中平原南侧，山峰林立、巍峨险峻，车队即将在刚刚下过雪的日子里翻越秦岭，前往宝鸡。

车队在秦岭半山腰停下来挂四驱挡，男士们忙着干活，而女士们以及帮不上忙的男士们就趁机在秦岭上打雪仗。

吴小莉：我们现在已经来到了秦岭的半山腰，据说秦岭海拔 800 多米的地方更好玩。同行的朋友已经开始玩起打雪仗了，这是陕西当地的朋友，是四轮驱动的爱好者。这两天他们一直跟着我们。你们这 3 辆吉普车跟着我们的车队，你们不是前两天刚刚从这边翻过去吗？

车队的朋友：是的，这是秦岭的半山腰，上面还能高一些，上面的景色比这个地方迷人。嘉陵江的源头就在这上面。

吴小莉：听说白天翻过秦岭比较安全？

车队的朋友：是的。晚上翻秦岭的话，雾气很大，你看现在这种天气已经有很多的雾，这是在半山中间，如果是山上的话，雾气就更大。所以咱们必须赶在晚上之前翻过去。

吴小莉：现在已经 6 点钟了，我们会不会出问题啊？

车队的朋友：2 小时，没问题，下山的时候应该好一点。

车队用了 3 个多小时的时间走完了秦岭的后半段路程，比当地向导预计的 2 小时多了些，不过平安就是福气。

吴小莉：在宝鸡市博物馆，我们发现了稀世的珍宝——何尊。何尊是西周文物，它的重要价值也是历经多代人才被发现的。其中最重要的是，在何尊底部发现了一些铭文。铭文记载了西周国王怎样治理西周国，以及当时的都城就是如今的洛阳。同时，我们发现里面最早出现"中国"两个字，虽然那个"国"字还没有国字框，但是已经是"中国"一词的雏形了。

博物馆工作人员：这个东西出土在农民家后院里的一个土墙里面。那天晚上，他到后院去，在月光下面看见了两只绿绿的大眼睛。借着月光，他觉得很可怕，就回去了。第二天，他跟妻子一块儿到了后院，用镢头一挖就挖下来了，挖出这么一件东西。后来在 1965 年的时候，咱们国家的经济特别困难，他们家里的生活也非常困难，就把这个东西拿到废品收购站，当作铜卖掉了，当时只卖了 30 块钱。

吴小莉：但现在价钱可不菲，听说到美国去展览的时候，光是保险费就达到了 3000 万美元。

博物馆工作人员：咱们国家出土文物的第一套纪念邮票中，它是第一批。

据工作人员介绍，用 30 块钱收购价值连城的稀世珍宝，这样的故事在宝鸡乃至整个陕西经常发生。在这块古老的土地上，7000 年前就已经有我们的先民繁衍生息。在宝鸡，已经发现的新石器时代遗址就有数百处。

吴小莉：这里有一个非常有意思的、造型像面具一样的青铜器，请您帮我们解说一下。

博物馆工作人员：这是咱们中原遗址里出土的一个盾牌，这是当时作战时使用的，这个东西嵌在木板上，它是用铜皮做成的。

吴小莉：铜皮，用这个铜片做的盾牌是不是也相当牢固？

博物馆工作人员：是相当牢固的，它后面还附着一些木头，这块木头已经朽掉了，更重要的是，它代表了一项科技上的进步。这个是一张铜皮做的。既然是铜皮做的，那么这块铜就可以锻打。这里有冶铜的技术，也有锻打的技术。说明当时技术向前发展了一大步。

吴小莉：我很好奇的是，这么小的盾牌是不是也能反映出当时的人的体形，或者他们的作战方式。

博物馆工作人员：主要是跟作战方式有关系，因为当时人的体形跟现在的人没有多大差别，而且比现在的人身材高大一点。

吴小莉：为什么人们称宝鸡是"青铜器之乡"呢？

博物馆工作人员：青铜时代可以说是人类历史上非常重要的一个时代，它是人类从自然王国向自由王国迈出的最珍贵的一步。说到宝鸡，历史上，周从这儿发祥，秦从这儿崛起，而这两个王朝正好是我们国家青铜时代的两个最重要的王朝。正因为这两个王朝在这个地方，才有大量的青铜器留了下来。

宝鸡位于陕西关中平原西部，是周朝和先秦文明发祥和发展的重要地区，地下埋藏着极其丰富的古代文化遗存。这里出土的青铜器数量大、品种多，被誉为"青铜器之乡"。自西汉至今，宝鸡就不断出土周秦时期的青铜器，它们制作精良，铭文的价值非同一般，可以说，在中华民族灿烂的古代文明史中，宝鸡占据着独特的历史地位。

吴小莉：我们来到了宝鸡的炎帝陵，这一路看到了很多的雪，现在还是雪花纷飞。大家知道，中华民族的子孙就叫作炎黄子孙，因为有黄帝跟炎帝，炎帝就是神农氏。而在宝鸡的这个炎帝陵，据说也是神农氏出生的地方之一，所以他们有了一个炎帝陵。刚好我们来的时候，他们举行了一个祭祀炎帝陵的仪式，我们一起来参加这个仪式。

吴小莉：一年有几次这样的活动呢？

参加仪式者：好像 7 月还有一次。

吴小莉：所以一年有两次，那通常是组织来的呢，还是自己来的呢？

参加仪式者：一般是自愿的。

吴小莉：每一年祭炎帝的时候，是不是都是瑞雪纷飞的时候？

参加仪式者：好像这种时候不是很多。

吴小莉：今天算是比较特殊的了。

参加仪式者：今年雪挺多的，令人感到挺振奋的，大概预示着风调雨顺吧。

吴小莉：祭祀活动马上就要开始了，我们来参加一下祭祀活动吧。

神农尝遍百草，教民务农，是继伏羲之后的农耕之神。最早有关神农的文字记载可能是《易经》，而被认为是中华民族始祖的炎帝，文字记载始见于战国时期的文献。二者时代相距甚远，但战国之后又有儒生把他们认定为一个人，这种说法被相传是炎帝故里的宝鸡的人们广泛接受。

宝鸡城南门外的姜城堡建有神农庙，年久失修。1991年10月，宝鸡市动工兴建炎帝祠，建筑面积3800平方米，这里每年举办两次公祭，吸引着全国各地的炎黄子孙纷纷前来拜谒。

雄哉秦陵

○

八百里秦川的中心古都西安，曾经在 1100 多年的时间里，是 13 个朝代的国都。其中在汉唐两个朝代，这里的规模领先于世界，并且布局严整，市井繁荣。

吴小莉：古城西安的门外，我们跟秋雨老师和王纪言台长会合了。我们现在要进入古城，而正在举行的是一个盛大的入城欢迎仪式，在现场有很多穿着盛唐时期服装的朋友，他们要举行的是仿盛唐时期的入城欢迎仪式。而这样的欢迎仪式，在 1998 年美国总统克林顿访华进入西安城时，也举行过一次。

唐代的长安是一个极为开放的国际大都市，外国使节、各地商贾都云集于此。公元 7 世纪到 9 世纪，日本先后派出 13 批留学生长住长安，学习中国的文化，几乎在东瀛列岛复制出一个唐朝文明。

现在世界上很多学者都在讨论一个问题，就是现今的城市当中，哪一个在古代最具有魅力。不过大家都公认这有一个前提，就是必须把唐朝时候的长安也就是现在的西安排除在外。因为唐朝时候的长安，它的富丽、繁荣和重要性，可以说是举世公认的。

西安是中国大西北的门户，如果要确定一个最接近全国中心的省会城市，那么这个城市非西安莫属。仅从地理位置上看，就可以理解何以西安会成为备受历代帝王青睐的风水宝地，成为中国七大古都[1]中建都时间最长的都市。

吴小莉：我们在西安城里找到一个雕塑群，是丝绸之路起点雕塑群。因为丝绸之路的起点就是在西安，同时西安也是唐三藏也就是玄奘取经的起点和终点。来到了西安，我们感觉它是中华民族黄河文明的心脏地带，觉得离我们的祖先越来越近了。

陕西曾经是一片温暖湿润、极为富饶的地域，这也是西安成为中国历史大舞台的原因之一。20世纪90年代初，在西安的西北郊发现的汉阳陵，就证明了汉景帝时代的陕西农牧兴旺，人民丰衣足食。

吴小莉：汉阳陵被挖掘到现在，已经知道的有将近90个坑洞，已经发掘出来的有11个，还有80多个坑洞没有被发掘出来。13号坑西侧的坑洞里面埋葬的是一些当时生活用的陶器。东侧有很多的牲畜，有一些牛、羊造型的东西以及一些陶俑。现在已经公开展览了，但是中间还没有公开。这里面有很多的木车、木箱，一起来看一看。

解说员：因为时间久远，木质的东西都腐朽了，但是从这个发掘的迹象能够看出来，这些凸起的，就是当时木车上木质的部分，绿的部分是铜。这是当时车盖伞上边用的东西。这是一辆比较完整的车，它的车轮和车厢在底下。

吴小莉：这部分是不是也表现了当时的农业社会跟农业文明呢？

解说员：那当然了。埋葬了这么多东西，这可以反映出当时的社会经济发展状况，反映出当时老百姓的生活，这些都能够反映出来。在展厅的那些陶俑，大部分面容呈祥和、欢乐的表情，不像秦俑那么横眉冷对。我想这和当时的社会政治清明、百姓富足可能有些关系。

1　即安阳、西安、洛阳、北京、开封、南京和杭州。

汉阳陵 19 号坑的坑洞是最新发掘出来的。工作人员告诉我们，事实上他们这几天才把它清理出来，是最新的坑，还没有对外公开。

吴小莉：汉阳陵 90 个坑，我们经过特许，才能够下到坑里头来看这些文物。我们看到的文物有车，还有一些人像。人像是男士居多，从发髻可以分辨出男女。有一个推断说，这 90 个坑可能代表了当时宫廷不同的机构，像有一些大的坑，就表示当时的大机构，小一点的坑，就属于当时小一点的机构。不过这都是推论，因为在汉阳陵，有很多很多的坑洞还没有被发掘出来，还没有整理出来。虽然我们看见的陶俑是裸体的形象，但是当时他们并不是裸体的，可以判断他们身上穿的是一些皮衣，或者是丝绸、麻一样的衣服。经过 2100 年的历史之后，那些衣服破损了，所以我们很难去分辨他们的级别了，只能从发髻分辨男女，同时可以从面部的表情，看出他们是年长一些还是年轻一些。

汉阳陵让我们感受到了雄武秦朝的另一种氛围。在这附近已经出土的陪葬品中，有牲畜的陶制品，还有当时用的木车，以及一些日常生活用的陶制品，一定程度上展现了当时农耕生活的状况。一些已经出土的人物的面部表情，呈一片祥和之气，可以说展现了汉景帝时政治清明、民生富足的景象。这也印证了黄河文明的兴盛发达，是从有了农耕文明才真正开始的。

来到西安探古，当然不能错过秦朝的兵马俑，因为那里集中展示了秦王朝的雄壮威武和军事力量。

吴小莉：秦朝的兵马俑平均身高是 1.8 米，我是 1.7 米，站在兵马俑的身后，大家是看不到我的。经过了千辛万苦的工作，我得到了特别的批准，终于下到了 1 号坑。靠近兵马俑，我们可以看到，这支将近 6000 人的秦朝大军都是面向东方的。关于这种面向有两种说法：一种说法是，秦始皇当时听到了风水师的说法，说东方将会有势力兴起，所以他们的大军都是面向东方做守卫状；另外一种说法就是，因为秦朝的人丁事实上是从东方开始发展起来，一直到了西部甘肃、宝鸡、咸阳这一带，才真正地兴旺发达起来，所以他们礼葬的风俗，都是坐西向东的。

位于临潼晏寨乡的秦始皇陵墓陪葬俑坑，是世界上最大的陵墓陪葬坑，被誉为"世界第八奇迹"。这里各兵种、战车，各级官兵以及统帅指挥机关应有尽有，完整地再现了秦代军队的风采。

吴永琪（秦始皇兵马俑博物馆馆长）：秦代对军人的挑选是有标准的，比如要看他能拉多重的弓，每天跑多少路。我们考古量的是"通高"，通高就是从地面开始量，量到他的发髻。而我们人的身高是不量这两点的，这是它比真人高的一个原因。再一点就是由它的陶的制作工艺决定的，制陶要把湿泥塑成泥胎，湿泥变干有一个收缩过程，再把这个干坯像烧砖一样拿到窑里去烧，烧的过程当中，又收缩一次。两次收缩，工匠一定要把它考虑进去。如果干坯做得和人等身高，经过两次收缩以后，一定会比实际短一些，所以要放大一点。另外从理念上，也一定要做一个非常庞大的军队，让大家看了感到害怕，我们今天看到也害怕，所以一定要做得再高一点。

吴小莉：所以很难去推断……

吴永琪：当时的身高。其实我们从考古发掘的墓葬、出土的尸骨来讲，没有什么太大的区别。

吴小莉：我1.7米，他1.8米。

吴永琪：那是加了发髻。他从这块砖开始，到发髻是1.8米，是通高。

秦始皇兵马俑坑不仅堪称中国秦代军事博物馆，而且是秦代雕塑艺术和科学技术的博物馆。它的发现否定了中国雕塑是随佛教传入而形成的旧论，这里出土的兵器则反映出秦代的冶金技术水平大大超过同时代的域外国家。

吴小莉：仔细看的话可能还会看得出来他的黑头发、黄皮肤。

吴永琪：对，黑头发。胡子是黑的，眉毛是黑的，带子是红的。我们现在发现的 2 号彩俑都是这样的。兵马俑的颜色都不一样，喜欢穿什么就穿什么，或者说他们家给他穿什么，就穿什么。秦代军人的服装从现在来看，除铠甲是国家控制的，其他服装都是自己家里准备的。

吴小莉：我们在兵马俑的身后常常发现有一些地点和名字，比如"咸阳衣"，表示是咸阳一个叫作"衣"的人打造的这个兵马俑。除此之外，我们也发现，除了咸阳之外，还有来自山东、浙江、全国各地的工匠，在这里打造兵马俑，所以也印证了秦始皇在当时是真正地统一了中国。相信秦始皇的功过到现在都让人们争论不休。不过有一点是可以肯定的，就是秦始皇统一了中国，同时还统一了度量衡。

秦始皇兵马俑为研究秦代的军事、文化、科学，乃至那个时代的经济、社会，都提供了丰富的实物资料，它的发掘被誉为"20 世纪考古史上伟大的发现之一"。1987 年 12 月，联合国教科文组织将秦始皇陵墓和兵马俑坑列入了《世界遗产名录》，中国政府已经先后投资数亿元进行保护性发掘研究。

吴永琪：这个俑头本身是活的。

吴小莉：很容易装，一放上去就会卡得很好。这个头很沉，所以整个兵马俑是非常沉的。

吴永琪：一个俑平均重量 100 多千克。

吴小莉：这不是他们真实的体重吧。所有人都会留胡子，不论年龄大小，这可能还是相当年轻的一个军队。

吴永琪：那是修好的 800 多尊。

吴小莉：修好的？我看不出太多修的痕迹。

吴永琪：是。你仔细看一下，就可以看到修的痕迹。你看看这个，可以看到，是粘接过的，之后还得把它弄回原来的灰土色。文物修复，完整地拼接好后，还有一道工序，就是要把它做旧。

兵马俑是分体制作、安装粘接、雕塑成形之后再入室烘烤。原来的兵马俑都有着色，因年深日久，我们看到的多半是瓦灰色。

吴小莉：2 号坑里有很多弓箭手，我手上拿的就是箭镞，上面有一些铜锈。我发现，其中有肤色的陶俑，也就是它本来的颜色是类似人的肤色，是彩俑。根据考证，兵马俑并不是一个个灰灰的土俑，而是一个个彩俑。但是在兵马俑完工之后，经历过两次大型破坏，一次是战争，一次是水淹，使得它的颜色褪去了。

秦始皇兵马俑博物馆工作人员：是这样的，秦俑彩绘工艺，第一步是先涂一层生漆，现在这个彩绘难以保护的主要原因，就是因为这层生漆已经老化了，它在出土以后，一旦干燥很快会卷曲，彩绘层整个带下来。以往有些文物不好保护的主要原因，就是不能克服这一层生漆在干燥过程中卷曲问题。有些资料你看一下，可以知道它的卷曲程度。这是剥下来的漆层，这是 1 分钟以后，这是 2.5 分钟以后，卷曲得非常厉害。

所幸，博物馆工作人员有着十几年致力于秦陵兵马俑文物保护的工作经验，他们想方设法克服这个困难，现在已经取得了很好的成果。

大唐宫女图

○

　　来到陕西之后，我们马不停蹄，到处去看文物。在这个地上地下都是宝物的地方，任何一个遗漏，都可能错过一段重要的历史。

　　吴小莉：我们现在要看的是这个陕西历史博物馆里面的宝中之宝，也就是大唐墓室的壁画真迹地库。为什么它在地库里面呢，因为要保持湿度和温度，同时因为它要做一个加固处理，才能够正式面世。一般人是不能够去参观的，而我们这次来，享受了很多元首级的待遇，美国总统克林顿就参观过这些壁画，不过我们即将要去参观的壁画，待遇还要更高一点，因为除了参观美国总统克林顿看过的那些壁画之外，馆长告诉我们，我们还可以去看一个还没有面世的国宝级文物——唐《宫女图》。

　　方鄂秦（陕西历史博物馆副馆长）：对，这是《宫女图》。内容表现得很丰富，因为在唐代的墓葬壁画里面，有人物、有山水、有花鸟，也有宫廷生活的方方面面，所以我刚才说它的历史价值是很高的。

　　吴小莉：您刚才提到我们的壁画，是来自唐朝的多少座墓里头？

　　方鄂秦：我们博物馆藏的是 14 座墓里的壁画，现在全陕西我们已经清理过 24 座墓，一共发现了 66 座墓，唐代的墓里面都有壁画。当然这都是唐代的陪葬墓，不是主要的皇帝的墓。

　　吴小莉：我发觉您不太靠近它，是不是真的就因为怕对它的湿度有影响。

方鄂秦：对，也有这个关系。

原来，这些尚未面世的墓画实际上非常娇贵，对温度和湿度都有严格要求。

吴小莉：您刚才提到这里面要保持恒温，大概是 18 到 22 摄氏度，湿度要保持在 55%，这才能维持它原来的颜料不剥落。

方鄂秦：它原来是在地下的，因为墓道有一定的湿度，现在揭取上来以后不敢让它太干，太干了要脱落，颜色要起变化。

吴小莉：除了比较珍贵的原因之外，也担心它会跟人体有一些摩擦。所以必须要经过处理。

方鄂秦：是，是这样的。

吴小莉：要经过什么样的处理之后，才有机会跟大部分观众见面呢？

方鄂秦：一是要加固它。

吴小莉：这是很薄的一层吧。

方鄂秦：这是很薄的，土层的上面是1厘米土层，上边还有1毫米厚的白粉，在白粉上画的。所以说它很难保存。我们还在研究如何能将它保存得更好，因为在这种空间和人直接接触，也不利于文物的保护。我们将来建壁画馆，一是为了很好地保护它，另外也是为了有利于观众观摩。壁画馆有两个空间，就是壁画在一个空间，我们观众在一个空间。观众这边的湿度和温度跟壁画不一样，所以我们是用两个空间的展示办法来处理。

唐代墓室壁画的描写对象十分丰富，有人物、花鸟走兽、建筑、山水，以及庙宇星象等，很直观、准确、真实地反映出当时社会的方方面面。因而它们在历史、考古、科研及文化艺术等各领域都有非常重要的价值。

吴小莉：馆里头用轨道的方式来保存壁画，一般都是收藏在库里的，当你按绿色键时，它就会随着这个轨道滑出，供你观赏。一幅壁画，从修复到加固，到能够展示，大概要多久的时间？

方鄂秦：得两个月吧。

吴小莉：一幅壁画得两个月，相当长的时间。

方鄂秦：因为从工地上拉回来以后，不是所有的人都能做这事，要有一定的技术。

吴小莉：我们知道，把它放在地库一方面是便于保存，另一方面是我们还得整理。用什么样的方式整理，才能使它跟大家见面？

方鄂秦：现在我们正在积极地做这项工作，没有揭取的东西还要不断地揭取，保守地说要两年的时间，我们将建起大唐壁画馆，把这些东西全部展现给群众看。

大唐墓室壁画是在厚度不到2厘米的灰墙上绘制的，画面基础的稳固性较差，加上墓葬内部和地面的环境差别很大，时隔千年，出土极容易风化，保存和展示的难度较大，所以真迹从来没有公开展出过。这些壁画跟秦始皇兵马俑一样，都是举世瞩目的文物瑰宝，而从保存和展示的难度来看，这些壁画就显得尤为娇贵。

归祭祖

○

✲

　　轩辕黄帝[1]是传说中中原各族人民的祖先，据传陕西、甘肃、河北、河南都有黄帝的陵墓，但《史记》等古籍记载，"黄帝崩，葬桥山"。桥山就在陕西黄陵县北边1公里处，我们一行人专程到桥山之巅的黄帝陵祭祀人文初祖，禀报我们历时百余日的文明考察之行。

　　吴小莉：凤凰卫视一行在早上6点多钟来到位于西安北方200公里左右的黄帝陵。黄帝陵就是中华民族的祖先黄帝的陵寝所在地，每年清明节，海内外有很多的华人都会到这里来祭祖。凤凰卫视的刘长乐总裁将带领我们这个远行的队伍，祭祀我们的祖先。感谢黄帝先祖，能够保佑我们一路平安地从海外回到国内。

　　祭祀轩辕黄帝，这个活动早在战国时代就开始了。历史上祭祀黄帝规模最

1　轩辕黄帝的生卒年份传说为公元前2717—前2599年，为中华民族始祖，人文初祖，中国远古时期部落联盟首领。少典之子，本姓公孙，居轩辕之丘（在今河南新郑西北），故号轩辕氏；因有土德之瑞，土色黄，故号黄帝。他因首先统一中华民族的伟绩而载入史册，他播百谷草木，大力发展生产，创造文字，始制衣冠，建造舟车，发明指南车，定算数，制音律，创医学，等等。与炎帝、蚩尤同为中华民族的祖先，居五帝之首。

大、形式最隆重的，可能要算汉武帝。到了唐太宗时期，又把这个活动正式列为国祭。辛亥革命成功后，孙中山先生以临时大总统的身份撰写了气壮山河的祭陵词。抗日战争期间，国共两党共同前来祭祀，毛泽东撰写祭文，表达全国同胞一致抗日的决心。

我们向轩辕老祖宗上香献酒，我们自命是代表他的子孙，走过世界，走过历史，走过人类文明的历程，现在我们回到他身边，向祖先陈情。

刘长乐： 香港凤凰卫视一行前来祭扫中华民族始祖轩辕黄帝之陵。我们出发之时，全队曾在香港海湾燃香洒酒，面北遥拜，今百日方过，万里来归，乃急赴沮水之滨，桥山之巅，列队叩首，虔恭禀报，托始祖洪福，此行成矣。今凤凰卫视刘长乐主席率全体队员，以鲜花素果之仪，专程祭拜。

众： 黄河滔滔，秦岭苍苍，中华文明，山高水长。创始之初，尚有远邻，历数千年，逐一败亡。铁蹄废墟，衰草斜阳，此行考察，满目沧桑。唯我中华，巍然自立，历尽灾劫，多难兴邦。终逢盛世，百业俱兴，炎黄子孙，重铸辉煌。千载雄魂，再翔东方，告慰始祖，伏唯尚飨。

凝神母亲河

○

1997 年 6 月 1 日，柯受良飞越黄河的壮举表达了我们对母亲河的敬意，如今我们的这次旅程又以一次同样前所未有的壮举，掀开了未来 100 年、1000 年，人类探索大千世界奥秘的帷幕。

吴小莉：我现在正小心翼翼地走在黄河的上方，这下面就是黄河了，整个是一片结冰的景象。这种景象是非常难见到的，当地朋友告诉我，他们 30 多年来都没有见过。而小黑哥在过去的几年来黄河壶口瀑布，都没有见过这样的景象，所以我们两个都非常地兴奋。而待会儿我就要跟他会合，去做一个飞越黄河的回顾。

吴小莉：你好。你好，又见面了，我们常常见面，但这是第一次在飞越黄河之后，再度回到黄河壶口见面。

柯受良：对。我心里很激动。两年半了，我飞越黄河的时候是条黄色的河，黄水滔滔，很汹涌的。但是没看到过这种黄河结冰的景观。

吴小莉：感觉就像站在南极、北极的冰上，对不对？

柯受良：对，我昨天拍了很多照片，特别漂亮。

吴小莉：你昨天好像去追根溯源，找一下你飞越瀑布的地方，结果你找不到。

柯受良：对呀，找不到，应该是凸出来那个地方。

吴小莉：飞越黄河的心情，你还记得吗？

柯受良：当然记得。飞越黄河这个历史性的一刻，在我的特技飞越生涯里面，是不可以忘记的。我当时的心情蛮复杂的，其实我第一次都弄错了。我自己有一点失误，在挂挡上出错了，还有整个跑道的板子、钉子都出来了。

吴小莉：真的？

柯受良：木头提早做好了。被太阳晒过后整个木板变干，汽车轧过跑道时钉子都跑出来了。那么多的钉子，我心里就在嘀咕。挂上挡要飞的时候，自己有一点错误，那个时候我自己选择停，赶紧刹车停下来。

吴小莉：你知道吗？全场十几万人鸣的一声……每个人都在问我，他是不是故意要制造一些高潮气氛。我们说，是吧，是吧，就是这样。结果后来你告诉我说，不是，是你自己不小心弄错了。

柯受良：其实我那个时候真的是吓住了。在我的特技生涯里面，是不可以有这样的情况的。你看我第二次要出发的时候，我的脚有一点抖，当然，不能在这个时候说我不飞了，不可以。

吴小莉：如果让你回头，你还想再飞越吗？

柯受良：想啊，因为它那种力量，你看到那种景观会被感动，这是我们中华民族历史的代表，比如长城、黄河。你身为一个中国人，真的要去挑战一下，因为你有这个本事。应该展现出来，让全世界的人看我们中国人也有这种人才，也有这种魄力、这种精神。应该把它展现出来让他们看。

吴小莉：黄河上游结冰是非常罕见的，我们在中国走过了长江，今天要从陕西的边境越过黄河。当我站在母亲河结冰的河面上的时候，我的感觉跟我们的整个旅程一样，既艰辛又伟大。

平遥古城 [1]

○

　　壶口位于陕西宜川和山西吉县的交界处，凤凰卫视的车队就是从这里出陕西、进山西。我们将从壶口前往古城平遥访问，然后经河北省一路北上，登上万里长城，然后凯旋。有着悠久历史的平遥古城原来叫"陶"，后来因为跟北魏太武帝的名讳同音，改叫平遥。平遥古城相传是在西周时就建立了，大概有2700年的历史。

　　吴小莉：我们来到了平遥古城。我现在就站在古城墙上。这道古城墙是在明代修建的，有600多年的历史，可以说是中国保存最完整的一个县级古城墙，有6100米长。这道古城墙能够保存得这么完好，有两个原因：一是这里地处黄土高原，天气非常地干燥，不容易被破坏；二是这里没有经过大的战乱。

　　在20世纪80年代，当地政府曾经想要重新修建这座古城墙，有一位老教授提出了要保留古城墙、修建新的城墙，因此有了"刀下留城救平遥"的美传。

　　吴小莉：平遥古城是一个龟状，所以叫作"龟城"，这只龟坐北朝南，在

1　位于山西中部，是一座具有2700多年历史的文化名城，与四川阆中、云南丽江、安徽歙县并称为"保存最为完好的四大古城"。

城里头有 4 条大街，8 条小街，72 条小巷子。我们来到了平遥古城区里头最古老的一条大街，叫作南大街，而这条南大街就是市中心，就是中心主轴上的大街了。为什么说它是市中心呢，因为这里曾经有一个古井，很多的人到古井打水，慢慢形成了一个小的市集。市集慢慢形成之后，人们在这里建了一座高 18.5 米的市楼。

平遥城里的建筑保留了明清时期的原貌，呈现了距今五六百年的历史风貌，16 世纪以来，平遥一跃成为中国北方的一座商业重镇，19 世纪中后期达到极盛。

南大街为平遥古城的中轴线，北起东西大街衔接处，南到大东门，以古市楼贯穿南北，街道两旁传统名店林立，是最为繁盛的传统商业街。平遥曾是清代晚期中国的金融中心，而清朝时期南大街控制着全中国 50% 以上的金融机构，被誉为"中国的华尔街"。

吴小莉：这个市楼和这个古井，是在明代初期开始建造的，当时的山西人很会做生意，所以这条南大街也是非常繁荣的一条大街，当时这 750 米的南大街有 200 多个铺头，现在都还存在。

现在平遥古城内外有各类遗址、古建筑 300 多处，有保存完整的明清民宅近 4000 座，街道商铺都体现了历史原貌，被称作研究中国古代城市的活样本。平遥古城是目前我国唯一一座以整座古城申报世界文化遗产获得成功的古县城，世界遗产委员会评价道：平遥古城是中国境内保存最为完整的一座古代县城，是中国汉民族城市在明清时期的杰出范例，在中国历史的发展中，为人们展示了一幅非同寻常的文化、社会、经济及宗教发展的完整画卷。

万里长城永不倒

◦

上下五千年，纵横八万里，我们终于凯旋，来到万里长城。自天地开辟，阴阳运行，寒暑更迭，日月更出，各类生命生生相继。自轩辕黄帝以来，上下五千年，中国人前赴后继，追究宇宙来源，探索万物真谛，诘问生命目的，我们的旅程正是这样一次探索之旅、发现之旅和涅槃之旅。

吴小莉： 秋雨老师，这一路走来您最想说的是什么？

余秋雨： 我想我们可以对这次行程有一点意义上的确认。第一，我们这一次总共走了4万公里路，对现在的交通概念来说不太长，但是我们是走了所有的文明古国，大概没有什么重要的遗漏了。第二，我们这次不是坐飞机，也不是坐火车，是一公里一公里用吉普车轮子滚过来的，包括在世界上最危险的地区，全部走过来了。这样，我们不仅看到了文明的点，也看到了文明的线、文明的面。第三，走完"文明之旅"的人不是欧美的探险队，是一群中国人，而且是比较完整意义上的中国人，有我们这儿的，有台湾的，有香港的，组合在一起。第四，这群中国人通过自己的眼睛看到了其他几种古文明，这些古文明是在长城建造的时候就已经存在的，而且又通过对比反过来认识到我们中华文明的文化选择是怎么回事，可以更全面地了解中华文明。

吴小莉： 来到八达岭的万里长城之前，我们看到一批批的人和我们正向或者反向在前进着，他们都在赶着回家。而我们兼程赶路的心情又何尝不是。我们要说的是，回家的感觉真的很好。在这一路上，很多的朋友来问我说，我们的这么长一段旅程的意义到底在哪里？我要说，这是探索人类文明的一个文化之旅，同时也可以说是传递友好的和平之旅，也是一个向人类极限、耐力和毅力挑战的挑战之旅。而对每一个队员来说，我相信这更是一个充满了惊奇的经验之旅，我们这一辈子再也不可能经历的一些过程，体验了患难与共、永不放弃的那种真情。我们是真正的好汉！

走过各大文明，看过各种风云，历经千辛万苦最终站在祖国的伟岸脊梁上，除了这样发自内心的呼喊外，每个人心中其实还回荡着一个坚定的念头，那就是——万里长城永不倒！

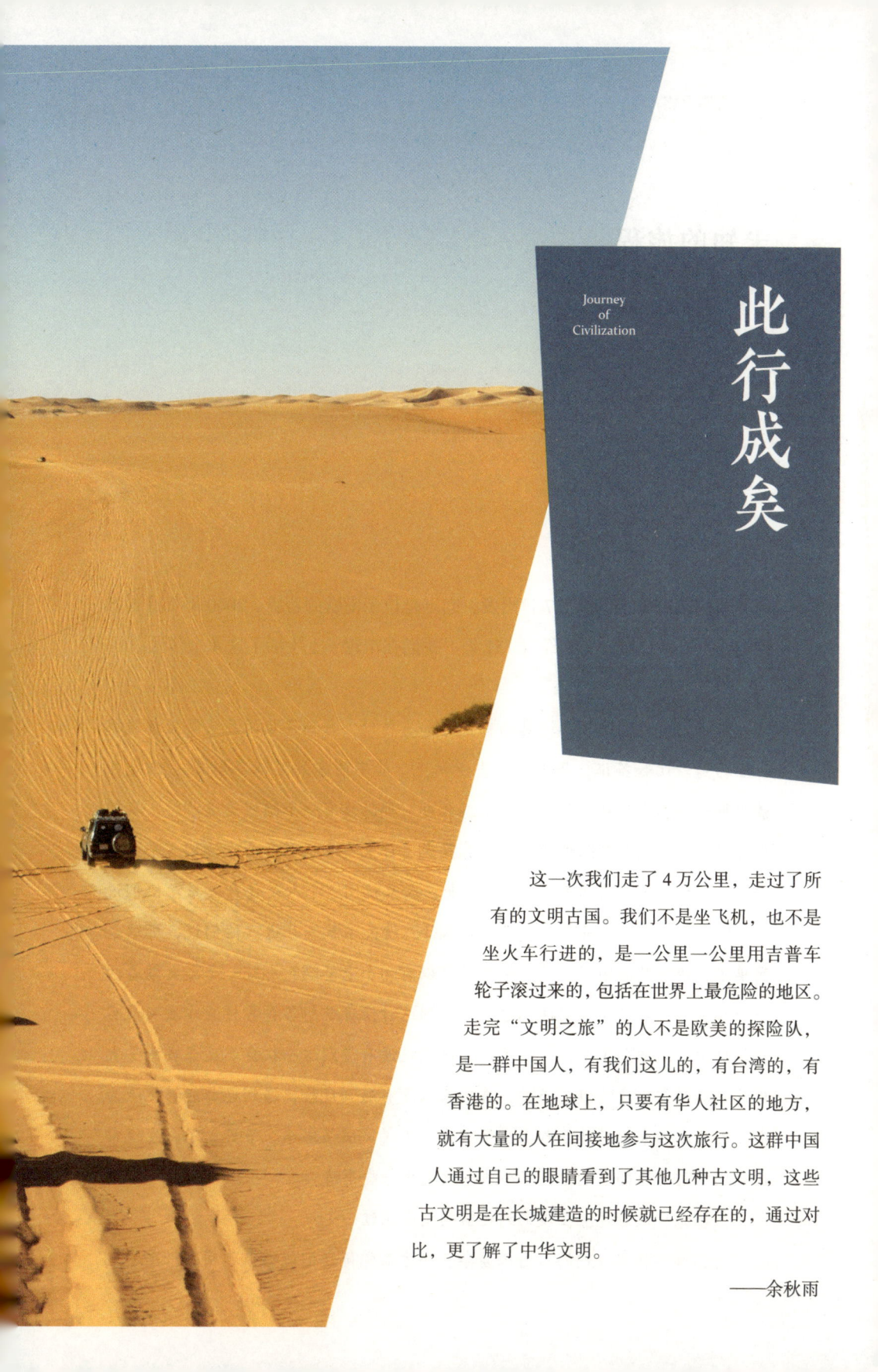

此行成矣

这一次我们走了4万公里，走过了所有的文明古国。我们不是坐飞机，也不是坐火车行进的，是一公里一公里用吉普车轮子滚过来的，包括在世界上最危险的地区。走完"文明之旅"的人不是欧美的探险队，是一群中国人，有我们这儿的，有台湾的，有香港的。在地球上，只要有华人社区的地方，就有大量的人在间接地参与这次旅行。这群中国人通过自己的眼睛看到了其他几种古文明，这些古文明是在长城建造的时候就已经存在的，通过对比，更了解了中华文明。

——余秋雨

未知的旅程

○

我们从 1999 年 9 月 27 日出发，起点是位于南欧的希腊，2000 年 2 月 5 日到达终点万里长城，一共经过 131 天。我们在车轮子上生活了这 4 个多月。

陈鲁豫：我们这一路还真的感觉是如有神助，每到危难的关头最后都能够化险为夷。比如签证，马上就要去伊拉克，能不能拿到签证不知道，但是在最后那一刻都能拿到。如果进不了怎么办？那时候有一个路线是进沙特，我们想过要派一个先头部队过去，当时是星光、许戈辉和摄像高金光他们 3 个人先过去。他们 3 个人去办签证，1 男 2 女，人家就问 3 个人是什么关系？他们说 3 个人没关系，就是同事。人家说那不行，没关系就不让进。他们说，那这也简单了，伊斯兰教国家不是一个男的可以有 4 个老婆吗？那就一个丈夫带着两个老婆去沙特好了。我们这一路，每遇到这种情况就想各种各样的方法。最后我们很幸运地拿到了伊拉克的签证，他们就没有得到这个机会。反正我感觉我们这一路经常和危险擦肩而过，最后基本没有遇到危险，遇到也都能够化险为夷。因为我回来以后就立刻上"早班车"（《凤凰早班车》节目）了，发现每次我们刚刚离开那个地方，那个地方就发生一些事情。

余秋雨：或者危险在我们到之前刚刚发生过……

陈鲁豫：其实我们的心态很复杂，一方面觉得我们能够很顺利、很平安地过来，很庆幸，但同时又觉得这一路没碰上什么事，很遗憾。

孟广美：我们从伊朗境内要进入巴基斯坦境内时，还记得那一天吗？我相信大家都记忆犹新，车开了 17 个小时，300 公里的路开了 17 个小时。那一天，突然从右舵变成左舵，就是所有的驾驶员反方向行驶。最恐怖的是那一段号称中东"金三角"的三不管地带，在我们去之前刚刚发生了枪战，又有外国记者被劫持，因为他们想要闹"国际事件"。所以我觉得我们真的是非常幸运，这些灾难、这些不幸的事，不是在我们来之前发生就是在我们走之后发生。

陈鲁豫：而且很多地方，我们去之前就知道那儿已经发生过事情，而且随时都有可能再发生事情，也许我们就会是下一个目标。但是没有别的选择，我们必须要去，所以就去了。

如果一切路线都清清楚楚，怎么还叫文化考察？如果事先的计划都圆满无缺地实现了，出门还有什么意思？

孟广美：我是在鲁豫之后加入的，所以其实我要出发之前就有奔向未知的感觉。你们可能觉得所有的东西都在计划当中的，其实我是一个人从香港出发的，然后转机，三更半夜的时候在机场等了四五个小时，再坐上一架非常可怕的伊朗境内的小飞机去跟他们会合。其实在我入伊朗关的时候也发生过很多现在想起来很好笑的事，但是当初我真的非常非常害怕。

陈鲁豫：伊朗最可怕，因为机场里男人和女人过关是分开的，女人过关，我不知道你有没有遇到，有两个女检察员，她们面无表情，很木然地、很机械地用手贴住你的身体，这样从上摸到下。

梁东：天哪。

陈鲁豫：我当时就震惊了，我想你怎么可以这样对我？

梁东：秋雨老师被人家摸过吗？

余秋雨：没有。

陈鲁豫：男的可能还好。

余秋雨：我没有半道上坐飞机回国，始终在车上，所以没有被人家摸的机会。

我们走过了很多国家和地区，很多地方是不按牌理出牌的，经常会有在我们看来不可思议的事情就是发生了。

陈鲁豫：我一到以色列就直奔加沙。我今天里面穿的这条绿裙子就是我从中国香港飞到以色列时穿的，因为我觉得绿色有一种戎装的感觉、上前线的感觉。那天去加沙的时候很不巧，我们所有人的证件都被我们的导游拿着去办一个什么手续了，所以我们所有人都是在没有合法证件的情况下闯到以色列和加沙的交界处。这一路我不会开车，也不认识路，除了用英语跟人交流之外，还有一个任务就是负责公关项目。他们说鲁豫，你去跟以色列士兵套套磁，因为我们不知道能不能过，要搞好关系。我就蹭到前面想跟人家以色列士兵打招呼，人家根本就不理我，不看我。

梁东：为什么呢？

陈鲁豫：他们很严格嘛！因为那个地方很危险。我蹭过去，他不理我。然后我们几个人在旁边等着一个以色列的军官过来，我们把情况讲明以后，他们说基本上不可以。这个时候我们联系到中国驻巴勒斯坦的一个办事处，等于是大使馆。大使馆的代办在，夫妇两个人开车出来接我们。我们在那儿等了多长时间？大约有3个小时，当时我们开着5辆车，从耶路撒冷开车到边界已经开了1个多小时了，不，2个半小时，如果不行再要打道回府的话，一天拍摄的计划就全部泡汤了。但是我们总觉得应该能进去，于是就等着，还说进去以后要采访阿拉法特。我还跟一帮每天开车跑来跑去拉活的巴勒斯坦出租车司机聊天，我说我今天准备进去采访你们的阿拉法特，他们说不可能。我说为什么不可能啊？他说阿拉法特今天不在加沙。我说你们巴勒斯坦的出租车司机都很牛嘛，什么都知道。我挺失望，真是糟糕，没能碰上阿拉法特。等了2个多小时之后，中国代办夫妇两个人开着车过来了，他们和巴勒斯坦当局的关系相当好，和以色列这边的关系也还不错，通过他们的斡旋算是给我们开了绿灯。

当时是人可以进，车不可以进，所以我们所有的车就停在外边，只进去了五六个人，其余的车再开回耶路撒冷。我们坐了中国大使馆的车到里面，才能够顺利地开始那一天的拍摄工作。但是拍摄工作已经比计划晚了两三个小时，所以那天很紧凑，但是还是维持原计划，比如说，去拍了巴勒斯坦电视台、去拍了一个难民营，还在加沙很多地方都看了一下。

陈鲁豫：其实我们很想采访阿拉法特，还有巴拉克，都是我希望能够采访到的，大家都知道阿拉法特是巴勒斯坦自治政府的领导人，巴拉克是以色列总理，当时很不巧的是，巴拉克、阿拉法特还有克林顿，他们 3 个人要在挪威召开一个三方会谈——奥斯陆会谈。在我们到达以色列的第二天、第三天他们都走了，让我们扑了个空，这是我一个很大的遗憾。

我们到以色列的时候，对于战争的体会也非常深刻。

陈鲁豫：去之前完全不深刻。我到以色列的第一天，跟广美一样，在机场受到了当头一棒。因为我在离开香港之前，他们说你要提前 3 个小时去机场，我说不可能，我每次去哪儿都是提前一点点时间就够了。他们说以色列航空公司不同寻常。我到了以后果然不同寻常。在柜台前面，拦起来一条黄黑相间的带子，拿以色列护照和拿非以色列护照的人是分开的，所有拿非以色列护照的人由以航的工作人员一一盘问。我被两个以航的工作人员盘问了 1 个多小时，什么都问到了。他们甚至知道我在北京谈过恋爱，就是什么都要问，我还很高兴跟他们聊天。

梁东：他们知道吗？

陈鲁豫：不知道我就跟他们解释啊！然后他说你去以色列你要拍什么东西？我说，哎哟，这个我不太清楚，因为我们计划会变得很快。我讲得越多，他就越怀疑我。于是，两个人问了我1个小时，问完以后，开车把我一个人带到一个房间里面，那个房间里面全是坐这个航班的拿非以色列护照的乘客，他们把我的两个大箱子全部打开，把行李一件一件地拎出来，放到一个空的大盒子里面。然后用X光照，照过没事以后再放回去。但在放回去的时候，我突然发现我的箱子里面多了一包香烟。我说，你慢一点，这不是我的香烟。他们说，哦，对不起，放错了。这盒香烟是属于旁边的一个阿拉伯男子的。我想，天哪，你查我的行李就是要看看我有没有带违禁品，或者不应该带的东西，你居然把别的东西放到我的箱子里面，万一有事谁负责？我被这样折磨了3个小时以后，由一个以航工作人员押送着我上飞机。

这个开始让我们知道，接下来的行程绝对不会在一个很和平、很安全的环境里面。从这一点你就可能知道，我们走过的都是一些怎么样不按牌理出牌的地方。

余秋雨：没有计划，还有另外一个原因，没法有计划。我们这次考察有自己的文化目的，这些国家为了外汇收入，可能已经开通了一些旅游路线，通过旅游业来赚一些钱。如果纯粹按照旅游路线走，可能我们遇到的麻烦还没有那么多。在迈锡尼就是这样，按照旅游路线走，一般旅游者不会到一个文化遗址去考察，那儿一点也不好看，海伦就跟我讲，一点也不好看，太难看了，还要爬山。

但这是我们看来最重要的地方。这种情况在后来一路上都遇到过。

余秋雨：他们给我们设计的一些很细致的计划就要和当地的旅游公司连在一起了。譬如，在伊朗，导游非常希望我们去看他们这些年的工业和农业的新成就，而且他们的新闻官至少跟我讲了3遍，说你们最大的错误是没有看我们国产汽车的制造厂。每天都要讲，无论如何要看一看我们的新成就。我说你们的工业、农业不属于我们的考察重点。他们认为像伊斯法罕可能会被当作一个很重要的点。但是当我们得知它的繁荣期是在 17 世纪时，而我们想去寻访的往往是公元前几个世纪的古迹，我们就觉得一定还要往南走。一定要到波斯波利斯这些地方去，一定要去寻找居鲁士和大流士的遗迹。如果光在这儿，在德黑兰或者是伊斯法罕结束伊朗之旅，那我们虽到了伊朗，但是并不了解波斯文明。不了解波斯文明，就是一个很大的缺漏了。那肯定不是他们的主要旅游路线，而且那儿靠近危险区，非常危险。我们坚持要去，也有点感动了他们。后来我们就到那些地方去了，这些就肯定是充满未知的了。到那儿的路牌已经连英文都没有了，这就完全是每走一步都不知道下一步会发生什么样的事情。有的时候脑子里都有点听天由命了，就走下去吧，看怎么回事。这次旅程还只能靠神助了。

陈鲁豫：反正当时每天早晨我一上车，只要那个车轮一动，我就觉得一切都会好的，心里面就是这样一个想法，我觉得一切都会很好。我记得我们在伊拉克的时候，有一次开车从巴格达到巴士拉，巴士拉不是在南部禁飞区吗？当时我们说我们的车目标这么大，万一美国的间谍卫星一看我们的车是绿颜色的，认为这是个军用物资运输车在往南边运军用武器该怎么办？要是再炸我们该怎么办？我记得我们当时还打电话给在北京还是在香港的一个美国人，说我们这辆车现在要去巴士拉，那里是南部禁飞区，如果有什么问题的话，你能不能通知一下你们的美国政府，这是一个和平的行动，是没有问题的。当时我们考虑得很多。

余秋雨：我们车队这种怪模怪样的颜色和怪模怪样的旋转形的标记可能是让我们安全的一个非常重要的原因。好多土匪一定看到我们了，但是他们判断不了，他们觉得我们是更大的土匪。绝对是。

梁东：总而言之就是，明知山有虎，偏向虎山行。

余秋雨：我们的路线有很多的未知，实际上更大的未知是什么呢？更大的未知是我们脑子里原来留下的许多文化的文本，到了现场以后就不对了，一次次地吃惊，一次次地感到要矫正。没有一个地方让我觉得，哎呀，和我想象的一模一样，从来没有过。我应该说，我预先还了解了一些地方的文字资料，看了现场以后感觉不对。这个时候我产生了一种巨大的惶恐，我们几十年甚至更长的时间在讲述、在讨论，甚至在争论的那些文化可能基本上都是假的。他们根本没去过，基本上在乱讲，很可能是这样一种情景。比如，迈锡尼，这么一个有名的、被《荷马史诗》描述的地方，怎么整个国家的首都就是一个战场上的城堡？那么，这场战争在古希腊文明的创建中的地位是怎么回事？怎么会进入那么辉煌的雅典文明？那个血腥的时代怎么会进入如此文雅的时代？你只有在现场才感觉得到，否则我们感觉到的"迈锡尼"这三个字就是个历史学上的词。到那儿看到那么多的铁甲，那么多的坟墓，一进城就是坟墓，只有战争爆发得最激烈的地方才可能把最高的荣誉送进城树碑立传了，就是这样的。爬上去，就感觉到那个文明本质是什么了。

这次旅程，叫作文化之旅，或者叫作文明之旅，选择的一条路线涵盖了世界五大文明发源地，也就是古希腊（因为它是欧洲文明的发源地）、古埃及、古巴比伦、古印度，还有古中国。在这条路线上我们也经过了世界几大主要宗教的发祥地，伊斯兰教、基督教、犹太教、印度教和佛教。所以说从更大的意义上讲，是一个文明、文化之旅，是一个文明、文化的考察活动。

郭滢：我们无论是按照原计划，还是按照调整和变更之后的计划走过的这条路线，都包括了世界古文明最灿烂的部分，至少大部分遗址我们都走过了，比如说，金字塔、尼罗河、泰姬陵。我们还走过雅典的卫城，埃及卢克索的太阳神庙，波斯文化最繁荣的波斯波利斯，大概最后还有我们的天安门和万里长城。联合国评过世界十大文明遗址，我们这一圈就走了五六个。所以说，很大意义上讲，是文明和文化之旅。没有走出去，你看到的无非是图片、电视、文字，你要到那些遗迹，到那些文明和文化发生的地方去。到那个文化的现场所感受到的是完全不同的状态。比如，我们差点就和迈锡尼的遗址擦肩而过了，原因是那里可能很败落，所以当地的接待部门，政府新闻机构的人就不愿意带我们到那里去，他宁肯去那些更实在一点的地方，古剧场什么的。可是我们到了迈锡尼遗址，秋雨老师一直爬到顶，从那个文化现场生发出对整个人类文明的一种思考，我相信是非常有震撼力的。

余秋雨：可以这么说，一路上，始终在矫正我们的基本概念，不断地吃惊。某种意义上说越来越吃惊。开始的时候还好，我们最早在希腊的时候看到海神庙，觉得赞叹一下，还可以。也有点吃惊，我觉得更大的吃惊是雅典这么陈旧，或者说这么破落，我当时是很吃惊的。越到后来就越吃惊。到恒河边的时候，可以说我们全队的人都傻掉了，都在那儿发傻，郭滢干脆就在船上蹲下来呕吐了。整个都震撼了，谁也没想到，恒河文明现在居然是这样的。

有的时候，战争灭亡了一个国家，实际上把这个国家的战争企图也灭亡了，灭亡以后留下了像《荷马史诗》这样的文字，他写出非常美丽的诗句，用这样的诗句和传说去滋养了希腊文明。希腊的思想家是思考了战争本身的罪恶以后，才会想到人要理性。理性可能就是从血泊当中得出来的结论。它的辉煌让我们吃惊，它的破败也让我们吃惊。

郭滢：还有一种吃惊就是对现在希腊人的悠闲的生活状态的吃惊。希腊是一个太闲散的国家，闲散到他们可能只知道喝咖啡，或者连喝咖啡都懒得去更细致地喝，喝得也很粗糙。但是我对希腊是这样一种感觉，毕竟有那么多年的非常灿烂的文化，毕竟是欧洲文化的起源地。我看到大片的橄榄树，因为他们种植业非常发达，农业非常发达。我们离开雅典之后几乎看到的全部都是橄榄树，大片大片的橄榄树，一望无际的，都是橄榄树和橘子园。所以我觉得这个国家实际上真的是很优秀，我们看到它悠闲的时候，也许想谴责它某种意义上的衰败，但是我觉得什么时候我们也能悠闲成那样的话……

余秋雨：这有一个前提，我觉得是这样的，实际上古希腊文明和今天生活在希腊的人的关系已经不是那么密切了。所谓文明的中断就意味着这个，走在这块土地上的人和当年的文明之间有一个断层。埃及也是这样，你很难想象在那儿凿那个东西的时候和法老有直接的文化逻辑关系。人肯定有血缘关系，但是没有文化逻辑关系了。奥林匹克运动会也是这样，他们觉得奥林匹亚是这里的一个地名，而且是从这里开始这种竞技的，那么由这里来申办奥林匹克运动会，天经地义。只不过是不申办，一申办全世界肯定投赞成票。所以那天记得吗？我们到体育场去看了，他们都准备好了香槟酒、鲜花，各种各样的烟火都准备好了。好，希腊又把握了奥林匹克的申办权，很好的。全部准备好了，到那个时候一宣布，美国的亚特兰大。这个伤心不是我们中国那次没申办到的伤心，我们那时也有点伤心，但是完全不一样。这个奥林匹亚是他们的地名啊，认真申请，没有申请到。所以全场一片痛哭，全场几万人都哭了。所以我写的，我说实际上那几天整个希腊都在哭，他们那时才理解古希腊不属于他们，奥林匹克已经不属于他们。

许戈辉：对，对，因为他们当时感叹说，这是一场可口可乐打败了奥林匹克的战役。所以他们说社会已经是可口可乐文化的了，而且他们当时是痛下决心，再也不申办了。

余秋雨：但是，他们这么下了个决心以后呢？看看报纸，全世界没有感到难过，你们发火也没给我们带来多大的刺激，大家都无所谓，你不申办就不申办好了，你只是欧洲一个不发达的小国家，你只是拥有这个地名而已。

太阳神庙、金字塔，公元几千年前不知道是什么样的文明传下来的，但这一切好像和现代埃及人没有什么关系。在埃及有这种感觉，在希腊也有这种感觉。

余秋雨：在五六千年前，已经造了那么巨大的石柱，代表了人类与苍天对话。但是在五六千年之后，连自己住家的最小的石柱也造不好，他不再建造，没有兴趣建造。所以我们看到那些小水泥柱会感到很悲凉，没法寻找这个过渡关系。

郭滢：我本人感到震撼的还有一个地方，就是在约旦看到的老国王侯赛因的墓。一代政治伟人，死了之后，我们看到的就是1米宽、2米长的土。我当时在那儿眼泪都要落下来了。

余秋雨：不同的死法体现了不同的文化。侯赛因国王的坟墓，其实我们不能光从艰苦朴素的角度去佩服他，其实这也是一种文化，是一种文明的方式，我觉得他把自己的个人了结得非常智慧，就是一种出奇制胜的了结。因为他太豪华了，也太奢侈了，所以了结得那么简单。

宗教的力量

○

我们去参观了一个犹太人的大流散纪念馆，就是纪念犹太人他们这么多年来被流放到世界各地，散居在世界各地那段比较苦难的历史。

陈鲁豫： 这个展览馆分好几个展区，有一个展区全部都是建筑模型，就是犹太教在世界各地的教堂。教堂风格在每一个地方会受当地的建筑风格的影响，比如在意大利，外表看可能是意大利式的；在西欧，会是西欧风格的；在美洲，可能会是美国风格的。

梁东： 从某种程度上来说，我想也是，任何一种文化都有可能与其他文化产生融合，我们以前总是觉得不同文化之间一定是冲突。很多文化觉得自己是很坚固的，无坚不摧的，但是这件事情说明，实际上任何一种文化都可能会包容，会产生融合。

陈鲁豫： 讲到宗教，我有一个特别深的感受，因为我本身没有宗教信仰，但是我对每一种宗教都很尊敬，而且很好奇，因为我知道的很少，所以很想了解。不知道为什么我一到以色列，几乎是一下飞机的时候，心里就有一种很大的惶恐。因为我没有宗教信仰，就怕到这种地方会有一些事情发生，而且我总觉得冥冥之中好像有什么东西给我一种心理暗示。我就开始不舒服，开始发烧。我们去以色列的伯利恒是第三或第四天吧，那时候我的病其实基本上快好了，在伯利恒有一个教堂，传说耶稣基督诞生的马厩就在那里面，我们要去那儿拍东西。那天，我的病本来都已经好了，但是我们坐了一辆出租车从我们住的耶路撒冷酒店到伯利恒的路上，离那个地方越近，我就越不舒服，等到那儿以后我已经病得不行了。然后我们就进入教堂，往那儿一坐，我觉得不行，我要吐了。四周很多的警察还拿着枪，我当时想，我要是在这种圣地吐的话，那绝对会被乱枪打死。我就冲出去，冲出教堂以后，坐在阳光里，蹲在地上，慢慢感觉就好了一点了。但还是觉得周围有一种好像"场"什么的，有一种巨大的压迫感。我说不行，我特别特别难受。随便做了一个串场，我们就离开了伯利恒。一上出租车，车窗是关着的，离伯利恒越来越远了，我就感觉慢慢又好了，回到酒店我就彻底好了。我当时觉得，宗教的确是很神秘，这就是当时挺怪的一个事情，我一直在想这个事情。

梁东：鲁豫，你真的是一个敏感的人。秋雨老师，你有宗教信仰吗？

余秋雨：我没有。

梁东：当您这么一个没有宗教信仰的学者到这些有这么多宗教冲突的地方时，您最深的感受是什么？

余秋雨：一言难尽。我没有鲁豫这么敏感，而是比较漠然地去看，我就会比较客观地评判哪一个更好一点，哪一个更合理一点。

梁东：那您认为，这么多宗教哪个更好一点，哪个更合理一点呢？

余秋雨：前面的这几个国家，非常强烈的感受就是辉煌的文明怎么就走向了衰败，过去的辉煌让我们吃惊，现在的衰败也让我们吃惊。他们的辉煌和衰败都可能有具体的原因，但是看了半天以后终于发现，他们衰败的最主要的原因有两个，一个是时间，一个是空间。我以前光知道时间可以对一个文明湮没到什么程度，但我在耶路撒冷感受到空间对文明的挤压，让它越来越小，越来越窄，这个感受太强烈了。由于空间的问题，形成了一种文明的争夺战，在争夺的过程中形体变小了，变得很小，而且内在的性质也变化了，所以那次在哭墙前，正好有一个中国的农民企业家代表团也在那儿看，好多犹太人就是头撞在哭墙上哭，亲吻那堵墙，这个时候有两位农民企业家就站在我旁边，觉得非常感动，说，哎呀，我们中国也有这样的爱国主义就好了。我马上跟他说，不，中国既没有必要，也没有可能出现这样的爱国主义。他说为什么？我说他们几千年没有一寸国土，他们心目当中的国家就是这堵墙，他们一代代地被杀，是因为没有一片国土可以逃，所以思来想去，看到这堵墙就要撞了。中国那么大的国家何曾有过这样的时代？所以泱泱大国造就了一种心态，这种心态不会让我把头撞在任何一堵墙上。

进入巴基斯坦和印度以后，宗教感特别强，你躲避不了宗教的概念，他们所有的社会问题大概都和宗教有点关系。这让我认识到，在文明里边，其实宗教信仰特别重要。尤其是到了印度就登峰造极了，如果其他国家还有其他文化方式的话，那在印度宗教基本上就囊括了全部。

余秋雨： 在印度的感慨很深，连我们都非常有好感的佛教在那儿也很难寻到踪迹，包括像鹿野苑这样一个好地方。我就想，释迦牟尼第一次开讲的那个讲坛，那么重要的圣地，几乎没人。就我们几个在那儿看一些砖，全世界多少佛教庙宇现在是钟声洪亮，念经的人像云一样挤在那儿。没有想到，在佛教的源头居然是那么安静，那么安静。这种安静当然有令人难过的地方，也有令人高兴的地方。高兴的是，宗教其实是智者的文明，就是安静地讲道理的地方。但是，这块土地本身就埋葬了它，那么好的宗教，这块土地埋葬了它。不是其他力量把佛教完全埋葬掉的，是这块土地把它埋葬掉了。人们宁可接受更土俗的宗教，宁可接受外来的宗教，也不要佛教了。因为就民众信仰来说，一般的老百姓不太要求非常高层次的逻辑。高层次逻辑也太艰难，里边有一些特别科学或者特别仁慈的原则，好多老百姓宁可不要接受。释迦牟尼就是在这种地方觉得要创立一种宗教，他当时可能面对的也是这种阻力，阻力可能没有现在那么大。我们在那儿确实感到很悲凉，这块土地并没有给释迦牟尼多少空间。一种比较低层次的宗教信仰席卷了这个地方。结果，留下的东西应该说非常恐怖。

孟广美： 为什么印度是一个佛教发源地？为什么在印度佛教会被印度教取代？是不是因为印度人的天性的关系？我们在印度看到的所有的歌舞片也好，

电影也好，包括在服装方面，其实都蛮暴露，而且非常热情。除了禁欲以外，印度教基本上也是一个非常纵欲的宗教，这是不是跟他们本来的天性，或者说他们人民的本性有关系？

余秋雨：这说起来是非常复杂的。简单地说起来，可能还不完全是印度这块土地特有的，可能和人类的本性有关。接受一种高智能、高理性的文明是艰难的。理性程度越高，智能程度越高，传播起来越困难。但是理性和高智商很容易被民众攻击。你们太高深了，哪有人来钻研那么复杂的东西呢？所以没法实现原来的目的。

孟广美：而且是不是因为佛教的规矩太多了，比如说，你不能结婚啊，要守很多的戒律，所以他们觉得不需要。

余秋雨：倒不完全是这样，其实印度教有一些规矩也是我们常人所无法理解的。也有大量的莫名其妙的规矩，很多很多。后来佛教也有好多改革家，使得它的好多规矩可以比较松动。我想就现在他们的文明程度，在印度的文明程度，排第一的是印度教，也就是说，在印度文明的序列里，第一是土俗宗教，是一种原始宗教，多种崇拜，看到什么都可以崇拜。你说要崇拜仁慈的，不见得，他崇拜的总是那个破坏之神。他希望把敌人破坏掉，希望把仇人破坏掉，好多民族喜欢求这样的神。其次就是伊斯兰教，是一种外来文明，也容易被接受。而智者文明总是很寂寞。当时非常广泛的传播和几个贤明的国王有关，在这几个贤明的国王去世以后，就没有力量支撑了。

这片普通的土地和一群普通的民众没有力量来支撑一种高度的文明，所以这也是我们看过印度以后对文明产生一种悲凉感的原因。印度产生过的最高文明，就是佛教文明。但是产生的地方容纳不了它了，而原因不是特殊的，是普遍的，是一般民众对太文明的东西不一定接受得了。

余秋雨：我们到了敦煌以后，感觉中国真是了不起。在敦煌、峨眉山、乐山，去了以后就感觉，中国那么快地把一种外来宗教景观化、艺术化，把它变得那么多义，那么有弹性，使它一下子和中国的传统社会连在一起了，不像我们原来想象的那么难以接受了。比如佛教，它肯定是排斥寻常家庭的，但是到了中国以后，那就是希望菩萨保佑我的妈妈，完全是一个家庭观念了，没有"出家"的概念了。中国的这种文明，它的优点就在这儿，始终没有整体地陷入过宗教迷狂。正因为这样，它对所有的宗教都不具有排外性。它有一种容纳力，有一种平衡力。结果这种容纳力，使得每一种宗教都可以在不同层次上实现自己。有一些高僧可以在深山的古庙里边研究非常完整的佛经，高僧大德研究得非常好。民间有一种善良的愿望，可以在那儿得到心理满足。一个中国的普通人，立脚点往往是儒家，他读的书往往是儒家，但是长大了以后，往往是兼信佛道，佛的也相信一点，道的也相信一点。你乍一看，是一个很不认真的宗教方式。但是我们 11 个国家走下来以后，我觉得这样一种宗教的选择有它的智慧。让自己的国民根据自己的要求去选择，但是也不允许任何一种宗教进入癫狂状态。不容许，所以没有造成宗教灾难，宗教灾难对人类文明的损害实在太大。历史上很多战争有破坏性，但是最具破坏性的是宗教战争。因为它是专门冲着文明开刀的，这和农民打仗还不太一样，开战以后就是消灭文明。我们一路看下来，到现在为止，往往是宗教性的争夺，有的地方宗教极端分子还在闹各种事情。好多地方，按照鲁豫的说法，就是生不如死的地方，完全和宗教有关。而且我现在感到，我们如果对 21 世纪人的命运有好多担忧的话，就是和宗教有关的。在这么一种情况下，你终于明白，中国古人这么一种看上去不太认真的宗教方式，反而是一个智慧的选择。

　　许戈辉：我们在耶路撒冷的时候，在这个三大主要宗教聚集的奇妙的城市里，我和秋雨老师看到了一个现象，让我们很受触动。就在哭墙的另外一侧，就是伊斯兰教的清真寺，在那个通道上，有两个包着白头巾的阿拉伯女孩，她们在很好奇地往哭墙那边看。中间的这道围墙事实上就是两种完全不同的宗教的界线。她们当时脸上充满了好奇，没有一点憎恶，没有一点点不满、愤恨，丝毫没有。我和秋雨老师就感叹说，你瞧这些女孩子，她们年龄还很小，可能长大以后，父母就会教导她们：那是和我们截然相反的一个宗教，我们不可以和他们通婚，不可以去崇拜他们。当时我们就想说，宗教到底应该传达给人们一种什么样的精神？我们看到这些孩子，觉得心里充满了希望，但是看到那道墙，看到成年人脸上的表情，心里又觉得很失落。其实不管是哪一种宗教，没有绝对的好或者坏。不管你信仰哪一种宗教，最终你应该可以包容别人，你可以不信别人的宗教，但是至少你应该可以允许他去信仰他的宗教。

陈鲁豫： 我个人认为，可能是有一些信仰宗教的人本身偏执，他不包容，他狭窄，他不开放，给人所造成的感觉是，信仰这些宗教的人或者这些宗教本身是迷狂的，只能说这个人是迷狂的，而不是说这个宗教有什么缺陷。我们在伊朗时，采访了当地的一个学者，他当时在伊朗的地位不能跟秋雨老师相比，但是他应该属于伊朗的最聪明、最智慧的人当中的一个。我们在采访，机器是开着的，我就与他聊天，他突然说，你知道为什么在西方国家，当然也包括你们中国，离婚率越来越高吗？我说离婚率高有很多问题啊。他说不，就是因为你们妇女不戴头巾。我当时不顾机器开着，跟他吵起来了。我当时觉得这场对话是没有办法进行下去的。我觉得很多时候由于他们的这种封闭、眼界的狭窄，阻碍了他们更加客观地去看待外界的事物，也就造成了外界的人对他们的文化、他们的国家、他们的宗教的看法有一些偏差。

余秋雨： 实际上，这和宗教教义的传达和接受过程中的偏差有关。实际上越到现在，我们越感觉到，好多宗教在创立之初的总动机和总原理都是很好的。在这一点上，我觉得现代文明的优点就体现出来了，它可以比较准确、比较直接地把创立者的思维传达给大家，不像那个时候，经过多少人的传达、多少仪式的规范化，完全变质了。可能问题就出现在这上面。多层传达，多层误解。你想使它越通俗，越要讲很多故事，故事很多义，慢慢到后来，我想好多宗教创立者看了以后都会大吃一惊，怎么会产生这样的一个后果。

人类还不能完全把宗教信仰排除掉，很多崇高的东西——人类对自己和宇宙的感悟、对自然的感悟——都和宗教信仰有关。一定是这样的。而且事实证明，宗教也给这个世界带来了很多好的东西，优良的、崇高的东西，和平的东西。但是它又是最危险的，因为它有那么好的东西，有诱惑力，一旦产生错误，宗教信仰上错一小步，文化生态上就错了一大步。肯定是这样的。所以这是非常危险的，任何宗教改革家都千万得注意这一点，如果有一点偏差，造成的后果不堪设想。

余秋雨： 为什么我们过去在书面上看到的文明的图像与我们眼睛看到的有很大的差别？这有很多的原因。最简单的就是，大家都知道我教过好多年的希腊戏剧史，我讲过很多希腊的剧场，我知道我的老师没到过希腊，我的老师的老师也没到过希腊，但是教材却一代代地传下来了。当我看到我的老师和我的老师的老师描述的那个剧场的时候，我就很想告诉大家，不是这样子的，不是那样子的。在当时的情况下，既没有照片，又没有录像，是文字传达错了。我们现在如果再看宋代的古书，或者唐代的古书，我们要打很大的问号，因为这是通过无数次的转换之后的一种传达。我们过去在传达这些文化信号的时候，带有很强的主观选择性，就是正好情绪很好，就把那个地方写得非常好。考虑到我们外交关系很好，就一定要讲好话，这样的文章特别多。我沿途经过好多的国家，看到我们中国人，都说中国人是兄弟。我心想对不起，今天晚上我就要写揭露他们落后的文章了，兄弟归兄弟，因为我站在文化的立场上，不是外交的立场上。但是很多人不是我们这样的想法，既然有那么多的兄弟，我们就写一些好话吧。这样的文章特别多。我们其实也读过好多到那儿去的中国作家和中国记者写的游记，给我们留下了这样那样的印象。但是，实际一看以后，我们真想对这些作家和记者说一句话，以后不能这样写文章了，实际上不是这样的。你们等于是骗了那些没有去的人。

多层转达的错误，古代还有更多。由于以传闻讲传闻，这样就造成了一个个非常严重的信息迷误。在古代，我们中国大诗人们、大学者们都知道，行万里路和读万卷书应该受同等重视，他们走路很难，也必须亲自走一走。

余秋雨：我们今天也应该努力地改变中国思考问题的结构，西方的学者和我们的差别经常是他们有很多田野工作者，背着背包、带着相机去考察，而我们比较习惯于在书斋里面翻书，这里面有些迷误，有些整体的迷误。刚才那位同学应该是在大学读书，我相信这应该对年轻的一代有一个启发：趁我们年纪轻的时候，多走一些地方，亲眼看到一些地方。对于过去的技术和别人的技术可以相信一部分，但是不要全然相信。至于印度，有一点要说明一下，好像和中国的文化交流不像有的书里写的那么密切。

梁东：那宗教和科技是什么样的关系？

余秋雨：宗教和科技，我个人的理解是这样的，其实一下子还很难构成直接的对应关系。在科技快速发展的今天，实际上好多宗教学家觉得更需要宗教来挽救世界。千万不要以为科技的发展给人类带来的一定是幸福，不完全是这样的。现在事实已经证明，好多科技的发展已经需要人文来制衡了。而制衡这个的最有效的人文力量应该是宗教精神。譬如克隆人的问题，当然最后法律能够实现一部分制衡，如果有宗教精神来制衡，效果就会更好。这么在这种情况下，比如科技和宗教相比，你说科技一定是先进的，宗教一定是落后的，我不这么认为。

尼泊尔是我们路过的地方，这是一个没有主体文化的地方，或者说是文明浓度不高的地方，但是可以问我们所有的队员，我们一到尼泊尔都感到兴奋莫名。如果我说希腊是蓝色的，那么后面的色彩就慢慢地变了，埃及是黄色的了，耶路撒冷变成象牙色了，比较美的。后来慢慢一点一点地变，伊拉克是灰色，伊朗肯定是黑色，巴基斯坦不知道什么颜色，印度是油腻腻的棕黑色。到了尼泊尔我们重新看到了绿色。车队的人趴在窗口看了好久好久，看什么，看绿色，看正常的生活。

余秋雨：我们看了那么多的文明，而且是古文明，但是让我们身心感到那么愉快的居然是比人类的历史还要早的喜马拉雅山的南麓和原始森林。于是我得出一个不大悦耳的结论：人类最喜欢的东西好像不是自己的创造物。科技的局限性就在这儿体现了，它可能会给我们带来巨大的方便，但是很难建立起现在全世界的人文学者都在追求的那种诗意的居住境界。用宗教精神来制衡已经非人性化发展的科技，我觉得还有一点道理。人文精神和科技精神互相制衡，这个概念比较好。不要仅仅讲用科技来制衡科技，在21世纪我们完全无法阻止科技的发展，这是毫无疑问的，怎么可能阻止它呢？还要推动它。我们人类的文明最早的时候是想摆脱自然，因为自然有点野蛮，所以摆脱自然，建立起文明。现在慢慢地感觉到好多野蛮来自文明本身。我们超速的发展，可能让我们的文明有了新的内涵，那就是更多地走向自然。而更多地走向自然，可能是新世纪人文精神的一个非常重要的组成部分。我很感谢这次国外的旅程结束在尼泊尔，在尼泊尔的雪山下完成了一个逆向性的思考，对文明的一个逆向性的思考。我们人类眼前积压的东西已经太多太多，我们肩上的重量已经太重，哪怕这个重量是珍珠财宝，但是如果已经压得人透不过气来，它就不是好东西了，那就要把它放一放了。重新走向自然，这可能是我们新的文明的选择。如果文明还需要为我们所接受的话，那么它应该改变一点内涵，更靠近自然。

战争与和平

○

我们不管到哪个国家，到外边可能不认识路，也许不会讲当地的语言，但是你心里有准，你知道该怎么样跟人家微笑，你可以直视人家的目光。

陈鲁豫：但是到了以色列，第一天下午去耶路撒冷的老城区转一转，我发现这是第一次在一个地方心里没准，我不敢看人家的眼睛，因为我不知道应该看到什么程度才能够既表示友好又不冒犯他。因为这是我第一次置身于一个到处都是背着枪走来走去的人的环境，我发现我特别不适应。我对战争没有恐惧感，因为我完全不了解什么是战争。

梁东：陌生。

陈鲁豫：对，就是陌生，就觉得那跟我是完全没有关系的事。我到了以色列以后发现，战争是他们生活的一部分。他们现在可能没有战争，但是战争是他们生活的一部分，这是我的一个感受。

许戈辉：对，不过在戈兰高地，就是联合国哨所的那个地方，我体会到的还是一种相对和平和安逸的气氛。因为哨兵告诉我，他在那儿服役差不多有8个月了，但是一枪一弹都没有用过，一直都是挺和平的。

梁东：他们生活在这样一种紧张的战争环境中，你跟他们接触的时候，发现他们有快乐吗？

陈鲁豫：他们已经习以为常了，这让我感到很悲哀。因为我还没有到以色列，刚刚我讲过，在机场被盘查的时候，他们要求工作人员对每一个乘客都进行盘查，换了任何一个人早就疯了、崩溃了，或者着急发火了。他们却很心平气和，习以为常，这让我觉得这是他们生活的一部分，就跟我们每天要吃三顿饭、要睡觉一样，觉得我活着就是要这样，我就是要保证我的飞机是安全的，我就是要查每一个人。他们在把你视为朋友之前，先假设你是敌人，这样我觉得很悲哀。

余秋雨：确实，这是人避不开的事情。只是我们避开了好一段时间之后以为就永久避开了，其实避开是偶然的。很长一段时间，人们觉得一定要引起冲突，觉得这很正常，而且冲突的理由千条万条，都是正义的。

郭滢：其实约旦是一个小到比以色列还小的国家，面积可能会比以色列大一点，但是人口只有500万。由于其所处的位置，和周边的国家亦敌亦友，和伊拉克可能某些时候站在一边，某些时候又有分歧。和以色列这边可能从来就是敌对的，但是现在又签订了和平条约。于是它也处于一种四面楚歌的格局，但是它保持了很多年的相对和平。

在两个相邻的国家里面，约旦河最窄的地方一步就可以跨过去。以此为界的两个国家，完全相邻的两个国家，一边让我们感觉到浓重的战争气氛，另一边让我们感觉到一种非常祥和的状态。其实我们在约旦境内没有感受到什么战争的气息。

陈鲁豫：约旦是一个让我们非常吃惊的国家。去之前，我们以为约旦也是一个挺封闭、挺落后，宗教氛围很浓厚、很压抑的国家。去了之后发现完全不是这样，这个国家很干净，很西化，建筑很漂亮，都是那种独立式的小洋房，而且人民都很温和，给人感觉是生活很富足的一个国家。

余秋雨：一般我们用中国语言讲起来，约旦国王侯赛因"长袖善舞"，他采用的是柔性外交，不是我们看到的造成很多灾难的刚性外交，也就是我们叫作极端主义的做法。我们在两伊还有其他一些国家都可以看到这种情景，约旦却不是这样。它把和平作为最终的目标，在策略上用柔性外交，居然在战乱如此多的中东地面上，成了这块地方和世界对话的桥梁。小国家就变成一个非常大的国家了，一个国家突然变大了，但是你仔细一想，那么小的一个国家，沙漠率在80%以上。

郭滢： 没有石油，没有工业，在约旦河谷有一点点农业、矿业……

陈鲁豫： 在死海旁边有一些钾盐。

郭滢： 磷酸盐，别的资源是没有的。据说"长袖善舞"有另外一种解释，它向西跟以色列说，如果你肯提供足够的援助，我可以不让伊拉克进来；向东跟伊拉克说，如果你能支援我一些石油，我可以在第一线挡着以色列；当然向南还有沙特，再往远还有欧洲和美国。所以这个"长袖善舞"应该说是很值得思考的一个话题，对于穷到什么都没有的一个国家来说。

陈鲁豫： 他们的经济最有意思，经济三大支柱：一个是旅游业，一个是在海外的约旦人每年给国内汇来的侨汇，还有一个是国际援助。

郭滢： 其实它最重要的支柱就是国际援助。

陈鲁豫： 但是即便在这么一个和平的地方，我还是感受到了一点点战争的气氛。有一次我们一辆车几个人，去拍约旦的新城区，那里都是一座座非常漂亮的小洋房，开着车我们突然看到一栋很大的高高的被围墙围起来的建筑，感觉很像五角大楼。我们就围着那堵墙想拍一下，刚拿起摄像机，警卫挡住说，不能拍，这个是美国大使馆。那个地方非常大，我们就说，我们不拍，就走了。可能摄像师不知道机器是扛着还是没扛着，走了不久之后，有一辆车追上我们说，对不起，停下来，这里有美国大使馆的官员要看一下你们刚才拍的带子，你们要把带子倒一下。我们一看来者不善，就说好吧，把带子倒过来。他们一看果然没有拍，就让我们走了。因为约旦的位置非常重要，一旦中东有什么战争，美国只可能把大本营设在约旦，所以美国大使馆的安全是非常重要的。那一刻我觉得，即便在约旦这样一个地方，也不是一片净土，也是有很紧张的地方的。

余秋雨： 我们从以色列进入约旦的时候，注意到这个情景，以色列的海关，我们进入的时候也有这个感觉，每隔 1 刻钟到 20 分钟，总是有一个年轻的女警察以最快的速度查看每一个废物箱，这个翻一下，那个翻一下。我们一开始都以为是卫生检查，或者防火检查，实际上是查定时炸弹。后来我们终于到了约旦的海关，我仔细一看，整个海关没有一个垃圾箱，是为了防炸弹。那么垃圾丢哪儿去呢？到他们办公室去，有一个金属桶的垃圾箱，在众目睽睽之下，你把垃圾丢进去，我就丢过两次。仅凭这两个细节，就可以窥见这块土地上人们的心情——防炸弹，防恐怖行为，防战争的火苗——可以说精神绷得很紧。

孟广美：我在伊朗的时间其实非常短，大部分都在车上，经过那一段比较恐怖的所谓的中东"金新月"之后，到了巴基斯坦，我们都知道中巴友谊向来是非常友好的，虽然巴基斯坦也是有战争的地方，但是一进巴基斯坦，整个的感觉就是从一个黑白的世界进入一个彩色的世界。但是我知道，巴基斯坦这个地方也是经历过战争的，其实战争那个时候给我带来的第一个感觉就是贫穷。我还记得我们 5 辆车，大家都在用对讲机说，天哪，这个地方怎么会穷成这个样子？穷成那个样子？

孟广美：我们一路上看到很多很多的翻车事故。但是你会发现那些翻了车的人，他们坐在路边还会带着微笑。这个国家、这个民族非常奇怪，他们非常之乐天，乐天得不得了。他说出车祸挂了，是安拉带他回家了。所以他们也不难过，他们并不难过。什么叫挂了？挂了就是摆平了嘛，就是挂了嘛。其实他们也非常无所谓，所以他们这种乐天的天性其实蛮好的，而且他们看到我们说，中国人，中国人，他不说我们是朋友，他说我们是兄弟，觉得我们是兄弟的关系，不是只是朋友的关系。

余秋雨：整个世界我们看到的是两种战争，一种是国家战争，一种是民间战争。民间战争，我觉得有很多是这样的，我们看到那么多土匪，那么多的贩毒集团，这样的战争我们的车队都已经擦肩而过了。另外一种是国家战争，国家战争我们也非常明确地感受到了，譬如两伊战争、印巴战争，还有核竞赛。那种贫困，惊人的贫困，是一个国家失控的标志之一。我们走了许许多多地方，这些国家在外面看起来有头有脸，在联合国讲话什么的，很有分量，实际上国家的控制区很小。40%的地方交税，那些地方基本上都会产生我所说的民间战争。刚才所说的武装，还有贩毒集团，各种各样的，都是例子。这两种战争交织在一起，交织得最激烈的地方恰恰都是古文明的发源地。文明本来是要防止这些东西，要来抵御这些东西的，但是事实证明，几千年下来，在和混乱、战争的对峙当中，文明并没有胜利。或者说胜利的是在一些小的地方，是在局部的地方，是在我们比较熟知的一些地方。有些人到这些地方的首都去，坐飞机去，看到那里的文明，以为是胜利了，但是当他们离开首都，离开了点，到了线、到了面以后，发现并没有那么简单。我们过去做梦也没想到，我们非常熟悉的那些地名的周围，今天是战争和野蛮的基地。

余秋雨：尽管我们现在生活在和平的环境里面，侃侃而谈、丰衣足食，但是，无论是国家战争还是民间战争，在新的世纪可能都不是局部的了，都会影响整个人类的生存状态。所以，对人类的走向，我们有各种各样的感觉。有一个感觉可能所有的人都有体会，我们在有生之年要宣传和平。我们不要以为这件事情早就解决了，也是这个原因，我在拉宾墓的墙上写道：和平、和平、和平。

和平可以消失于顷刻之间，现在和平实际上存在于一个并不大的领域。我们生活在和平当中是偶然，是幸运。当我们有呼唤和平的可能性的时候，就要尽力继续呼唤，否则的话，人类将不可收拾，地球将不可收拾。

归家的心情

○

慢慢靠近中国的时候，我们全队的人——这些人都是经常出国的人——有一种神圣感，是过去没有体会过的，就是对国家、民族、文明有了一种新的理解。回来了，就是这种感觉。

余秋雨： 在外边走了那么多的文明古国之后，在对比之中突然感觉到，我们的中华民族了不得。中华文明还有很多很多毛病，我们需要检讨，需要继续认真地思考，但是我们的祖先走这么一条道路非常不容易，我们过去作为中华文明的子民没有很好地理解这一点。我们该为这个文明讲话的时候没有说话，有的时候甚至还抱怨，觉得祖先为什么不走其他路，而走了这么一条路。这个时候感觉到有一种对不起自己祖辈的愧疚，在外面越是吃不到中国饭，越是看到各种各样的破败、贫困的景象时，这种愧疚就越强烈，产生了对祖国的另外一番思念，觉得需要重新看一眼，需要重新叫一声。甚至有的时候不仅仅是为了吃中国饭，我们想念960万平方千米领域里面的任何一个小餐馆、任何一个小饭店。这些东西合在一起的时候，我就比较能够理解法显和尚当年一个人走到斯里兰卡的时候，突然看到一块白绢，一看就知道是中国的，当时泪流满面。我们最后在喜马拉雅山看到雪峰的时候，我就想到了那块白绢。我想，多少年前的一个和尚看到那么小的一块白绢就泪流满面，我们当时看到的是那么大的一块白，怎么能够不感动呢？那个时候就觉得比我们过去每一次回到中国时的感情要深得多，要说的话多得多。

吴小莉： 我们的车队历经千辛万苦回到中国，不只是为了回家，而是为了探索中华文明自己的所在地。所以我把我的心情归零，跟秋雨老师一起去看一看属于中华文明的几个发源地，包括长江文明的三星堆和黄河文明。我记得为了要补课，到了四川之后不断地给秋雨老师打电话。我问秋雨老师，现在我们要去三星堆了，你觉得三星堆是什么样的？我记得秋雨老师跟我讲过，他没有去过三星堆，这是他文化苦旅当中一个空白的点。我突然觉得非常有兴趣去探索这个点。秋雨老师跟我讲，你会不会觉得是骗人的，是人造出来的？我们就是以这种探秘的、非要去追溯到底是不是真实的心情前往的。

余秋雨： 为什么会觉得它是假的呢？有许许多多有学问的四川人告诉我，为什么怀疑它呢？中国人特别喜欢记录历史，你看印度，他们现在重新恢复他们的宗教遗迹，就靠我们玄奘的《大唐西域记》。我们特别喜欢记，但是三星堆在我们的记述之外，在我们的历史当中找不到，而且挖出来的面具奇奇怪怪，完全不像中国古代的传统雕塑。这就引起各种各样的猜测，有人说是不是外星人的？大家又很怀疑，是不是从其他地方搬来的？谁搞的这个阴谋？实在搞不清，我们就去看了，看了以后就有一个结论，肯定是真的。

吴小莉： 我还记得秋雨老师跟我说，你看看这个土层，我看了有点讶异，因为那个文化事实上是龙山文化，近5000年前的文化。一些老百姓在挖掘那些古物，他们可能并不知道它的价值，旁边一些考古人员在监督他们，但是当秋雨老师看到那个残壁的时候就说，你看看这个土层，真的是有年代的。

余秋雨： 我们看到地质层，这种伪造绝对不可能是在挖的农民伪造的，那么开阔的地质层。最关键的就是我刚刚跟小莉讲，在看了埃及文明，看了两河文明，看了希腊文明以后，我们对文明起源状态的理解开始宽泛了，并不像原来那样用一种非常简单的方式来理解中华文明了，不像小学老师、中学老师讲课的时候那样了。我们期待有一些神秘感，因为任何伟大都会包含着神秘。

我们羡慕埃及有一个说不清道不明的金字塔，说它是法老的墓，却一直没有发现过法老的木乃伊。它到底是什么？不清楚，我们很好奇它什么时候消亡的。希腊文明也是这样。希腊文明来自何处？来自克里特岛？但是克里特岛又来自何处？都搞不清。但是这并不影响这几个文明本身的伟大和魅力。我们是不是太急于想把我们伟大文明的一切都讲清楚？

余秋雨： 我们宁肯接受这么一个不清不楚的三星堆，它告诉我们，你们中国人一个世纪一个世纪下去，对中华文明可能永远有新发现，可能你们的子孙永远有惊喜，惊喜不是在 200 年前就已经结束了，而是永远有惊喜。看到了其他文明的存在状态具有很大的神秘性和多义性，我们对中华文明也会有新的认识。

吴小莉： 我记忆很深刻的一点就是，在去三星堆之前和之后，秋雨老师一直跟我说，世界上有很多文明的东西，除了画上惊叹号之外，不一定要画上一个句点。比如说，我们理解它了，你或许画上一个问号更有美感，更有想象的空间，更有探索的机会。

余秋雨： 也更真诚。其实我们是不太了解，特别是三星堆，什么都好，唯一的缺陷就是它的文字不好。它的冶金、它的雕塑，一切都好，就是文字不好，那就记录不下来它为什么产生。由此我们回过头去想，在秦始皇统一中国的文字之前，中国大概存在过很多很多文明。统一以后，就用一种方式解读了，我们怎么能够理解在约旦遇到的佩特拉的阿里巴巴的山洞，这个传说到底是什么？

很多文明都没有被记载于史册，这一点就特别有魅力。

吴小莉： 我们过蜀道、过秦岭，到了黄河文化的发源地，也就是我们的黄河平原，关中平原了。我记得那次要去看兵马俑，我是第一次，也很难得。因为秋雨老师去过好多趟，我又跟秋雨老师补课了。我跟他说，你觉得秦始皇统一中国，或者说秦始皇的功过到底怎么论定？秋雨老师说了一句很有意思的话，他说相信只要有中国人的地方，这个话题就会不断地被争论，但有一点是可以肯定的，就是秦始皇真的统一了中国，不然的话，我们这儿可能是浙江国、山东国、河北国……这一点我在当地就得到了印证。我下到了 1 号坑，除了享受克林顿一家的待遇，在某一个雕像前面拍照之外，我还在里面游走，就发现很多的雕塑者，什么"咸阳乙""山东籍"。这就可以证实，果然秦始皇是统一了中国。对于这一点，我想我们都毋庸置疑。但是我记得秋雨老师说，看兵马俑有一个不同的感受，看到了有一些残骸在里头，基本是说，葬身于此都无憾于世了。

余秋雨：对，我上一次和贾平凹、龙应台3个人去看兵马俑。现在兵马俑是整理得很好，但是我们看到一个没有整理过的兵马俑，完全是一片乱瓦，堆在那儿，时间的力量在那儿体现得那么强烈。整理好的好像时间突然消失了，当没有整理好的堆在那里的时候，就觉得真是了不起，好像是一个古战场，它们虽然是碎片，但是这种碎片极有魅力。龙应台跟我讲，不想回台湾了，想死在那儿。

吴小莉：其实这一次我去的时候有类似的感受，因为秋雨老师还有馆长告诉我，那里有6000大军，是地下的大军。但是事实上，我们在1号坑看到的只有1000多个，还有很多大军是埋在土里头的。我们经过特许绕到1号大坑后面去，然后他告诉我说，你瞧，旁边埋在土下面的，露出一个发髻的就是兵马俑。那种感受，比看到立在我面前的更让我震撼，因为很多很多的未知还有待发掘。而当时的馆长告诉我，事实上秦陵我们开发了只有百分之多少而已，所以未知的东西还有很多很多。

我们看到巴蜀文化，又进入中原文化区，去拜了炎帝，进了黄帝陵，又去看了尧庙，我们离自己的老祖宗也越来越近。事实上，在看了这么多大河文化之后，对于我们现在看到的黄河文化跟长江文化有更多不同的感受。

余秋雨：可以堂而皇之地说，我们也有两河文化了，两河文化连在一起的话，中国文化显得既多元又完整，两种在一起互补了。它们有不同的风格，当它们互相转移重心的时候，两河文明之间又没有发生过战争，非常好地整合成一种中华文化。刚刚讲到秦始皇在统一中国的时候，他有那么多的兵马，一方面使我们感到统一的快感，因为统一带来很多很多的好处，但是也感觉到这样的兵马可能掩盖了很多具体的地域文明。这种掩盖到底是好还是不好？从统一的角度来讲是好的，但是从地域文明的多元性来讲，可能损害比较大。面对这样的一种历史，对于这么一个非常大的国家，我们产生的感受就特别丰富了。到底用一句什么样的语言来概括，就要看面对什么主题了。总的来说，就是我们的脚重新踩到了黄河文明和长江文明的土地上，我们作为这种文明的后代的感觉就更明确了。

我们回来拜了很多的祖宗，一个个地拜，特别是祭拜黄帝陵，历代所有的炎黄子孙都祭拜。在祭拜的时候我们想到一点，中国人不管在哪里，都会直接地和遥远的祖先连在一起，那种亲切感是其他民族很少有的。

余秋雨： 我重新来到敦煌，在那些石窟里面，100 年前，其实就是在现在这个时候，我们的藏经洞被发现了，里面的东西被一点点运走了，这件事情我们一直感到很痛苦，凡是中国人都感到痛苦。我们就想到一个问题，我们在海外走的时候，无论是在希腊还是在埃及的时候，发现他们的文物也是在这一两个世纪由欧洲的考古学家发现的，他们有的遗迹也被拿走了。但他们好像不太痛苦，不仅不太痛苦，让我更惊讶的是，他们居然在遗迹旁边塑起了考古学家的铜像。我当时就觉得是不是我们中国人太小气了，我们一直觉得很难过，他们大大方方把西方考古学家的铜像塑在那儿。后来我在那个洞门口，仔细地一想，我的理解是不对的，为什么呢？因为他们的文明已经断了，断了以后那种古文明和那块土地对现在的人来说，已经没有直接关系了，上面那个文明其实已经属于全人类。也可以说，解读它的能力，他们那块土地上的后代已经没有了，只能求助于其他的力量来解读，所以他们在这个问题上很潇洒。

而我们的文明是血脉相通的，就是在一个还连着血脉的肌体上突然砍了一刀，于是血流不止，流了整整一个世纪。这种痛苦来自我们的文明一直没有断裂，在于我们的文明一直血脉相通，所以这既给我们带来光荣，又给我们带来痛苦。

余秋雨：我们敦煌藏经洞被发现的时候，就是八国联军烧圆明园后不久。你可以想象当时中国人民的心态。一个帝国的首都给人家烧掉了，我们不了解的一种文明把我们的首都烧掉了，而他们的考古学家又把我们能够有一点骄傲的唐代的东西都拿走了，所以一致认为是我们中华文明的伤心史，这是完全可以理解的。我非常不赞成现在有一些批评家在这个问题上过于潇洒的态度，说这是人类的遗产，就拿去吧。这个人对中华文明，我觉得是不太了解。我们在希腊，看到几个教授和工作人员在发一份文件，就是说帕提侬的文明一定要想办法拿回来，因为都拿到英国去了，他们的宣传册上几条理由写得非常义正词严。第一，它们的名字叫帕提侬，帕提侬在雅典，不在伦敦。第二，英国人应该明白，所有的文物只有放在环境当中它才能活，这个环境在哪里，英国人知道。第三，这是联合国承认的世界文化遗产，英国人可以瞧不起希腊人，但是英国人应该瞧得起人类。这几条一条一条地罗列出来。因为我是中国人，我们好多文物也给他们拿走了，我当时看了那个资料，就很激动。而且他们的文化部部长最后还有一句话，文化部部长说我希望我死之前这些文物能够回来，如果我死后它们能够回来的话，我一定想办法复活。这个文化部部长已经去世了。我们还没有断绝文化血脉关系的中国子民，对这样的问题应该有自己的回答。不在于我们一定要把这些文物拿回来，这是一个很具体的问题，在于对中华文明的重新认识、重新拥抱。我们应该抱另外一种态度，不能像后来有一些人那么随意。如果用一种非常随意的态度来面对的话，我相信不是对不起谁的问题，不仅对不起我们的民族，也对不起整个人类的文明。因为整个文明开创了这个版图，就留下了中华文明。如果我们自己的子民也不珍惜的话，就会非常非常麻烦。我和小莉走后面这一程的时候，感触非常深。我们在祭拜黄帝陵的时候，祭词里面有一句话，四个字：此行成矣。我们想告诉祖宗，我们这条路走完了，这件事情做成了，千言万语就包含在这里了，我们努力地想做一群对得起你们的后代。

后 记 ○

　　历时 4 个多月，跨越欧、亚、非三大洲，凤凰卫视一行摄制组人员与余秋雨先生一起，完成了跨越性的文明之旅，征程 4 万公里。

　　此次行走，意在对人类历史发展进程和人类文明做一次回顾性的考察。原定位在四大文明古国的路线设计，最终加上了文化传承不断的欧洲文明，因此，实际行程包括了四大文明古国、五大文明和世界主要宗教发源地。

　　参与这场旅程的一行人一路经历了种种自然和人为的挫折和险境，克服了无数难以预料的困难，才得以完成这一华人传媒史上规模最大的跨国采访行动。在他们之前，没有任何人或队伍走过这条路线，它是人类考察史中一次前无古人的壮举。一队执着的文化人，不顾舟车劳顿，风尘仆仆地踏着人类文明旅程的脚印，完成了一场史无前例的文明朝圣。这本书，也正是这样一个群体对人类文明的过去和发展的直观见证。正是这些一往无前，和那些真实记述，成全了本书的文化厚度、深度和穿透力。

　　如果说，《文化苦旅》是余秋雨先生立足在中华上下五千年宏大文明历史的图景上，对自身民族文明的迷思和绚烂所做的拷问和追寻，《文明之旅》则以更为冷静疏朗的笔触和更直观的镜头感，展现了世界各地文明旅程的本来面目，以及一个学者、一群文化人在身体力行实地探访种种文明遗迹后，对不同民族命运和人类文明兴衰的真诚关怀和思考。这种思考，不论在何时，都具有振聋发聩而又发人深思的力量……

图片声明：

视觉中国：序言图，目录图，P6，P11，P14，P19，P34，P48，P59，P66—P67，P79，P87，P92，P139，P143，P162，P199，P221，P238，P271，P314，P364
站酷海洛：P21，P39，P130，P148，P171，P226，P281，P335，P370—P371
Wikimedia Commons：P68，P112—P113，P150，P155，P167，P184，P188，P201，P225，P257，P303，P343

文明之旅一行人 ○

特邀嘉宾：余秋雨

主 持 人：许戈辉　陈鲁豫　孟广美
　　　　　李　辉　曾瀞漪　吴小莉

领　　队：郭滢

助　　理：崔国贤

编　　导：刘星光　辛丽丽　桂　平
　　　　　张　力　樊庆元　黄晓燕

摄　　像：高金光　袁雪涛　韦大军

技　　术：谢迎　周兵

随队记者：于大公　赵　维　田利平

运行保障：郭　滢　陈吉勇　马大立
　　　　　杨玉会　欧阳少辉　李兆波
　　　　　孙建刚　王　铮　王　珏

©中南博集天卷文化传媒有限公司。本书版权受法律保护。未经权利人许可，任何人不得以任何方式使用本书包括正文、插图、封面、版式等任何部分内容，违者将受到法律制裁。

图书在版编目（CIP）数据

文明之旅 / 余秋雨主持 . -- 长沙：湖南文艺出版社，2019.9（2024.6 重印）
ISBN 978-7-5404-9137-6

Ⅰ . ①文… Ⅱ . ①余… Ⅲ . ①电视系列片 – 解说词 – 中国 – 当代 Ⅳ . ① I235.2

中国版本图书馆 CIP 数据核字（2019）第 060459 号

上架建议：畅销·文化

WENMING ZHI LÜ

文明之旅

著　　者：余秋雨
出 版 人：曾赛丰
责任编辑：薛　健　刘诗哲
监　　制：吴文娟
策划编辑：董　卉
特约编辑：刘艳君　顾笑奕
营销编辑：傅　丽
装帧设计：梁秋晨
出　　版：湖南文艺出版社
　　　　　（长沙市雨花区东二环一段 508 号　邮编：410014）
网　　址：www.hnwy.net
印　　刷：北京中科印刷有限公司
经　　销：新华书店
开　　本：700 mm × 980 mm　1/16
字　　数：382 千字
印　　张：26
版　　次：2019 年 9 月第 1 版
印　　次：2024 年 6 月第 4 次印刷
书　　号：ISBN 978-7-5404-9137-6
定　　价：98.00 元

若有质量问题，请致电质量监督电话：010-59096394
团购电话：010-59320018